JN093300

短歌表現辞典

天地季節編

〈新版〉

飯塚書店

はじめに

天地とは、日月・空星雲・風雨雪・雷虹・霜露霞などの天体の様子と、山野・河川・湖沼・海潮などの地上に起こるさまざまの現象です。季節は四季、時節、十二か月などのことです。

日本の四季は正しく移行して、気象の変化に伴い自然現象が美しく変わります。また日本人は自然や季節の美しさに感動し、季節に敏感な性情なので、古来より短歌に詠われ続けて来ました。

本書は天地・季節よりテーマとなる歌語を三七九項目あげて詳しく説明し、関連する歌語も記し、天地・季節を素材とした短歌表現の実際を、現代歌人の季歌二八六六首を引用して示しました。

万物躍動の陽春、風凍る寒夜、年改まる睦(む)月、美しく豊かなテーマを充分に表現して頂きたい。

例歌は項目に適する作品を引用させていただきました。改めて多謝いたします。なお、初めての試み故、不備の点も多いと思います。読者の御教示により、完全なものに改めてゆきます。

飯塚書店　編　集　部

凡　例

見出し語

1　見出し語は、十二か月の季節及び天地を表わす歌語を選んで掲げた。

2　見出し語は平がなにより現代かなづかいで表記し、〔　〕内には漢字を入れて歴史的かなづかいの振りがなを付した。

編成配列

1　見出し語はほぼ陽暦に従って月別に編成し、各月は季節・天地の順序に配列した。

用字用語

1　説明文は漢字まじり、平がな口語文とし、仮名づかいは現代かなづかいに従った。

2　説明文中及び末尾の太字は、見出し語の別名や古語、類義語、活用語などである。仮名書き、振りがなは現代かなづかいを用いた。

3　引用歌は原文どおりとし、配列は作者の生年順とした。

短歌表現辞典　天地季節編

〈新版〉

目次

一月　冬

天地

二月　冬・春

季節

目次・二〜三月

四月春

季節

四月春

天地

目次・五月

五　月　春・夏

季節

五　月　春・夏

天地

六月夏

季節

六月夏

天地

七月夏

季節

目次・七〜八月

七月　夏

天地

八月　夏

季節

目次・十月

十一月　秋・冬

季節

十一月　秋・冬

天地

十二月　冬

季節

目次・十二月

十二月　冬

天　地

一月

冬

一月・季節

いちがつ〔一月（いちぐわつ）〕

一月という、きりりとした語（ご）韻（いん）と簡潔な文字は、いかにも一年の最初の月にふさわしい。

正月三が日を祝うと、五、六日ころには寒の入りとなり、一月いっぱい極寒（ごっかん）の日がつづく。冬型の西高東低の気圧配置の日が多くなり、山陰・北陸地方から北日本にかけては雪の降ることが多く、太平洋側では空（から）っ風などの強い冬の季節風が吹いて乾燥する。

一月の温泉の山のあかつきに湯気（ゆげ）の色見て街（まち）にくだりぬ　　金子　薫園

一月の五日（いつか）の宵に風出でて運びこし雪か夜につもれる　　半田　良平

一月の塩のやうなる霜ふみて信じたきもの胸につつみぬ　　辺見じゅん

一月の紺をひろげて海はあり野島崎沖ゆるき弧をなし　　久我田鶴子

むつき〔睦月（むつき）〕

陰暦正月の別名である。むつびの月、むつみ月（づき）、むつまし月（づき）として、万葉のころより正月を祝う気分をこめて用いられた。現代では陽暦の正月および一月に対して用いられている。

睦月は、一月のきっぱりとしたイメージとちがって、どこか、たおやかな感じである。

野村清の歌の「睦月尽日（じんじつ）」は睦月末日のこと。

人間の悲しみごとも、かつ〳〵に忘るゝ如し、睦月いたれば　　釈　迢空

日本のふるき睦月のたのしさを　人に語らば、うたがはむかも　　釈　迢空

父の喪（も）にゐる妻がためこもる日日睦月の空はかぎりなく澄む　　木俣　修

鶴岡八幡宮に初穂捧（あ）ぐ睦月尽日わが詣で来て　　野村　清

ぬかるみを渉りてふかく呼吸（いき）つけり一月（むつき）朝空澄みてきにけり　　宮　柊二

かつがつも乾くこころにあらがひて歳のはじめの睦月をすごす　宮　柊二

睦月十日去年も弔ひありしよと曇る巷に背を曲げて出づ　千代　国一

しづかなる睦月の海に漕ぎいでて海、そらとなる涯を見むとす　岡野　弘彦

うすずみの空が睦月にあるのなら、そよ、うすずみのかな書きの恋　岡井　隆

いちはやく揚水塔のかげりつつ睦月なかばの坂くだるなり　高嶋　健一

ふるさとの野行き丘越え穏しかる睦月二日の陽に酔ふわれは　武田　弘之

こぞことし〔去年今年〕

一夜が明けると、昨日はすでに去年となり、今日は早や今年となる。時の流れはいつもと変わらないが、たった一日のちがいで**昨年**と今年に分かれる。新しい年を迎えて、**去年**と**今年**に対しての深い思いである。

おのづから　まなこは開く。朝日さし　去年のまゝなる部屋のもなかに　釈　迢空

とどまらぬ時の流れのひとくぎり去年は去年とし今年を生きむ　筏井　嘉一

昨年今年つらぬきわたるしろがねの一本の弦のひびきを消すな　斎藤　史

深大寺の破魔矢一本に縋らむに去年より今年の時間をわたる　伊藤　泓子

何か足らず何かあまれる去年今年袖口から冷えが攻め寄せてきて　沖　ななも

しんねん〔新年〕

新しい年のはじめをいう。**あらたまの年**、**新しき年**、**新年**などの言い方もあり、新鮮な心持ちで新しい年を迎える。岡井隆の歌の「御慶」は、新年にかわす挨拶である。

あらたまの年の初めに雪降りてめでたかりしが昼まで降らず　松村　英一

新しき足袋をはきたる少年の日より楽しき新年ありきや　土屋　文明

新しき年のしじまのそこひより湧き来るきこゆ清き声々　村野　次郎

あたらしき年を迎へて平凡といへども我はしづかに居たし　鹿児島寿蔵

新しき年は素直に祝ひなむ生きたる海老を送り来しかば　吉田　正俊

神に近づく喜びは全く吾知らず人として機嫌よく新しき年を　小暮　政次

窓新しく年新しく今朝のひかり高く白く来る雲は平安　小暮　政次

年老いて求むるところ無く歩む新しき年の光を受けて　佐藤佐太郎

何を寿(ことほ)ぐこととて無けれ新年の白きあられのそそぐすがしさ　斎藤　史

三歳の女のうまご電話に出(い)でてこしばかりに新年(にひどし)の心うれしむ　山本　友一

新しきとしのひかりの檻に射し象や駱駝はなにおもふらむ　宮　柊二

新しき年のはじめのあたたかき光の中にわれ起きいづる　石黒　清介

新しき年の光は海見ゆるこの枯原の起き伏しに照る　田谷　鋭

新年はこころごころに金銀のひかるわだちとなりて近づく　大神善治郎

新年(にひどし)の岩おこしゐる山人(やまびと)は掛声さやに陰処(ほと)頌むる唄　前　登志夫

ひとり酌む新年の酒みづからに御慶を申す（すこしは休め）　岡井　隆

署名するわが名はじめの馬の足一文字に疾走させて新年　馬場あき子

あたらしき年の晨(あした)に思ふかないまひとつ宇宙あるといふ説　島田　修二

うまれぐに相模の海のにひどしを渚にうごく砂踏みてゆく　島田　修二

あらたまの臘梅の花活け終ふる世紀ひたひたひたと移らむ　高嶋　健一

新しき年のはじめに子が配り配られて俺(わし)が道化師(ジョウカー)になる　佐佐木幸綱

としあく〔年明(としあ)く〕

新しい年がはじまる、年があらたまる、新年になる、ということで、新年に年のはじめの感慨や希望などを述べるのに用いられる。年迎う、年立つ、年改まる、年変わる、年新(あら)た、なども同様である。

正岡子規の歌の「つごもりをうまいは寝ずて」は、

大みそかを眠れないで。宮柊二の歌の「年明け」は体言（名詞形）を用いている。

うつせみの我足痛みつごもりをうまいは寝ずて年明けにけり　　正岡　子規

申（さる）のとしめぐり還りてわがためはめでたき年のはじまらむとす　　窪田章一郎

年明けの星みな青く静けくて長き夜道の果に垂れたり　　宮　柊二

年明けて幼き者の声がするいのちに満ちし声とぞ思ふ　　小市巳世司

としむかう〔年迎（としむか）ふ〕

新しい年がやって来るのを待っている、新年が来るのを待ち受ける、ということで、年のはじめの新鮮な気分をこめて用いられる。

みづからをまづいたはりてむかへつる年のはじめとしるしておかむ　　岡　麓

あたらしき命もがもと白雪（しらゆき）のふぶくがなかに年を迎ふる　　斎藤　茂吉

白梅の花わづか咲く鉢植をたのもしく見て年を迎ふる　　松村　英一

みづからが沸かせし風呂に一人入りて清らに年を迎へなむとす　　岡野直七郎

としたつ〔年立（とした）つ〕

新年になる、年があらたまる、新しい年がはじまる、という意味である。

新しき年立つ今日を広き見む遠き望まむと家出でつ我　　窪田　空穂

年の立つあかとき起きの星のかげ堅き雪ふみて心とどのふ　　中村　憲吉

としあらたまる〔年改（としあらた）まる〕

年が変わる、新年となる、ということである。

おもしろき日々を　ねがひて経し年や　つひにさびしく　あらたまりゆく　　釈　迢空

形あるもの無きものにも年あらたまるをしんから思ふ　　長沢　美津

改まるいのちよろこぶわれさへや世に在るあひだ妻の声をきく　　佐藤佐太郎

海（うな）じほに注（さ）してながるる川水（かはみづ）のしづけさに似て年あらたまる　　高野　公彦

としかわる〔**年変はる**〕　年が新しくなる、ということである。

さ夜深く醒めて驚く。こは早も　年変りぬる時計のひびき　　釈　迢空

大木に抱きつく男　あらたまの年かわれどもいまだのぼらず　　佐佐木幸綱

としあらた〔**年新た**〕　新年を迎えて、気分や周囲のものが、あらたまった様子をあらわす。

水仙を挿せる李朝の徳利壺かたへに据ゑて年あらたなり　　吉野　秀雄

はつはる〔**初春**〕　陰暦の正月は立春とほぼ同時に迎えたので、「新しき年の始めの初春の今日降る雪のいや重け吉事」（大伴家持）と『万葉集』に見られるように、年の初めを初春と称えて祝った。現在でも、**初春**、**新春**、**迎春**などが、新年を迎えた目出度さと喜びの気持ちをこめて用いられている。**春生まる**。**春迎う**。

春ここに生るる朝の日をうけて山河草木みな光あり　　佐佐木信綱

わが叔母の九十一歳初春の年賀にまゐる松とれぬうち　　四賀　光子

新たなることいくばくを遂げえしやすでに四年の春を迎へて　　土岐　善麿

はつ春やほの紫の天地にいなゝき高し牧のあけぼの　　釈　迢空

子の家に集ふ新春　什器など古きにまじり見馴れぬが増ゆ　　川合千鶴子

越よりの雪ん子二人ころころとよく笑ふ新春のひかり降るなか　　山本かね子

戸の外を人の声ゆきわらふなりいかにも初春の万歳楽や　　高橋　幸子

しょうがつ〔**正月**〕　現在では三が日、または松の内を正月ということが多い。寺社教会に詣で、家族そろって屠蘇を酌み、雑煮を食べて新年を祝い、休日を思い思いに楽しんで過ごす。昔は正月行事の主神である歳神を各家に迎えて五穀の豊作や一家の繁栄を祈り、各人が年齢を一つ重ねた。

正は直す、改める、という意味をあらわすので、正

月とは一年を新たにした月のことであるが、「米がある時が正月よ」（西鶴）と喜ばしいときにも使われた。

あたたかき正月よなと遠出して霜とくる飛鳥の古国(ふるくに)を行く　　前川佐美雄

天井にさがる繭玉に見る夢の楽しかりしか童(わらべ)正月　　木俣　修

いく鉢かたまひたる蘭(らん)に求めたる一鉢を加へ正月迎ふ　　中野　菊夫

大分の宇目のゐのしし一家して食ぶるもめでたしこの正月を　　中山　周三

すこやかにしてたのしきろかも正月の炬燵に慈姑(くわゐ)を食ひつつゐたり　　石黒　清介

訪るる人の少なき正月も心安しと思ひつつゐる　　大越　一男

妻と子のゐぬ正月のやすけさの三日へてこころ荒れゆくあはれ　　上田三四二

もういくつ寐るとお正月母と子が昨日も唄に今日も唄える　　岡部桂一郎

羽根つく音・晴着・獅子舞・目出度さの詰まりし正月知る世代吾(われ)　　富小路禎子

正月を改まるものすでになく梅干の種舌にころばす　　藤岡　武雄

生きてゐる青か死にゐる青なるか正月の村の空ぞしづけき　　伊藤　一彦

がんじつ〔元日(ぐわんじつ)〕

一年の最初の日である。新しい年の第一日のため、清新な気分がみなぎる。大晦日を除夜の鐘など聞いて夜深しすることが多いので、この日は家の中でなごやかに新年をことほぎ、一年の計画を心に抱いたり、世界情勢などに思いを馳せたりなどして一日を静かに過ごすようである。**一月一日。睦月朔日(むつきついたち)。**

元日とはやおきをして子どもたちよろこびながら諍(いさか)ひをする　　岡　麓

何となく、／今年よい事あるごとし。／元日の朝、晴れて風無し　　石川　啄木

置き忘れし眼鏡をさがすわが姿(なり)ぞ睦月ついたちつねの日のごと　　木俣　修

元日のしづけき時刻百舌群るる欅冬木に日のあたりゐつ　　宮　柊二

ひる近く起きいでたれば届きゐし賀状を我の読みい

でにけり　石黒　清介

妹は常のままにて元日の日直にゆくと一人行きたり
葛原　繁

元日の庭に入りきて肩の雪ふりこぼしつつ山鬼は舞ふ
岡野　弘彦

歳晩に積りし雪の明るさをかなしみとして元日晴るる
前　登志夫

幼くて一月一日うたひたる終りなき代の怖れあたらし
島田　修二

一月一日朝の机に開き読む第二章第九条は簡にして要
水野　昌雄

がんたん〔元旦〕

元日の朝のこと。**元朝**。**大旦**。**歳旦**。**歳の旦**。**歳の旦**。

佐藤佐太郎の「うづの月日」は珍の月日、尊くおごそかな月日をいう。

村びとは　四方に光りて雪高き　朝戸を開く―。歳の旦に
釈　迢空

あらたまの年たちかへる元旦は我も朝寝をゆるされにけり
大熊長次郎

ひととせのうづの月日をもたらしし朝とおもへば豊かならずや
佐藤佐太郎

何くはぬ顔して坐る元旦の慶も一尾の胎子のまへ
安永　蕗子

一閑の机に韻け歳旦のこゑうるはしく水鳥が啼く
安永　蕗子

癒えてゆく喜びふかく元旦の空を仰げば晴れ透るなり
川合千鶴子

今年二千首をくはだつる淡雪の元旦の計奸計に似つ
塚本　邦雄

ほしきもの迦陵頻伽の風切羽などとおもひて元朝に醒む
塚本　邦雄

大旦まづ訪ひきたる一人は先祖に刺客もつ美少年
塚本　邦雄

収束の寂しさをみせて迎へたり世紀末平成五年元旦
島田　修二

元旦に母が犯されたる証し義姉は十月十日の生れ
浜田　康敬

歳の旦火鉢にいけし炭の火のこんがりとして灰を照らせり
柏崎　驍二

しょうがつふつか〔正月二日〕　一月二日をいう。昔は仕事始めとされ、初荷の小旗が商店に翻り、元日にはひっそりしていた街も賑わう。書き初め、弾き初め、詠い初め、掃き初め、俎板始めなどの吉日とされている。**一月二日。**

一月の二日になれば脱却の安けさにゐて街を歩けり　斎藤　茂吉

正月の二日の午後に聴きゐたり古国飛鳥の寺の琴の音　前川佐美雄

正月二日の玉川上水わづかなる風に笹の葉鳴る音きこゆ　伊藤　雅子

ゆるやかな時間たまわる一月二日ガラス戸の露たびたび拭う　中野　照子

単三の電池入れられ動き出す一月二日の古き掛時計　石橋　妙子

録音の琴の音流しもの書けり正月二日明るき部屋に　麻生　松江

しょうがつみっか〔正月三日〕　一月三日をいう。正月三が日はこの日まで。官公庁などの休日も終わる。

正月の三日のこよひよろづ屋と自動販売機とともに灯ともる　上田三四二

さんがにち〔三が日〕　一月一日、二日、三日の正月の最初の三日間をいう。各家庭では毎朝雑煮を祝い、年始客で賑わう。正月休みもこの日までの所が多い。

新しき日の射す元日二日三日机の上はいまだ乱れず　田中　順二

しょうがつよっか〔正月四日〕　一月四日をいう。正月三が日を休んで、この日を仕事始めとするところが多い。しかし、大体は年頭の挨拶、年賀回りをしてから、年酒を酌み交わし、午前中で仕事を終えるようである。

牕に見る青菜ばたけに人ひとり鍬づかひせり正月四日　玉城　徹

まつのうち〔松の内〕　正月に門松を立てている期間をいう。関東では七日まで、関西では十五日まで。**松七日。注連の内。**なお、門松を取り払ったあとのしばらくを、**松過ぎ。松**

明け。**注連明け**という。

水仙の花とこもりし松の内すぎてしずかに鋸を挽きいる　伊藤　一彦

かん〔寒〕

寒の入りから寒の明けの前日までをいう。つまり小寒・大寒とつづく三十日間の時候で、寒いという意味の寒とは別である。**寒の日**。**寒の内**。**寒中**。

石橋妙子の歌の「寒林」は、寒々とした林ではなく、寒中の林をいう。

嫣とふたり和紙染むるとこの年も寒のさなかに手は荒れ荒れぬ　鹿児島寿蔵

寒十日を陀羅尼助苦く煮詰めたる大釜憩へり牡丹に来れば　初井しづ枝

寒となりふぶけるさまを伝へきくふるさとつつむ雪の白妙　長沢　美津

蛇崩をくだり来りて逢ふ黄柑は寒の日春近きゆゑ光あり　佐藤佐太郎

寒の日の空青ければいやさらに眉目やさしけれ長谷の大仏　川合千鶴子

ほうほうと声よく徹る山国の寒に来会ひて澄みし物言ひ　富小路禎子

ゆらゆらと水餅しづむ寒の日はきみとありたりとこしへのごと　山中智恵子

寒林を透けたる空のみづあさぎ　われの虚実をゆだねつつゆく　石橋　妙子

長きながき吐息のごとくきこえくる夜あり寒の日向灘の潮　伊藤　一彦

かんのいり〔寒の入り〕

寒の三十日間に入ることをいう。一月五、六日のころにあたり、この日を小寒という。**寒に入る**。

北原白秋の歌の「おもと」は婦人をうやまっていう二人称代名詞。

竹おほき山べの村の冬しづみ雪降らなくに寒に入りけり　斎藤　茂吉

寒の入り昨日よりにていささかの日の延びし時カナリア啼くも　斎藤　茂吉

ははそはの母のおもとの水しわざ澄みかとほらむこの寒の入り　北原　白秋

門庭はうす日の中に竹の葉のまれに散りつつけふ寒に入る　長谷川銀作

葬り誰もせぬ骨の箱置かれつつ寒に入りて供物ことごとく腐る　浜　梨花枝

一切の余剰を捨てて寒に入るぶどうの蔓枝なめらかに照る　尾崎左永子

寒の入り大安山羊座の誕生日消しゴムに文字を一日消しゐる　石橋　妙子

しょうかん〔小寒〕

冬至のあと十五日目の一月五、六日ごろにあたる。この日が寒の入りである。寒さのきびしい時期である。

小寒の一月六日精神さへ寒くなければわれはめでたし　新井　貞子

新藁の届くを待ちかね陽を溜めて犬小屋に敷くあすは小寒　石井　里佳

だいかん〔大寒〕

小寒から数えて十五日目、一月二十一日ごろにあたる。一年のうちで最も気温が低く、寒気が強いのがこの前後である。

大寒に近きこのごろよく晴れて日ぐれはしばしば夕焼の空　半田　良平

出てくれば空気が壁のごとく立つ大寒の日々きはまりゆかん　鈴木　幸輔

大寒の日の夕焼くる西とほく富士を見てこころ充ちつつかへる　上田三四二

シリウスの志にしたがひて大寒の風ちぎれとぶ八衢に立つ　雨宮　雅子

剪定の鋏うごかすてのひらに大寒の日がしばしあそべり　宮岡　昇

犬の次郎猫の次郎に雪降りて日本列島大寒に入る　石川不二子

かんのよ〔寒の夜〕

寒中の夜。冷たく凍りつくような寒い夜である。なお寒夜というと冬の寒い夜のことになる。

寒の夜を真澄の鏡研ぎとぎて身はなまぐさきしはぶきに痩す　岡野　弘彦

寒の夜に百済仏は耳冷えてわがつぶやくを聞きたまふらし　岡野　弘彦

げんかん〔厳寒〕

一月の中旬から二月にかけての、骨を刺すような鋭い寒さ。都会の水道も凍ってしまい、特に山陰・北陸・東北・北海道では豪雪と日本海からの強風で、寒さが極まる。

酷寒(こっかん)。**厳冬**(げんとう)。**極寒**(ごっかん)。**寒**(かん)**きびし**。

けさの寒さことさらきびしひきしまる心のうちによろこびのあり　　岡　麓

ようやくにきみ一人(いちにん)を天におく心定めの厳冬に入る　　山田　あき

さえる〔冴(さ)える〕

文語では「**冴ゆ**」といい、冷えきる、澄む、鮮やか、鋭い、などいろいろの意味を表わすが、俳句の冬の季語では、寒さが極まり何もかも凍りつくような、透徹した寒さをいう。

ただし、「冴え返る」と用いた場合、寒さのぶり返し、寒の戻りの意味となり、春の季語である。**冱寒**(ごかん)は凍って寒さのきびしいこと。**冴え冴え**。

こゞえつつ、冱寒の闇に固く坐(ゐ)て、生きてよろしき何事もなし　　釈　迢空

とつぷりと日暮れしといへ夜があり夜こそ冴え冴えとしてわがあそぶ　　久礼田房子

つめたし〔冷たし〕

指の先が痛いほど寒さがきびしい、肌に感じるほど冷える、などの感覚的な表現となる。**冷ゆ**。身体の芯まで冷え込むような身にしみわたる寒さは**底冷え**である。**冷えきる**。

しんしんと雪降りし夜にその指のあな冷たよと言ひて寄りしか　　斎藤　茂吉

冷えきりてこたつに入れる子の足の指撫でて居りかなしみ云ふな　　斎藤　史

今年戦争なかりしことも肩すかしめきて臘梅の香の底冷え　　塚本　邦雄

都心より冷えて帰ればシリウスの尻をかすめてゆく冬の雲　　外塚　喬

こおる〔凍(こほ)る・氷(こほ)る〕

きびしい寒さのために水などが凍結してしまうことをいうが、実際に凍ったものをいうばかりでなく、**凍**(こお)**る日**(ひ)、**凍**(こお)**る夜**(よ)、**頬凍る**(ほおこおる)、**風凍る**(かぜこおる)、**凍天**(とうてん)、**凍光**(とうこう)などのように、寒さのきびしいとき、凍って感じられる場合にも用いる。

斎藤史の歌の「凍裂(とうれつ)の音(おと)」は樹木が凍りついて裂ける音をいう。

夕焼空焦げきはまれる下にして氷(こほ)らんとする湖(うみ)の静けさ　　島木　赤彦

朝食のパンを買ひ居る店の前大気微塵に凍りて降り来　土屋　文明

くれなゐに咲ける山茶花枝ながら降れるみぞれに凍りけるかも　村野　次郎

インク壺にインク充ちつつ　凍結のみづうみひびきてゐるも　葛原　妙子

凍る夜のゆめのきれぎれ縦横のすぢなすものは檻なりしかな　斎藤　史

生きる樹の耐へ得る限度知らざればその凍裂の音におどろく　斎藤　史

凍りはてし湖面といえどわが目にはひしめくごとくみえしいく条　横田　専一

このあたり凍れる冬の日がありて弾丸が削ぎたる跡をぞ照らす　香川　進

街灯の藍のつらなり雪凍りこころにたどる国はつねに冬　近藤　芳美

からだこほりのごとくなりても若かりきなまなましかりき夫のなきがら　森岡　貞香

この若き友も孤独か老いぬれば心の凍る事は次々　小市巳世司

冷えこごりやがて凍りし湖のこと思想のごとし冴え冴えとして　武川　忠一

影くらく朱くはりつく蝕の月ああぽろぽろに凍る天空　武川　忠一

とよみくる夜はの風おと余吾の湖のしろがねの水こほりゆくらし　岡野　弘彦

かんかんと音立つほどに凍る日の疎き樹林はくまなく明し　富小路禎子

氷片のひらめく夜なり凍りたる石踏めば石が触れ合ひて鳴る　石川　一成

しかすがにわれの歩める十二月二十四日の道氷りけり　石田比呂志

かいつぶり鳴き真鴨鳴くみづうみの奥は氷れり昼すぎてなほ　石川不二子

雪の上に雪より白きもの干せり襁褓のこほるとき過ぎながら　石川不二子

暁闇の凍るわが窓たたく風遥かよりして炎のごとし　中埜由季子

四囲より氷りてゆきし池の面ややもりあがる部分の白さ　正古　誠子

いつ〔凍つ・冱つ〕

寒気により水分がこおりつくことであるが、寒さのとくにきびしいとき、ものがこおって感じられる場合にも用いる。**凍てる**。**凍てつく**。**凍雲**。**凍空**。**凍土**。**凍星**。**凍窓**。

また、寒さが厳しく快晴なのは**凍て晴れ**、朝凍てたのに曇ってしまうのを**凍て曇り**という。なお、暖かくなりかけた春に急に寒さが戻り、いったんゆるんでいた地上の凍てが再び元にかえるのを**凍返る**といい、俳句では春の季語となる。

御柱海道。凍て〻真直ぐなり。かじけつ〻鶏はかたまりて居る　釈　迢空

山脈の白い歯が空に向いてわらひじんじん晴れた凍ての季節　斎藤　史

何をたのむ一生と思ふ目を伏せて火山灰性の野の土の凍　斎藤　史

凍て星のひとつを食べてねむるべし死者よりほかに見張る者なし　前　登志夫

しむ〔凍む〕

寒さのためにこおることであるが、きびしい寒さが肌を通して体の芯までしみ込む感じをいう。

いねつつもこの凍む寒さいづこより来るかと指を動かして見る　吉野　鉦二

雪明りしづむ大野の夕凍をまだ渡るなり群の白鷺　木俣　修

凍みふかき鏡の底を割って出た冬神の額のむらさきのあざ　加藤　克巳

かんぱ〔寒波〕

西高東低の気圧配置になると冷たいシベリア気団がやってきて、急激に気温を低下させ、寒気をいちじるしくする現象。冬の間に三十日から四十日の周期で襲来する。実際はシベリアからの寒気団ではなく、北極圏の氷大陸から押し寄せる冷気塊であるともいわれている。

チェルノブイリの黒土に湧きし蝗らは来たる寒波にみなころされむ　小池　光

さんかんしおん〔三寒四温〕

三日寒い日が続くと、そのあと四日暖かい日があるように、寒暖が交互にあらわれる冬の気象である。そうこうするうちに春が一歩ずつ近づいて来るわけである。

曇り重きあした目覚めて懈き身や三寒四温の三寒の入(い)り　　高嶋　健一

瘤多き一樹をひそかに父と呼び三寒四温芽吹く日を待つ　　渡辺　礼子

ゆきのひ〔雪(ゆき)の日(ひ)〕

太平洋側では雪の降る平均日数は年に十日位で、めったに積もることがないが、裏日本では年に百日を越える。新潟県の山間部と北海道の札幌、旭川などがもっとも降雪量が多い。

ちらちらと舞い降りる雪片には親しみがわくが、毎日のように底なしの如く天から雪が降るときは、日常の生活もとどこおりがちになる。

つとめ終へたちいづるとき雪の上に日ぐれむとして泪ぐましも　　佐藤佐太郎

音絶えてわが病室は目の前に雪降る五階の空を窓にす　　宮　柊二

音もなく胸の底ひにふる雪のひと日ふりしきりふりつもりゆく　　安立スハル

雪の日の沼のやうなるさびしさと思ひてゐしがいつしか眠る　　大西　民子

いくたびも雪を見て立つ白昼のひとりのめぐりしづかならざり　　雨宮　雅子

納豆のみそ汁を飲む朝々の雪の日つづくこの二三日　　板宮　清治

ゆきのあさ〔雪(ゆき)の朝(あさ)〕

一晩中降りつづいた雪の朝、銀世界に一変した景色に、新鮮なおどろきを覚えるものである。

大西民子の歌の「きぬぎぬ」は共に過ごした男女が翌朝に別れること。

庭の雪をみながらパンを焼いてゐる朝、この心境を否めぬ　　前田　夕暮

君かへす朝の舗石(しきいし)さくさくと雪よ林檎の香のごとくふれ　　北原　白秋

青みさす雪のあけぼのきぬぎぬのあはれといふも知らで終らむ　　大西　民子

白骨となる日かならず来ることのふいに嬉しくなる雪の朝　　時田　則雄

ゆきのよ〔雪(ゆき)の夜(よ)〕

雪の降る夜は静寂そのものである。暗い夜空を霏々(ひひ)と降る雪は生物のようである。

夜の雪。／蜜柑のあとの葉莨の／舌にしむさへしづかなりけり。　土岐 善麿

雪の夜に歌合あれ楽しきろ判者は人麿定家茂吉ぞ　坪野 哲久

ねむりの中にひとすぢあをきかなしみの水脈ありそこに降る夜のゆき　斎藤 史

亡き父のマントの裾にかくまはれ歩みきいつの雪の夜ならむ　大西 民子

目に見ゆるもの何もなし降る雪の乱れ縺る真夜のちまたに　来嶋 靖生

荒れあれて雪積む夜もをさな児をかき抱きわがけものの眠り　石川不二子

雪の夜のをりをりつまりみづからを怖るるやうに立ちあがりたり　小中 英之

夜のそらを浮きまどう雪。面上げて見るはたのしも、街の通りに　阿木津 英

ひあしのぶ〔**日脚伸ぶ・日脚延ぶ**〕　昼間の時間が長くなること。一年で最も昼間の短い冬至（十二月二十二、三日頃）を過ぎると、一日に畳の目一つずつ昼間の時間が長くなるのが感じられるという。

この日ごろ日脚のびしとおもふさへ心にぞ沁む老に入るなり　斎藤 茂吉

やうやくに日は延びゆくとおもひつつこころ寂しく餅あぶりけり　斎藤 茂吉

冬至すぎてのびし日脚にもあらざらむ畳の上になじむしづかさ　土屋 文明

ふゆふかし〔**冬深し**〕　冬の真っ盛りをいう。一月中旬から二月の終わりごろが、まさに冬たけなわの厳冬である。**冬深む。冬深まる。冬の極。真冬。**

冬ふかみ霜焼けしたる杉の葉に一と時明かき夕日のひかり　島木 赤彦

ふるさとの暁おきの白霜も此処には見ずて冬はふかめり　斎藤 茂吉

冬ふかみ流れ小さかる川口に大き真鯉のひそみ居るらし　古泉 千樫

こころ重く冬の深さを感じゐぬものをも言はでありし幾日　吉井 勇

九十一のよはひかさねしをひとりおもふ冬ふかまり

し空を仰ぎて　　五島　茂

降る雪の白く無量のもの思い居ても起ちてもここ冬の極(はて)　　馬場あき子

冬ふかみ雨の降らねば夏繰る紙の音さへ乾きてきこゆ　　田野　陽

葬りを終へたるひとのまなこにて研がれし吾は真冬となりぬ　　穴沢　芳江

港町ゆくトラックが落したる鱈一本の腸(わた)まで真冬　　三井　修

一月・天地

はつひ〔**初日**(はつひ)〕　元旦の日の出である。年の初めの日の出なので**初日の出**(はつひので)ともいい、また**初日影**(はつひかげ)、**新ひかり**(にいひかり)、**新年の真日**(にいとしのまひ)、などともいう。初日を拝む風習は古くからあり、三重県二見ヶ浦などの海岸で広く行われている。

にひとしの真日のうるはしくれなゐを高きに上り目蔭(まかげ)して見つ　　斎藤　茂吉

つたなきは己れよく知る然るゆゑ初日をあびて歩み出づるも　　前川佐美雄

み仏のわれにぞ賜びし無碍光(むげくわう)とこころ慎み初日をろがむ　　林　光雄

初日さす梅の木の下土凍り楕円に鳥の陰走りたり　　宮　柊二

安らかにひととせあれよ刃のごとく合歓の冬枝に来し新ひかり　宮　柊二

当直の朝あけぬれば初日影この世のかげを曳きて戻りく　上田三四二

少年の日の思ひ出の初日の出手ぬぐひさげし父の面影　宮岡　昇

初日さすまでの五分を目を閉ぢてまてばかそかに鈴の音聴こゆ　中里　純子

はつぞら〔初空〕

元日の大空をいう。いつも見なれている空も、元日となると、いかにも清新な感情を抱くものである。年末より工場も休業しており、車の往来も減っていて、澄み渡った青空が実際にもどっていることに驚かされる。

初み空。

目の涯　本所深川―。青々し―冬菜の原に晴るゝ　初空　釈　迢空

新しきはすべてたのしと思ふべく明るみてゆく空を見るなり　小暮　政次

わかみず〔若水〕

元日の早朝に井戸や泉、川から汲み上げた水をいう。この水を歳神に供えてから、手水を使い、雑煮を作り、福茶を沸かす。水を汲むのは男の役目とされた。

にひとしの清ら若水くみあげてさらにいづみのちからをぞおもふ　柳田　国男

元日の朝日ほがらにてらす井の水をたたへて汲みあげにけり　岡　麓

紅つばき花さくかげの古井戸に吾れや今年は若水を汲む　古泉　千樫

はつふじ〔初富士〕

元日の富士山の姿をいい、それを望み見ることにもいう。純白の雪におおわれて、初日に輝く富士は荘厳である。

はつ春の真すみの空にましろなる曙の富士を仰ぎけるかも　佐佐木信綱

天地の春の初めを統べて立つ富士の高嶺と思ひけるかな　与謝野晶子

世の悩み知らでのぼりし初富士の十六の日のわれをこそ思へ　吉井　勇

世の汚濁見せじと新年の富士包む夕雲は今日戦火の赤さ　富小路禎子

かんのあめ〔寒の雨〕

寒中（一月五、六日ごろから約三十日間）の厳冬期に降る雨をいい、冬の雨とは区別して用いられる。凍った地面や樹木に降る雨には厳しい寒さをおぼえるが、実際には気温が暖かいため雪にならず、雨となるわけで、異常乾燥をやわらげる。寒に入って九日目に降る雨は、**寒九の雨**といって豊年の兆しとされている。

寒の中の雨はまことしづかなる音をたてけりまだ宵なるに　岡　麓

うつし身は現身ゆゑになげきつとおもふゆふべに降る寒の雨　斎藤　茂吉

寒の雨現に見えて地に染むわれの生れし遠き寒の日よ　吉野　鉦二

降りいでて漸くしげき寒の雨なみだのごとき過去が充ちくる　佐藤佐太郎

よもすがら音のなかりし寒の雨柾の土も濡れ渡りたり　植木　正三

かんのみず〔寒の水〕

寒中の水は流れも静かで、よく澄み、水温が低いため微生物も繁殖しない。また、寒中の水は薬になるといわれて寒餅や寒造りに用いられ、寒晒し、化粧水などにも使われる。寒に入って九日目の水（**寒九の水**）は服薬に特効ありという。**寒水**。

寒の水にしづかにひたす硯石蒼き匂ひのいさぎよくして　古泉　千樫

川の洲のかこむ寒水にさざ波がさざ波を追ふその平射光　山下　陸奥

ごりやくのあらんも知れず寒の水水掛地蔵にかけて去なんなん　野村　清

つつましき喜びに似て汲みあげし釣瓶にあふるる大寒の水　岡部桂一郎

寒の水あかとき飲みてねむりけりとほき湧井の椿咲けるや　前　登志夫

寒の水喉ゆっくりすべり落ち生ある者を水は流るる　道浦母都子

かんのゆうばえ〔寒の夕映〕

冬の夕日を受けて美しく照り輝く現象。冬は日の落ちるのが早いので明暗を際立てる。とくに寒中に見られる現象をいう。**寒夕映**。

生き死にのいかなる苦ともかかわらぬ寒夕映の荘(しょう)厳(ごん)ぞ消ゆ　坪野　哲久

時間の死てふものあらば山科区血洗池(ちあらひいけ)町(ちゃう)寒の夕映　塚本　邦雄

かんげつ〔寒月(かんげつ)〕

冬の月は鋭い寒さを感じるが、寒中の月はことさらである。**寒の月**。**寒三日月**。**寒の三日月**。

悔しさをねじ伏せにせし生などを寒の月照る石見て思う　武川　忠一

曳く犬の脳(なづき)にも照る寒の月天地由々しく世を渡るかな　安永　蕗子

震度七　地震(なゐ)すぎしあとの静寂を寒月煌と漂ひてゐる　石橋　妙子

梢(うれ)低く青貝色の寒の月凶兆はもし人にかかはる　石川不二子

つきささる寒の三日月わが詩もて慰む母を一人持つのみ　寺山　修司

かんのにじ〔寒(かん)の虹(にじ)〕

真冬または寒中にあらわれる虹をいう。**寒虹(かんにじ)**。

かなたなる氷雲の空の奥ぐらき悲願に似たる寒虹の照り　前川佐美雄

かなしみのきわまるときしさまざまの物象顕(た)ちて寒の虹ある　坪野　哲久

かんらい〔寒雷(かんらい)〕

真冬、寒中に発生する雷(かみなり)をいう。

わたくしを許さぬひとりあるごとの清(すが)しも寒雷はげしきゆふべ　伊藤　一彦

こおり〔氷(こほり)〕

水温が氷点下になると水は表面から凍ってくる。湖・沼・海なども凍り、寒冷地では野の畑もすべて凍る。**氷原**は一面に凍った海。**氷雪**は氷まじりの雪。**氷紋**は窓硝子に凍りついた氷の紋様をいう。また、氷の張るときに音があるというのでそれを**氷の声**ともいう。**氷(ひ)**。**氷湖**。**氷海**。**氷塊**。**氷片**。

馬場あき子の歌の「薄氷(うすらい)」の紙は厳寒の紙漉きを詠んだもの。俳句では薄氷(うすらい)は春の季語としている。春日井建の歌の「氷刃」はきびしい寒さのたとえとして用いたもの。

黒松の暴風林をふちとして一湾は銀の氷(ひ)を充たしたり　四賀　光子

光なき氷湖（ひょうこ）といへど息づかむ奈落は美しき壺のごときか　　生方たつゑ

氷海の氷の割るるとどろきを聞きたるものは神なるか魔か　　真鍋美恵子

流失せしスクリューとして出逢ふべし氷塊群の漂ふ海に　　葛原　妙子

岩蔭の澱（よどみ）に浮ける死魚（しぎょ）をとぢ冰（こほり）は青く昏（く）れ残りけり　　福田　栄一

氷塊がよりあひて海をとざしたるいちめんの白（しろ）満つるしづかさ　　佐藤佐太郎

氷塊のせめぐ隆起は限りなしそこはかとなき青のたつまで　　佐藤佐太郎

氷雪の曠野（あらの）の捕虜死は五十年経ればいよいよ言葉に絶（ぜつ）す　　窪田章一郎

ひびきたる冬の音凛々（りり）　きさらぎの未明の蒼き氷を割れり　　斎藤　史

視点となるものなき氷原（ひばら）その下にもかすかに潮の満（み）ち干（ひ）はあるか　　斎藤　史

この朝は氷の張れり自転車ともろに倒れし少年を見る　　宮　柊二

水鉢の凍れるがうへ鳥の来て氷をつつく音はかすけし　　河野　愛子

氷紋の美しき日は過去として失ひたかりし記憶も惜しく　　中城ふみ子

夜半清冷の水薬（すいやく）を目にしたたらせ瞑（つむ）れば杳（とほ）き氷原がみゆ　　富小路禎子

苦しみを忘れずは人は生きざらん暁（あかつき）漉（す）きの薄氷（うすらひ）の紙　　馬場あき子

氷片にふるるが如（ごと）くめざめたり患（や）むこと神にえらばれたるや　　小中　英之

脚傷のひしひしいたむ夜をこめて氷刃（ひょうじん）は冬の樹幹を削げり　　春日井　建

池に張る氷の上をうっすらと水の流るるときの　さみしさ　　沖　ななも

人はただ氷海を望みまぶしめり海底に生くるいのちに触れず　　高辻　郷子

あられ〔霰（あられ）〕

気温零度前後に大気中の水蒸気が急に凍結して、小さな氷の球となって降る氷あられをいう。また、雪といっしょに降る雪あられがある。枕詞「霰打つ」は、あられに掛けて同音を繰り返して用いる。また「霰降り」は鹿島、遠などに掛ける。玉霰は霰の美称である。

ある夜半に雪の外なる霰来て雪を踏むなりポルカのやうに　与謝野晶子

霰降る身のまはりなる物のかげ濃く染まるまで灯を強くせよ　新井　洸

喉穿りて横たはる夜の素硝子の窓にはららぐ霰ひとしきり　明石　海人

琅玕のみちに霰たばしればわれ途まどひて拾はむとせり　前川佐美雄

ふるさとは濤の秀尖に霰打つ火花よ白くわがゆめに入る　坪野　哲久

在り在りて何を得るとも思はねども掌の上に乗る霰あり　斎藤　史

ぴしぴしと白き霰を凍る土鋼のひびく音にて迎ふ　宮　柊二

鶺鴒の金嵌つ如きこゑのして林泉にひとしきり繁し霰は　田谷　鋭

ひとしきり金堂址の大いなる礎石にしろく霰たばしる　大越　一男

みちのくに霰ふれるかわが身よりゆゆしき歌ごころ湧きいでつ　塚本　邦雄

玉霰うなじを打てりあまつさへ額打てば湧く極左のこころ　塚本　邦雄

たちまちに沖より曇り一陣の風に乗りくる能登のあられよ　宮岡　昇

還暦の朝へ踏み込む爪先にいと暗く跳ねて霰先立つ　西村　尚

冬一夜あそばず飲まずきくべくはむかしむかしの霰のひびき　小中　英之

襟立ててつと出でゆきて帰らざりし放蕩は水面をさばしる霰　春日井　建

かざはな〔風花〕

晴天に、遠くで降っている雪が風にともなわれて、花びらのようにちらちら舞うこと。一塊の雪雲がもたらしたり、一度降った雪が風で吹きおこされたりして、空中をとぶこともある。初冬から冬の間降るが、ときおり春先にも降ることがある。

はららぎて遊びの如き風花のひとときのまも流らふものを　岡部　文夫

冬の音に耳を澄ませば風花は散り来て消ゆる白き石のうへ　安田　章生

木の椅子に待たされをればときじくの何か言葉のごとし風花　大西　民子

亡きひとも小(ち)さく口あく風花の舞ひ来て閉ざす四空大　ああ　高嶋　健一

雪虫のごとくに舞へる風花はみな垂直に湖に落ちこむ　石川不二子

森の奥にちりちり紅き夕日あり風花ほどの雪零りながら　石川不二子

風花にふれたくなりて生命線微明のてのひら二つをひらく　小中　英之

風花のかそけきいのちながらへてここまではまづ落ちのびて来し　藤井　常世

見抜かれぬほどに抑へし怒りなり夜空あふぎて風花を食ふ　安田　純生

いずこより来ていずこに去る風花か飛驒の高山夕暮はやし　大下　一真

日蝕の日は中天に昇りたり風花のなか耳さむくゐる　中村　淳悦

ゆき〔雪(ゆき)〕　雪は、温度が氷点下になると、空気中の水蒸気が結晶して降る。純白な雪片の大小は、降雪中の気温の差によるもので、低い気温のときには細かいサラサラとした粉雪となり、気温が高くなると大粒のベタベタした牡丹雪となる。古来日本では「雪月花」として詩歌に雪を多く詠んで賞め讃えてきているが、一方豪雪地帯では雪との対決ともいうべき現実の生活が営まれる。**雪片(せっぺん)。雪ばんば。**

いとけなかりし吾を思へばこの世なるものとしもなし雪は降りつつ　斎藤　茂吉

たまさかに二階にのぼるこんこんと雪降りつむを見らくし好しと　斎藤　茂吉

一つ来て瞼(まぶた)に煮ゆる雪片(せっぺん)の須臾(しゅゆ)とどまらず水と滴(た)りけり　北原　白秋

老われの命をはる日遠からじ雪清浄に身にふりそそぐ　松村　英一

ふる雪は朝まだきより人の世のさびしさ超えて清々と降る　吉田　正俊

蓋かたくとぢてねむりし貝殻の嘆きの詩をよむ雪ふれば　生方たつゑ

一月・天地

しんしんと甍の反りは雪の反りこの平凡の事の愕き　坪野　哲久

古妻とそひていぬるに屋根の雪とどろきおつる音きにけり　野村　清

あらはなるうなじに流れ雪ふればささやき告ぐる妹の如しと　近藤　芳美

かきくらし雪ふりしきり降りしづみ我は真実を生きたかりけり　高安　国世

自から狭くなりゆく我ならん雪降れば雪の中に慎み　植木　正三

亡き姉よ浮世の冬は早くして雪ばんばがもう踊れるよ　山崎　方代

雪積める越の柊二乃墓の写真思はず手もてその雪払ふ　宮　英子

つきぬけて虚しき空と思ふとき燃え殻のごとき雪が落ちくる　安永　蕗子

石の上の雪うつくしとみてゐしが薄ら日が差し白き雪のうへ　上田三四二

愚かしき乳房など持たず眠りをり雪は薄荷の匂ひを立てて　中城ふみ子

搔きよせたる路傍の雪の汚れつつかつても今もわれは旅人　北沢　郁子

雪は降る　蜜柑のなかに雪は降る　彼岸の母の持てるみかんに　高松　秀明

街上は夕昏れならん地下鉄にのりくる人ら雪の香まとふ　尾崎左永子

かの戦後よみがへりぬと思ふまで雪ふかき街につづく歩行者　島田　修二

瓔珞のゆれて夜の底ふかめをりせつせつと降る来し方の雪　石橋　妙子

よく手をつかう天気予報の男から雪は降りはじめたり　高瀬　一誌

遠き世の雪暖かく降りつもり繭のかたちになりゆく村は　阿部　正路

誰よりも雪の熱さを知りゐると畏れなきかなわが思ふこと　石川不二子

泣くおまえ抱けば髪に降る雪のこんこんとわが腕に眠れ　佐佐木幸綱

水の面に浮かぶビニールに雪つもりちりちり痺れる夕景となる　沖　ななも

雪に傘、あはれむやみにあかるくて生きて負ふ苦をわれはうたがふ　小池　光

体温計くわえて窓に額つけ「ゆひら」とさわぐ雪のことかよ　穂村　弘

母の住む国から降ってくる雪のような淋しさ東京にいる　俵　万智

ゆきもよい〔雪催(ゆきもよ)ひ〕

底冷えがして、いまにも雪の降り出しそうな曇った天候をいう。**雪催う**。**雪模様(ゆきもよう)**。**雪空**。**雪ぐもり**。**雪雲**。**雪の気配**。

伊藤一彦の歌の「雪暗(ゆきぐれ)」は天候が雪模様で、あたりが暗いことをいう。また「雪暮」「雪暗」と書いて、雪の降る夕暮れのこともいう。

食はずともよき老二人雪催ふ冬をこもるに火は絶やすなし　岡部　文夫

見しゆめにゆめを重ねてまどろめる硝子へだてて雪のけはひす　雨宮　雅子

中年の愛は切なしきさらぎの夢想の遊行ゆきぐれをゆく　伊藤　一彦

おおゆき〔大雪(おほゆき)〕

ひどく降る雪。またはその積もったものをいう。**大き雪**。

下村光男の歌の「雪折」は降り積もった雪の重みで、樹木の枝が折れること。

湧く雪の空にし余り大き雪みだれ降り来るこの家間(いへあひ)に　窪田　空穂

愛鷹(あしたか)に大雪降れり百襞(ももひだ)の真くろき森を降り埋(うづ)みつつ　若山　牧水

断絶のよろこび石はふかぶかと大雪のなかにうもれていたる　加藤　克巳

昨夜ききし雪折の音これなるかいたいたし大雪の朝の木斛　下村　光男

ゆきあかり〔雪明(ゆきあか)り〕

雪のため、闇夜が明るくなることをいう。

寂しさにたへつつあれば雪あかり向ふ谷より凍(し)みとほりくる　前田　夕暮

さいはての駅に下(お)り立ち／雪あかり／さみしき町にあゆみ入りにき　石川　啄木

雪あかりに亡き娘(こ)来しともみえねども更けわたる津軽の裸(はだ)か燈(び)の雪　五島　茂

雪あかりしるき夕ぐれ蓮根(れんこん)と慈姑(くわい)にひとり剣菱(けんびし)を飲む　加藤　克巳

ねむりたる子が呟けば眠りたる妻つぶやけりこの雪あかり　石本　隆一

雪明りの中にまばらに立つ樹木しづかなる夜をわが帰り来る　板宮　清治

ゆきのはな〔雪(ゆき)の花(はな)・雪(ゆき)の華(はな)〕

六花(むつのはな)、**雪華**(せっか)ともいう六角状の雪の結晶をいう。古くは雪が降る様子を花の散ることに、また、樹木や山などに雪が積もる様子を花が咲いたことに、たとえていった。

息苦しく胸をおさえて佇つ窓にかすかなる雪の華の増えゆく　吉田　漱

うすゆき〔薄雪(うすゆき)〕

少し降り積もった雪。**うすら雪**。

庭土をわずかにそめてひっそりと雪がやんでおる死ぬるは易し　山崎　方代

もちの木に珊瑚樹の葉に薄らにも沼津の雪はたまり来にけり　玉城　徹

ゆきのこえ〔雪(ゆき)の声(こゑ)〕

雪は音もなく降るが、静かさの奥深くに、ひっそりとした声、なげきのような声などを聞きわけることがある。**雪ふる音**。**雪哭き**。

明治末期のごとく侘しき酒店にて雪ふる音を聞きてゐたりし　長沢　一作

雪哭きの降りざまに耳は塞(ふた)がれて遠き機(はた)織る音のみ聞こえぬ　大滝　貞一

ささめゆき〔細雪(ささめゆき)〕

こまかに降る雪である。また、こまかくくだけた米のようなので、小米雪(こごめゆき)という。

ささめ雪窓にながめて母父(おもちち)と浮世がたりをするが寂しさ　北原　白秋

きぞの日の焚火の跡に降りいでし細雪ゆゐすがやかに観つ　中村　正爾

こなゆき〔粉雪(こなゆき)〕

粉のようにさらさらして細かい雪。**粉雪**(こゆき)ともいう。

糸桜咲きかかりたる蕾満ち青岸渡寺はいま粉雪の中　植松　寿樹

窮まりし寒の貧しさ地の上に粉おくごとく雪は降り

来る　安永蕗子

誤解とけぬままに別れし夜の街粉雪は肩にしみて消えつつ　大西民子

約しある二人の刻を予ねて知りて天の粉雪降らしむるかな　岡井　隆

やわらかに粉雪は舞うわたくしという昏がりの窓のむこうに　三枝浩樹

銭湯の開くを待てる幾人の皆若からず粉雪散る中　長田雅道

見守りつつことば飲み込むしばらくのためらひに吹きくらむ粉雪　牛山ゆう子

粉雪ははるか天より剝がれくる水雲母なり響きかそけし　松平盟子

ゆきばれ〔雪晴れ〕

雪のあとの晴れた日は空が真青に澄み、鬼の居ぬまの洗濯などといわれるほど、温かい日和となる。**雪晴る**は雪が降りやむことをいう。

まなかひに見ゆる山々雪はれてしづかなる日にわれは歩みぬ　斎藤茂吉

ひろびろと雪晴れわたり空あをしきららけるかもよ今朝の旭子　木下利玄

雪ばれの空すみはててかげもなし氷のごとき夜ぞせまりくる　土田耕平

こころざし心を刺さず雪晴れにひとの言葉の重からぬさへ　藤井常世

雪晴れというべき日かな昼ちかく屋根よりぽとぽとしずくの落つる　晋樹隆彦

ふぶき〔吹雪〕

降る雪が強風に激しく吹きまくられ、乱れとぶように降ることをいう。**吹雪く**。また、雪をまじえて寒風が強く吹きまくることを**雪しまく**、**雪の風**、**風雪**という。

最上川逆白波のたつまでにふぶくゆふべとなりにけるかも　斎藤茂吉

雪ふぶく頃より臥してゐたりけり気にかかる事もみなあきらめて　斎藤茂吉

街路樹の枝鳴らし来る風雪はこの路地に落ちて音を止めたり　木俣　修

夜をひと夜狂ふ吹雪がわれの中に荒れたる白き堆積を置く　斎藤　史

忽然と街消えて吹雪来りたり　未来こし方断たれて

ひとり　　斎藤　史

空ひびき土ひびきして吹雪する寂しき国ぞわが生れぐに　　宮　柊二

凶作ののちの地平を霏々とうづめ狂ふといふか北辺の雪　　田谷　鋭

「帰去来」の白秋小屏風を柊二記念館に収むと来て吹雪に難渋す　　宮　英子

耐へ居ればながき凝視のなかにして雪の表を炎えてゆく風　　安永　蕗子

無抵抗に眠るわれの夜もすがら雪は猛禽の形して襲ふ　　中城ふみ子

空曇ると見る間に昏む山腹を片削ぎざまに吹雪は襲ふ　　片山新一郎

夢すらや雪にし白く曝されん吹雪の中にこよひ眠れば　　尾崎左永子

雪しまく関門海峡鷗らは流れのたるむ岸べに浮かぶ　　中西　輝磨

山頂へさむざむとして還りゆく母の霊見ゆ村が吹雪けば　　阿部　正路

育ちゆく樹氷をめぐる雪の風頬を打たば頬に血は熱くなる　　石本　隆一

縹渺の頸城・魚沼・蒲原と切なき地名に吹雪とよもす　　大滝　貞一

じふぶき〔地吹雪〕

雪のやんだあと、積もった雪が強風に吹きとぶことをいう。

幾たびか地吹雪立ちてわが槻の林を白き幻とせり　　扇畑　忠雄

地吹雪が悲鳴にも似て野を過ぐる凍結急ぐ山のみづうみ　　山名　康郎

地ふぶきとして雪原を渡りゆく風あり風の放つ白炎　　清水　敏治

地吹雪の渦は林へ走り行く風のリストにまなこ開けば　　佐佐木幸綱

いてゆき〔凍雪〕

きびしい寒気で凍った雪をいう。堅雪は凍って固まった雪。なお堅雪は次の歌のように、高嶺に夏でも残っている雪にもいう。「高山のいただきにして真夏日は上汚れせる堅雪照らす　川田順」

わがあゆみいつしか北側となりゆきてこころしづま

る堅雪の上　坪野　哲久

凍て雪をよろへる岩の意地つよき坐りざまをば見て物言はず　斎藤　史

館いま華燭のうたげ凍雪に雪やはらかくふりつもりつつ　塚本　邦雄

ひさめ〔氷雨〕

元来氷雨は五月以降に発生する雷雨が、激しい雷鳴とともに降らす雹や霰をさす。近来は冬の季節に霙まじりに降る雨を一般にさしていう。雪がとけかけて雨まじりに降る冷たい日は、いよいよ寒さがつのる感じである。

氷雨する夜のちまたをかへり来る酒にさめたる一人の男　金子　薫園

あかつきに氷雨の音をききしかど覚めてくれなゐの梅にむかへり　小暮　政次

凛然と一木の紅き梅もどき氷雨の中に響きつつあり　宮　柊二

荒廃の来らん冬に耐え行けば今日氷雨降る修院の森　前田　透

灯に光り白き軌跡をひきて落つ氷雨は心の襞にしむごと　岸本　好普

はすかひに港の氷雨たへまなくぬれ色あをき石ころをける　加藤　克巳

汝は我の右を歩めり傘さして氷雨の中に傘は触れ合ふ　葛原　繁

身に沁みて一月氷雨降るなれば一心一軀ただいま透る　安永　蕗子

疑はず戦にゆきし日のとほく氷雨となりし夜半を覚めをり　島本　正斎

氷雨ふる街より入りし地下道に雛売られゐて夜のそのこゑ　尾崎左永子

君が手にわが手たづさへ二人ゆけば夜道は冴えて氷雨降り来つ　馬場あき子

寒寒と舗道を叩き降る雨の霙ともなふ闇のなかゆく　武田　弘之

野男の名刺すなはち凩と氷雨にさらせしてのひらの皮　時田　則雄

かぐはしき怒りあらむや山焼きの果てて二日を氷雨ふりつぐ　武下奈々子

ねゆき〔根雪〕

冬のあいだ降り積もった雪が、春まで解けないで、固まったままのものをいう。

こころの隅に積りし根雪いささかはゆるぶか白き内(ない)庭(てい)の梅　　斎藤　史

凍りたる根雪よごれて捨てられし一塊(ひとかたまり)を歴史と呼ばむ　　武川　忠一

つらら〔氷柱(つらら)〕

屋根や軒などに氷が棒のように垂れ下がったもの。屋根に積もった雪がとけ、氷滴が寒さで凍ったものが多い。崖や滝などにも発生する。朝日が射すと溶けるが、日陰では溶けずに日ごとに太って**大氷柱**(おほつらら)になる。

軒ばたにきのふ払ひし大氷柱今朝(けさ)またむすぶ寒ふかみかも　　中村　憲吉

とがりたる氷柱を晒し軒暗く冬の家低き習慣(ならひ)に籠る　　斎藤　史

家ぐるみ氷柱となりしかの日日に耐へしは若き力なるべし　　三国　玲子

屋根の雪解けつ凍りつ春は来む尺余の氷柱薄ら日に光(て)る　　麻生　松江

とがりたるつららを食めば天地(あめつち)のひびきぞ神の渇きしずむる　　玉井　清弘

花かざる明日などは無しわが坂に口惜しく氷柱なす君が歌　　沢口　芙美

ふゆのもや〔冬の靄(ふゆのもや)〕

冷えこみがきつい朝や夜には靄が市街地をすっぽり包む。近年工業都市に多く発生している。**寒(かん)の靄**・**寒靄**(かんあい)は寒さの厳しいとき発生する靄。**冬靄**。穂積忠の歌の「**水靄**」は冷たい空気が暖かい水面にきてできる蒸気のような靄。北沢郁子の歌の「**烟霧**」は濃霧・スモッグ。

町なかに　富士の地下水　湧(ワ)きわきて　冬あたたかに、こもる水靄(みづもや)　　穂積　忠

貧しき国にせぐくまり生きゆくも慣れては親しおほふ冬靄　　吉田　正俊

かぐはしき遺響(ゐきやう)を恋ひてこの夜ふけ冬靄ふかき坂くだりゆく　　坪野　哲久

雨ののち雪となりたる夜のみて靄をとほして雪ふりしきる　　佐藤佐太郎

うけとりし銭大切にかへりくる大川にいま寒の靄たつ　　中野　菊夫

仕立屋の角の小檀(まゆみ)紅葉して夕べは白き靄来て包む

中山　礼治

冬に入るおほばこの穂の強情に街の烟霧(えんむ)はふり沈むなり
北沢　郁子

杉群のなかより生れて寒靄(かんあい)は移りうつろふその秀(ほ)のあたり
津川　洋三

ふゆがすみ〔冬霞(ふゆがすみ)〕

高気圧におおわれた隠やかな冬の日に、山野に棚引く霞をいう。**冬の霞**。**寒霞**。

冬霞はたけのなかに枯草の山ある国ぞ相模のくには
太田　水穂

垣山にたなびく冬の霞あり我にことばあり何か嘆かむ
土屋　文明

奔馬ひとつ冬のかすみの奥に消ゆわれのみが累々と子を持てりけり
葛原　妙子

ふゆのかげろう〔冬(ふゆ)の陽炎(かげろふ)〕

冬でも日射しの強い南側の日向などに、かげろうの立つことがある。とくに岩窪の渕などの水面に、水蒸気がゆらゆらと静かに動くのが見られる。**水陽炎(みずかげろう)**。**水かぎろい**。

にごり江は枯芦群の冬日さし水かげろふのほのかなるかも
佐佐木信綱

ものさしを持てど決まらぬ人生のごとく揺れをり冬の陽炎
安田　青風

切々(せつせつ)と生きて苦艱(くげん)に堪へむとす雪に涌きつつ水炎(かぎろ)ひよ
生方たつゑ

きしむ雪ふみて来つるにながれゆく水の方よりかげろふのもゆ
遠山　繁夫

目にみえぬものかくのごと見えをりて陽炎うごく冬の日向に
川島喜代詩

二月

冬・春

二月・季節

にがつ〔二月(にぐわつ)〕

月初めに立春を迎えるが、気温は一月と同様に低く、まだまだ寒い。しかし、空の光などには春の気配が感じられる、早春の候である。**二月尽(じん)**は二月末日。

火の如くなりてわが行く枯野原二月の雲雀身ぬちに入れぬ　前川佐美雄

しみじみと二月の空は晴れてゐる早くあの世へ帰りたいのだ　山崎　方代

屈折は光のごときものならず二月は心の角度と思ふ　中村　純一

ぐいぐいと二月の風を押しゆきていまが勝負と風も食ふなり　中村　純一

縫閑期と戯れに呼ぶ二月となりぬ縫賃値上げして勢ひをりしに　三国　玲子

いづくにか運ばれてゆく葬花さへ街の彩りとして二月尽　今井　博子

枇杷の花すぎてほのぼの暖かき二月半ばの空は香をもつ　中西　輝磨

土の鈴ふれば内部(うち)よりいづこへかさまよひまどふ二月の音す　小中　英之

にほひすみれさきはじむると二月尽母のかな文字畝のごとしも　上村　典子

蠟燭の灯のもと家族(うから)集ふとき二月はいびつな真珠と思ふ　中里　純子

きさらぎ〔如月(きさらぎ)〕

陰暦二月の別名。陽暦では二月末から三月末ごろに当たり、寒さがぶりかえすころである。衣更着(きさらぎ)、梅見月(うめみづき)、初花月(はつはなづき)、雪解月(ゆきげづき)、小草生月(おぐさおいづき)などともいう。如月には、冴え返る天候にとまどう人の息吹きが聞こえるような語感がある。

千葉県より恋のこころに告げていふきさらぎ空に雲雀啼くとぞ　斎藤　茂吉

きさらぎの二日(ふつか)の月をふりさけて恋ほしき眉をおもふ何故(なにゆゑ)　斎藤　茂吉

きみの死をみとどけるべくきよくあれ白梅荘厳きさらぎの座右　山田　あき

きさらぎの光の乏しきに尾は刺して聯に吊しぬ若狭鰈を　岡部　文夫

きさらぎの雪のきららを髪にのせ花冠のごとく羞ぢらひゆけり　斎藤　史

さくらの苗木買へといふ子よきさらぎの今日あたたかきひびきをもちて　中野　菊夫

梅白ききさらぎ末の六日の日われは生れしと生れしさびしさ　久方寿満子

わが門を出でたる道はきさらぎのふくらむ闇にそのままに入る　岡部桂一郎

きさらぎの風つめたけれ揺られつつ右腎一つのうつしみ運ぶ　高嶋　健一

きさらぎはひかりの林　みなゆきて光の創を負ひてかへれよ　雨宮　雅子

生業はかくも美しきか如月の豆腐を水より掬いているも　石田比呂志

書きなづみきさらぎの夜をわがをれば時に随ひ空気は動く　来嶋　靖生

わが猫のなきがらもはや溶けゆけよきさらぎ十日あたたかき雨　石川不二子

死者の旅寒しきさらぎ清冽にありしながらの額がそこに　西村　尚

まなざしに午後の翳りを秤りつつきさらぎ静臥位沈めおくべし　小中　英之

年老いし吾に母に降るそれぞれの峠のごときききさらぎの雪　三枝　昻之

俯きしわが顔熱く火照るまで凍雲洩るきさらぎの日は　中埜由季子

きさらぎの楽器店にてギター弦ヴィオラ弦ひかりの遅速をきそふ　栗木　京子

きさらぎの雨から雪に変わる午後「オレが何とかする」って何を　俵　万智

かんあけ〔寒明け〕

小寒・大寒とつづいた三十日間が終わると、立春を迎えて寒が明ける。大体二月四・五日ごろになる。寒が明けてもきびしい寒さが続くため、立春に比べて、寒明けには寒の意識が残存する。

寒あけの後一月は春の日ものびのびとせぬ沈丁花の

花　岡　麗

うつしみのわが歩みゐる寒あけのゆふあかりにて道の土堅し　佐藤佐太郎

舗道にはひどく亀裂があるかなと寒明けごろのゆふべ帰路　佐藤佐太郎

地にしみて消えてゆきたるわがかげを凝視めていたり寒あけの日に　赤座　憲久

寒明けの的となりたる水底に刃金きらめく如きうろくづ　内田　紀満

りっしゅん〔立春〕

陰暦では一年を二十四に分けて、季節の大切な基準とした。立春はその第一番目に当たり、昔は元日でもあった。そして、暦の上ではこの日から春になる。陽暦の二月四日か五日に当たり、節分の翌日になる。まだまだきびしい寒さであるが、暦の上の立春によって、自然の中に春を敏感に探す感情が磨かれてきた。**春立つ**。**春来る**。**春となる**。**立ち返る春**。**春きざす**。

高瀬一誌の歌の「立春大吉」は道元が中国から伝えたという札の語。門柱などに貼った。

此の朝霜しろくしておのづから泉の音に春来るべし　土屋　文明

焼却炉より立つ煙真つ直ぐなり春となる季節の空の変り目　長沢　美津

さえざえと春立つらんかにごり酒ひとり酌みつつ息長にわれ　坪野　哲久

限りなき辛夷の蕾立春の天に向ひてすでにととのふ　岡部　文夫

ちかぢかと夜空の雲にこもりたる巷のひびき春ならむとす　窪田章一郎

白い手紙がとどいて明日は春となるうすいがらすも磨いて待たう　斎藤　史

雪の上に血痕ひきし生きものの足跡消えて春来るといふ　斎藤　史

復活を信じぬわれが立ちかへる春を頼みて豆煎りてをり　斎藤　史

光のみ先立ちて春になりをりとまなこしばたたき雪道あゆむ　中山　周三

立春の朝空浄し生のため捨てねばならぬものの如くにも　田谷　鋭

立春の朝川渉る夢さめてわが身ひとつの古稀を思は

む　　山中智恵子

透きとほる花の幻影夜々(よひよひ)に眠りをつつむ立春前後　　尾崎左永子

背こそは立春の日の濃紺なれ聴診をしてかへり来たれり　　岡井　隆

正座のまま眠りこみし猫にも立春大吉来るがごとしも　　高瀬　一誌

春立てる夜の家族の話題なり乳噴きて泳ぐ鯨のことも　　伊藤　一彦

ふとん打つおともいかにも春となり街上に横たはる縄一本　　小池　光

列島に春きざしつつ整列が美しすぎる子らと水仙　　小島ゆかり

はるあさし〔春浅し(はるあさし)〕

立春後の、まだ冬枯れの寒さの中に、春らしさをおぼえるのをいう。期間はごく短かい。**浅き春**。**浅春(あさはる)**。**春淡し**。**春いまだ浅し**。

春あさき山の麓の山崩(なぎ)あとに紫雲英(げんげ)の花の咲くあはれなり　　前田　夕暮

みちのくは春いまだ浅し暖炉(ストーブ)の煙もゆふべの空に凝(こご)れり　　木俣　修

貧窮を声に出しつつひよどりの叫びつづけて浅春過ぎむ　　斎藤　史

梅林(ばいりん)のなか流れゆく山水に春浅ければ寒き音あり　　宮　柊二

山の湖春浅くして薄光る夕べ一人のわれたらしめよ　　武川　忠一

はるをまつ〔春(はる)を待(ま)つ〕

寒い冬は家にこもりがちである。冬の終わるころには、春の到来が待ち遠しい。**春待つ**。

しがみつく姿勢つづけて春を待つ寒き机の前の旦暮(あけくれ)　　松村　英一

霜いくらか少き朝(あした)目に見えて増(ま)さる泉よ春待ち得たり　　土屋　文明

春待てるとほき思ひにひとり立つ氷の下にみち来るうしほ　　樋口　賢治

白い靴一つ仕上げて人なみに方代も春を待っているなり　　山崎　方代

はるちかし〔春近し(はるちかし)〕

春がすぐそこに来ている気配をいう。また春を待つ気持ちもこもる。**春真近。春隣**(となり)**。春近づく。**

量感もなく六甲の山うかび仮面の春がまた近づくか　　安田　青風

雪山の裾の濃闇(こやみ)のひとところ伊那春近(はるちか)の黄の灯(あかり)澄む　　木俣　修

にはかにも昼より冷えし一日の夜ふけて緩み春ならむとす　　窪田章一郎

子の図鑑めくりつつ愉し揚羽(あげは)生れもくれんの咲く春も近きか　　田谷　鋭

春近き潮とほり過ぎ蛸壺の蛸のゆめ二三本足をこぼせり　　馬場あき子

ふゆおわる〔冬終る(ふゆをはる)〕

寒くて長かった冬がようやく終わることをいう。**冬尽く。冬行く。冬去る。冬過ぐ。冬の名残**(なごり)**。冬果つ。冬の別れ。冬を送る。**

はたらきて止むときもなきうつせみに寒さきびしかりし冬過ぎむとす　　斎藤　茂吉

裸木の枝うちかすむ野の末やきびしき冬もやや過ぎにけり　　今井　邦子

冬のゆくゆふべ茜(あかね)の雲吹きあげ街歩む人に悲しみもなし　　鹿児島寿蔵

屋根の霜みるみるうちに融けゆくを冬のわかれと謂(い)ひて寂しむ　　佐藤佐太郎

鉄骨が錆びて立ちいる一区域冬過ぎて行く風の音する　　前田　透

粉雪舞ふを見し日はあれど庭なかの水も凍らず冬過ぎむとす　　宮地　伸一

バッハばかり聞きたる冬も尽くるらしはつかに空の艶うごく見ゆ　　安立スハル

言葉すくなくわれらの冬も終りぬと斑雪(はだれ)の山に山鳩を待つ　　前　登志夫

そうしゅん〔早春(さうしゆん)〕

冬の寒さがまだまだ感じられる二月中旬ごろをいうが、空の光りなどに春の気配がうかがわれるようになる。**春早し。春先。**

看護婦の手のあかき見て早春の病院町を急ぎたりけり　　矢代　東村

春はやく肉体のきず青沁むとルオーの昏き絵を展くなり　　塚本　邦雄

早春の男湯に声あふれをりいまいづかたの国か亡ぶ

る　塚本邦雄

忘却のとき至りつつ早春の街に青き果実が売られ　中城ふみ子

父母の形見の陶のなべて割れ早春の日差に拾ひては棄つ　石橋妙子

一病息災かたみにねがひ飲食にたゆたふ早春の小家族　高嶋健一

早春の若草原を踏みながら今をはぢらひいのちはぢらふ　新井貞子

ここはまだ早春の峡やわらかく織き光を差し交わしつつ　永田和宏

よかん〔余寒〕

寒が明けて暦の上では春の気分であるが、まだまだ寒さが尾を引いて残っている感じをいう。立春後の寒さ、**残る寒さ**である。

暖かき余寒なるかな音たてず高天原より降らし来る雨　窪田空穂

うちつづき身まかりてゆく人思へりいつまでか寒き春のはじめは　岡麓

ひとりゆゑみづからが切るひときれのレモンと思ふ余寒の朝を　穎田島一二郎

立春を十日余り過ぎてこの寒さ母病みわれ病め小雪ちらつく　益永典子

はるさむ〔春寒〕

立春を過ぎてからの寒さをいう。余寒と大体同じであるが、余寒は寒さの方を強めて残る寒さをいい、春寒は春の方を強めて春になってもまだ寒い、というように語感と心持ちのうえで微妙なちがいがある。**春寒し**。**春の寒さ**。**春冷え**。**春寒**。

塚本邦雄の歌の「春寒料峭」は春になってもまだ風が肌寒く感じられること。

空くもらひ筑摩野の春さぶしもよ山国にして高山を見ず　佐佐木信綱

いつまでもふふみて咲かぬ沈丁花心もとなき春の寒さや　岡麓

春寒のふた日を京の山ごもり梅にふさはぬわが髪の乱れ　与謝野晶子

過ぎし日のことをかすかに悔いながら春いまだ寒き墓地をもとほる　斎藤茂吉

春寒の朝のひかりの宙にして縄跳びの縄さからい撓

う　　　　　　　　　　　　　山田　あき

汝逝きて千と九十五夜過ぎぬ春冷えのけふ香たてま
つる　　　　　　　　　　　　　田谷　鋭

春寒き浅草に来ぬ支へられ拝みし人を面影にして
　　　　　　　　　　　　　　　宮地　伸一

ウインドーに写る少女の希臘鼻美しくして未だ春寒
　　　　　　　　　　　　　　　中城ふみ子

春寒料峭、文書きさして子のマザーグース童謡集父
が読む　　　　　　　　　　　　塚本　邦雄

うつくしく肉緊りたる腓などを春寒き日のまぼろ
しとして　　　　　　　　　　　玉城　徹

おびただしき無言のifにおびえては春寒の夜の過ぎ
むとすらし　　　　　　　　　　岡井　隆

くれなゐのハイ・ヒールにて足の甲そのなかに反る
さまも春寒　　　　　　　　　　小池　光

春寒や旧姓織く書かれゐる通帳出で来つ残高すこし
　　　　　　　　　　　　　　　栗木　京子

さえかえる〔**冴返る**〕

立春を過ぎてから、少し暖かくなったと思うと、また寒さがぶりかえすことをいう。本格的な春は冴え返りつつ冴え返りつつ訪れる。**凍返る**。**寒返る**。**寒の戻り**。

冴えかへる寒さをかこつをさな子と朝飯食めば鶯
鳴くも　　　　　　　　　　　　岡　麓

冴えかえる午後の孤室に壺ひとつ青のほのおをふる
わせている　　　　　　　　　　加藤　克巳

あきらかに高くわたりて鉄塔の寒のもどりし夕べの
さむさ　　　　　　　　　　　　板宮　清治

戻り来し寒さを背負ふ人間の肩幅ばかり寒さは立て
り　　　　　　　　　　　　　　西村　尚

冷えびえと寒のもどりは木の花に銀のかなしみのぼ
らしめたり　　　　　　　　　　松坂　弘

二月・天地

はるのかざはな〔春の風花〕

通常は冬の晴天に、風にともなわれてちらちら降る小雪だが、ときおり春先にも舞うことがある。

寒暖の常なき日頃はや咲きの梅をかすめて風花がとぶ　安藤佐貴子

疲れやすく昼よりよべに至るときあなはしけやし春の風花　荒木　茅生

てのひらに春の風花溶けざるは心底冷えし心と思ふ　西村　尚

うすらい〔薄氷〕

春先うっすらと張る氷をいう。また解け残った薄い氷もいう。薄氷。

朝な朝な湖べにむすぶ薄氷晝間はとけて日永つづくも　島木　赤彦

薄氷のとけてにじみてしづくする其の閑かなる音を待つなり　両角千代子

みづたまりの薄氷はづして持てれば光へめぐりしたたりやまず　森岡　貞香

昨日来て今朝また来たる露天湯の水のたまりに薄氷の張る　狩野登美次

さらさらと澄みたる音に鳴り寄りて水際にゆるる湖の薄氷　武川　忠一

薄氷を踏み走り来ていまわれは火の棘となりちかづきゆかむ　角宮　悦子

はるいちばん〔春一番〕

立春が過ぎて、最初に吹く強い南風である。気象用語だが、俳句では春疾風・春の嵐・春荒の季語とともに使われるようになった。この風は非常に発達した低気圧が日本海を通るときに起きるもので、北日本や山岳部では暴風雪となり、日本海側ではフェーン現象が起きて雪崩・融雪などのため被害を受けることもある。春二番、春三番と二月中旬から三月上旬まででつづき、次第に本格的な春の訪れとなる。

とどろくは春一番か点滴をうけつつ見ゆる黄に濁る空　由谷　一郎

ひるがえすものなき街を吹き抜ける春一番のビルを研ぐ音　鈴木　諒三

旅いそぐゆうべ奥羽の空に飛ぶ春いちばんをわれらはみたり　下村　光男

印鑑を受け取る郵便夫の背後はるいちばんのまぶしいせかい　穂村　弘

こち〔東風〕　春になって冬の気圧配置がくずれ、太平洋上から大陸へ向かって吹く、やわらかく弱い東風をいう。実際には雨を伴った北東風で、やや寒い感じがあるが、この風により寒さがゆるんでくる。**朝東風**。**夕東風**。**強東風**。

ほのぼのと煙草の酔の身にはしみ東風寒きかも朝のなぎさに　若山　牧水

Gジャンがひのくれまでにかわくなり東風吹かばわれのよろこびひとつ　上村　典子

しゅんらい〔春雷〕　春の雷は立春ののちに発生する。寒冷前線により起こり、稲妻と激しい雨を伴い、時には雹を降らすこともある。しかし、夏の雷のようにすさまじいことはなく、一つか二つで鳴りやむことが多い。**春の雷**。**春の雷**。**春のはたた神**。

相触れて帰りきたりし日のまひる天の怒りの春雷ふるふ　川田　順

春雷の音のとどろく街の空うごく黒雲のしたを吾が行く　藤沢　古実

春雷は轟き去れり生きてゐることの素晴らしをしへて去れり　持田　勝穂

たそがれの川面わたりて春雷のひとつとどろきそのままやみぬ　鈴木　蓁子

みどり照る山並の上とどろきて渡る春雷にひとり目ざめつ　扇畑　忠雄

春雷のともなふ雨に打たれつつ歌はぬ石もうたへとやいふ　築地　正子

春の雷とどとどろ鳴る夜の駅にスーツケース下げてわれは孤りなり　中城ふみ子

たけなわの春のいかずち見通しの土手を走れり桜散らして　須藤　若江

はたた神またひらめけば吉野山さくらは夜も花咲か

せをり　前　登志夫

春雷の一夜しどろに荒れたると覚めゐて妻とひそかなるかも　高嶋　健一

春雷の底ひにをりてなにもなし神話の気配せばよからむに　成瀬　有

戦場に父ゆきし日も春雷は世界のみどり乱して奔り　三枝　昂之

十勝野はわれの劇場春雷のやうに一生(ひとよ)を轟くのだよ　時田　則雄

兆しもあらず近くとどろく春雷は苺をふふむ頬にひびけり　花山多佳子

春雷の一騒ぎ過ぎわが性の熱血も冷血も有耶無耶　藤原龍一郎

ゆきどけ〔雪解(ゆきど)け〕

降り積もった雪が春の暖かい季節を迎えて溶けることである。北海道、東北・北陸地方などの雪国では積雪が大量の雫となり軒や樹木などからしたたり、川が雪解け水で増水して轟々とひびき流れる。また暖地に思いがけず積もった雪解けもある。**雪解(ゆきげ)。融雪期(ゆうせつき)。雪解(ゆきげ)水(みず)。雪解風(ゆきげかぜ)。雪解道(ゆきげみち)。雪解泥。雪解波。**

両岸(りやうがん)をつひに浸してあらそはず最上川のみづひたぶる走る　斎藤　茂吉

春河(はるかは)の雪解(ゆきげ)の出水(でみづ)平押(ひらお)しに溢れ漲ぎる国移るべく　平福　百穂

雪解泥によごれし犬はその腹を雪に擦(こす)りて行きにけるかも　結城哀草果

雪解波(ゆきげなみ)あからさまなる轟音(とどろき)は川の底よりひびき上(あが)れり　生方たつゑ

ずり雪がひびきをなして落つるとき心ゆるしておどろきてをり　長沢　美津

幹太き林檎の根かた雪解けの水は浸して雪塊(ゆきくれ)うかぶ　窪田章一郎

おほかたは雪解のなごりかわきつつ風過ぐる時ほこりたちけり　佐藤佐太郎

べとべとと雪解けそめてよごれたる道なり何に気負ひ出でゆく　斎藤　史

木の雫はなべて垂直に光りつつ降る或る重さ持ちて　高安　国世

積雪を交へて共にほとびゐる日すがらの雪踏みつつ帰る　佐藤　志満

融雪の光が来たるどこからか四月の朝の窓あけしとき　前田　透

春近き音の一つぞ滴々と庭雪融くるを聴きて眠らな　三ツ谷平治

雪解水汲む手に痛き水しぶき清冽といふはかく無残にて　武川　忠一

雪どけの音は我が病むめぐりにて清き体臭のよみがへるなり　相良　宏

奥利根の雪解の水の肌(はだへ)さすこの冷(つめた)さに生ひし田の芹　馬場あき子

楽章の絶えし刹那の明るさよふるさとは春の雪解なるべし　馬場あき子

雪椿もしひたげられて鬼となり泪のごとき雫ひからす　大滝　貞一

夕凝(こ)りの雪解の道に下駄取られ下駄取られつつ母離(さか)りゆく　青井　史

はだれ〔斑(はだれ)・斑雪(はだれ)〕　降り積もった雪が溶けはじめて、まだらに残っていることをいうが、春のはらはらとやわらかく降る雪にもいう。名残りの雪、忘れ雪という感じである。**斑(はだら)。斑雪(はだら)。はだれ雪。はだら雪。**

坪野哲久の歌の「雪はだら」は石黒清介の歌と同じで、雪がはらはら降っている状態をいう。中山周三の歌の「はだら」は、まだらに残っている状態をいう。

十日経(とをかへ)し春のはだれは小公園(せうこうゑん)に白き巌(いはほ)のごとく残れり　斎藤　茂吉

生くること悲しと思ふ山峡(やまかひ)ははだら雪ふり月照りにけり　前田　夕暮

ちちははと対話する夜の雪はだらこころもはだら亡きを呼びつつ　坪野　哲久

昏れがたを蒼む斑雪やとりめぐる山山の蔭はや至るなり　斎藤　史

湖に一夜を月の渡りしを斑雪は降れるめぐる山々　近藤　芳美

芽ぶかむとしてしづかなる春山にときじくの雪はだれにふれり　石黒　清介

地下鉄を出でて見る山の雪はだらその下辺まで緑せまれる　中山　周三

微かなる陽のいろ含む斑雪にも愛着もちて永きいちにち　中城ふみ子

目守られず夜に降りつぐはだれ雪春の彼岸の路面は光る　　西村　尚

ざんせつ〔残雪〕

春になっても北側の庭や木陰などに消え残っている雪をいう。遥かに仰ぐ連峰の残雪にもいう。**雪残る。残る雪。消残る雪。去年の雪。陰雪。**

雪のこる遠山白し湯の庭の桑の高木に実の熟るころ　　島木　赤彦

蕗の薹ひらく息づき見つつをり消のこる雪にほとほと触れて　　斎藤　茂吉

山かげに消のこる雪をふみさくみいまかへりぬと母に申さな　　半田　良平

三国脈の残雪の襞のさやけさよ朝は冷ゆる風いでにけり　　生方たつゑ

北かたに白雲よりもあはれなる雪屋根てりぬゆく春のそら　　生方たつゑ

谷々の青き畝間にのこる雪たたかひかへりし君もやすらへ　　小暮　政次

山峡に消のこる雪を踏みてあそぶいまだ冬毛の白きけものら　　斎藤　史

崖に消残る雪が朝かぜに凍みて輝く切通しみち　　石田比呂志

残りたるばかりにかくも汚されて疎まれてここに濁点の雪　　関根　和美

白樫の枝に崩るる残雪のかそけくなりて春立つらしも　　大谷　雅彦

三月

春

三月・季節

さんがつ〔三月〕

三月は寒さと暖かさの交替する時期である。南国では菜の花に蝶が舞い、北国ではなお雪が深く、春の訪れにも遅速があるが、冬から解放される気分で胸が躍る。

三月の光となりて藁靴とゴム靴を南日向に吾はならべぬ　斎藤　茂吉

三月のつめたき風に挑み咲く若木の梅は花ふるはして　結城哀草果

青椿くれなゐふふみくれなゐは花となりゆく三月は来ぬ　馬場あき子

出しに行く封書の一文字にじみつつ真水のやうな三月の朝　雨宮　雅子

荒東風のたちまち冬をふきはらふ壮々しさの三月はよし　久々湊盈子

やよい〔弥生〕

陰暦三月の別名。陽暦の三月末から四月末に当たる。草木の弥生茂る月の意であるという。花見月、桜月、花咲月、春惜月、夢見月などともいい、春たけなわの花どきである。

ヤヨイという語感には踊るようなひびきがある。現在は陽暦の三月のこともいう。

去年の襤褸も今年のぼろも引き提げてはるのやよひの橋わたりゆく　斎藤　史

白秋が目に見し花を見むとする情動やまず弥生の二十日　安永　蕗子

下り立ちて弥生の空を仰ぐとき吾に添ひ立つものの影さす　草野源一郎

焼かれたる頭蓋ほのぼのさくら色　弥生尽こそ姑が死に花　時田さくら子

放水路海に出でゆく水広ら弥生曇れる空の下びに　田井　安曇

弥生雛かざればあわれ音もなくおりてくるかな家の霊らも　伊藤　一彦

三分三厘咲きし桜を貫ぬきてゆけり弥生の矢より鋭

く

晩婚の友の案内の山科区音羽珍事町やよひのかすみ　三枝　昂之

造酒　広秋

はる〔春〕

暦のうえでは、立春（二月四日頃）から立夏（五月六日頃）の前日までを春というが、実際の気候のうえからみると、暦のうえとはかなりちがい、天文学上では春分（三月二十一日頃）から夏至（六月二十二日頃）までを春と称し、気象学上では三月、四月、五月を春といっている。

春は万物が芽ぐみ、生え、伸びる、つまり、張る季節の意からきているが、気候が本格的に暖かくなり、春となる時期は四月一日ごろ。春が終わり、初夏を感じるようになる時期は五月十七日頃である。

ひむがしの地球をおほひ満潮とよせくる春は身にふれむとす　五島美代子

愚劣さはたたき伏せたく恐れども乳出す春のけだものを見る　前川佐美雄

いま春はしろたへの花朱の花さまざまとしてにぎはひの旬　岡部　文夫

だいだい色がつづいてまつ赤まつ黒とぬりつぶす子の春はまぶしい　加藤　克巳

花の香はここにも顕ちてをとめごの肌ことごとくうるほふ春ぞ　上田三四二

初瀬路の春の恋ほしさ現し身に逢ふすべもなき人歩みゆく　岡野　弘彦

みづからの為還暦を過ぎて買ふ稚き立雛に春よ幾度　富小路禎子

立春きさらぎ美しきひびきを持つ言葉先立てて来る春と告げたき　中野　照子

歳月はさぶしき乳を頒てども復た春は来ぬ花をかかげて　岡井　隆

花弁を乗せたるままのわが車春の往診はときに楽しき　山村　泰彦

疲れてはふたへまぶたとなるときに、春　重々し　春　燦々し　村木　道彦

雨脚の白き林立ばうばうと浮世の春はけぶれるばかり　時田　則雄

あはれしづかな東洋の春ガリレオの望遠鏡にはなびらながれ　永井　陽子

花びらを持つ者どうしの性愛も／春のさびしき華や

ぎのなか　林　あまり

けいちつ〔**啓蟄**(けいちつ)〕　陽暦の三月五日ごろで、春の暖かさに誘われ、冬ごもりしていた虫が地中からはい出てくることをいう。俳句の季語に**地虫穴を出づ**、**地虫出づ**などがある。

啓蟄の夜の風あらし甘えなくけもののこゑの微かに混りゐて　葛原　妙子

啓蟄の小暗きあした鶯のまだととのはぬ初音ききたり　安藤佐貴子

啓蟄の穴出でて轢かれたる蟇(ひき)の大いなる肉や赤かりにけり　田井　安曇

啓蟄と律義に顔を出だしたるをさなき蠅をわれは殺しつ　石川不二子

あたたかし〔**暖**(あたた)**かし**〕　春のお彼岸近くになると、オーバーなどがいらなくなって快い陽気になる、その陽春の温暖をいう。春の雨の暖かさなども詠まれる。**温**(ぬく)**し**。**暖**(あたた)**か**。**春暖**(しゅんだん)。**温気**(うんき)。

われ癒えて庭にあふげば春の日のあたたかくしてあまねかりけり　村野　次郎

あたたかにしてある時はわがめぐり忘るるごとき安けさのあり　佐藤佐太郎

立春のころひるがへる花の無き道あゆみをり雨後あたたかく　佐藤佐太郎

疾走のフロントグラスに当たりては死ぬ虫多しけふあたたかし　安立スハル

雨となる夜の暖かさ菜の花は壺にあふれて蕾せりあぐ　石田　耕三

やはらかに地(つち)をうずめる午後の雨あたたかきものあふるる喉(のみど)　荻本　清子

西向きの斜面は温気ただよえり受精の後の梅の木の下　沖　ななも

ひがん〔**彼岸**(ひがん)〕　春分の日を中日(ちゅうにち)とした前後三日ずつの七日間をいう。だいたい三月十八日から二十四日まで。彼岸会(え)の仏事が行われ、墓参りをする。この頃より春暖の気候となり、苗代の準備など春の農作業はじまる。俳句では春の彼岸を単に彼岸というが、秋の彼岸は必ず秋の彼岸とすることになっている。**春の彼岸**。**春彼岸**。

うつつにしもののおもひの遂(と)ぐるごと春の彼岸に降

れる白雪　　斎藤　茂吉

後頭部あつく鼻血のとどまらず彼岸に入りて日々天の藍　　鈴木　幸輔

柚の実の落ちしはいつと思ふ日のをりふしありて春彼岸過ぐ　　土屋　正夫

春彼岸墓の肩べに触れやすくあればみどりのさ枝を切らむ　　森岡　貞香

春の彼岸　秋の彼岸の陽の匂ひさはやかにして異るあはれ　　川合千鶴子

春彼岸明石大門に沈む日を見むと約して逝きたまひたり　　春日真木子

妻子らと自転車に声を掛け合いて彼岸の晴るる日を寺にゆく　　毛利　文平

雫する樹液の音ぞ春彼岸過ぎて葡萄の畑に入りゆく　　宮岡　昇

亡きひととすれ違うべく彼岸会の昼を来て立つ不動院坂　　道浦母都子

しゅんぶん〔春分(しゅんぶん)〕　暦の上での第四番目の節気である。太陽が春分点に達して昼夜の時間がひとしくなる。だいたい三月二十一日ごろに当たり、この日、太陽は真東(まひがし)からのぼり、真西(まにし)に沈む。**彼岸中日**ともいい、また**春分の日**として祝日となっている。

木琴の音ひびかせて春分の路地きらきらし木の芽のひかり　　坪野　哲久

春分の日のねむごろにあたたかき光をあびて木草そよげり　　石黒　清介

みちのくの彼岸中日昼たけて親のなき子と道につれだつ　　岡野　弘彦

さんがつじん〔三月尽(さんぐわつじん)〕　三月が終わること。三月の終わり。**三月尽(つ)く。三月終る。**

いやさらに老いしがごとく出でくれば三月尽の道氷りけり　　斎藤　茂吉

もうひとつのわが手なりにし冬手袋を洗ひて干して三月をはる　　築地　正子

ときじくの三月尽の夜(よる)の雪桜花(あうくわ)を打ちてともに流るる　　長沢　一作

彼岸過ぎ三月尽まで幾日か浪々の身は迷はず歩む　　島田　修二

三月・天地

はるのゆき〔春の雪〕

陽気が暖かくなってから降る雪で、真冬に降るような乾いた、さらさらとした雪ではなく、湿り気が多いので、雪と雪が降ってくる間に触れ合ってくっつき、大きな雪片となる。そのため、**牡丹雪**、**ぼた雪**、または**綿雪**などともいう。中部以西の暖かい地方では二月下旬、東京付近では三月初め、東北地方では三月下旬、北海道では四月上旬ごろ、最もおそい記録は北海道で五月に入ってから降ったといわれる。**春雪**。

来嶋靖生の歌の「**彼岸の雪**」は春の彼岸ごろに降る雪。高野公彦の歌の「**ねはん雪**」は陰暦二月十五日(陽暦三月十五日)の涅槃会のころに降る雪。

生の側から見ゆる限りは春の雪　見ゆる限りの白梅の上　佐佐木信綱

屋根の上に水づきてつもれる春の雪やや透きとほり夕晴れにけり　三ヶ島葭子

わが庭の紅梅の花冴えかへる寒き三月の雪すこし降る　前川佐美雄

春雪のにわかなるとき読みさして人間襤褸の思いはながし　坪野哲久

牡丹雪ふりいでしかば母のいのち絶えなむとして燃えつぎにけり　坪野哲久

ぼたん雪みだれて降ればこころ待つものあるごとし春は来らむ　斎藤　史

窓あけてまなこ疑う春雪のことごとく世の安らぎよ来よ　高安国世

やうやくに外套を重く感じたるゆふべ青々と牡丹雪ふる　大野誠夫

サラダの皿今朝春蘭の花添えて雪やむひかりカーテンを透く　近藤芳美

春の雪絶えずひと日を降りゐたり夕かたまけて心さびしむ　佐佐木由幾

枯草にまじりて青く萌え出でし草の芽にふる三月の雪　石黒清介

手稲山の前山幾重かさなるをまた白くせり五月の雪は　中山　周三

春雪のにほひは花のごとくにて沈丁花さくところいづこぞ　上田三四二

ともしびをあげておどろく春の雪ふり積む庭の清きひろがり　岡野　弘彦

りんご園に枝伐る音はこもりつつ朝まだきより降る春の雪　三国　玲子

忍ぶがに夜半降り積みし春の雪濫りがはしく午を雫す　富小路禎子

藍ふかき南蛮ガラスの器やや曇る日ありて春の雪ふる　尾崎左永子

なにほどもあらぬ道程生きつぎて春の雪まふ小駅を急ぐ　清原　令子

春雪のすぐ泥となるこの道を赤き林檎を下げて人ゆきし　石井　利明

思ほえず彼岸の雪にわれの遭ひまさ目にし見る越の野の雪　来嶋　靖生

降り溶けて水霜に似る牡丹雪かち渉る世の足裏冷た　西村　尚

ぼたん雪とは言へ紙の燃えがらのやうな暗さをもちて舞ひくる　杜沢光一郎

綿雪に頬をうづめて彫りし面夜気に凍りてひびわれをらむ　春日井　建

ねはん雪ふりいでてふりやまずけり空にて樹にて鳥は濡るるを　高野　公彦

仄仄と春の雪降る午前二時私有物なる〈われ〉もて余す　道浦母都子

春の雪やみてうるほふ四条橋人も車も危ふげにゆく　中埜由季子

気まぐれな春の雪片われと子のはるかなる間に生まれては消ゆ　川野　里子

をさなさははたかりそめの老いに似て春雪かづきゐたるわが髪　大塚　寅彦

約束はしたけどたぶん守れないジャングルジムに降る春の雪　穂村　弘

辛夷から桜への時間陶々とぼたん雪流る二日ばかりも　辰巳　泰子

あわゆき〔淡雪〕

春に降るやわらかい雪であるが、牡丹雪などのように大きな雪片ではなく、空の途中から消えるような弱々しい降り方で、降ってもすぐ消える、やさしい感じの雪をいう。**沫雪**（**泡雪**）は泡のように溶けやすい薄い雪のことで、はらはら降ったり、うっすらと積もったりする。**かたびら雪**、**たびら雪**、**だんびら雪**などともいう。枕詞「淡雪の」は、消えやすいことから消に掛かる。

博物館前庭の棕梠の高き葉にたまりて白し春の沫雪　窪田　空穂

淡雪のわかやぎ匂ふてのひらを吾が頬にあててかなしみにけり　古泉　千樫

しんかんととぼしき仕事抱へつつ窓に飛びかふ淡雪を見る　松倉　米吉

卓上にまろぶ一個の無精卵みつめて春の淡雪を聴く　伊藤美津世

紅ほのか梅ににじめる今朝の雪帷子雪とぞ亡きひとにいう　春日真木子

天降り来るものの一途と思ほへどわが胸の辺に遊ぶ淡雪　安永　蕗子

わが母の八十路の端の首すぢの清らぞまざれ春の沫雪　北沢　郁子

嘆きつつ一生は過ぎん積りたる雪の上ふたたび泡雪の降る　島田　修二

音絶えて沫雪にぬるる春の原手袋も用もなく出でて来ぬ　稲葉　京子

ほたほたとあはゆきふればひとの目もやまばとの目もくるりくるりす　高野　公彦

淡雪は手元不如意のひそやかな素のてのひらに恩寵として　松平　盟子

なごりのゆき〔名残の雪〕

春に降る終わりの雪のことで、大体涅槃会の前後とされている。**雪の果て**、**雪の別れ**、**忘れ雪**などともいう。

大江山に名残りの雪の降らむ夜は爪を切らむか髪を切らむか　西村　尚

はるのみぞれ〔春の霙〕

みぞれは冬の季節に多く降るが、春になっても寒い日に降ることがあり、冬に戻った感じを受ける。

紅梅にみぞれ雪降りてゐたりしが苑のなか丹頂の鶴にも降れる　前川佐美雄

河馬の背に小禽あそべりおそろしき平和ののちの四月の霙　　塚本　邦雄

七条堀川春のみぞれのしとどにて見知らぬ人の傘にたのみぬ　　金子　一秋

霙ふる春のひと日や遠賀野を迷い迷いて君訪いゆきぬ　　井上　美地

はるのあめ〔春の雨〕

春の雨は一雨ごとに土をうるおし、草木を育て、暖かさをもたらす。けむるように静かに降るので、さびしいうちにもなまめかしいものを感じる。**春雨**ともいう。立春ころの芽吹き立った樹木や春寒い街並に、音を立てて毎日降りつづく長雨は**春霖**という。また、菜の花の盛りに降る雨を**菜種梅雨**ともいう。**春の村雨**は春のにわか雨のことで、**春の驟雨**、**春時雨**ともいい、やや雨あしが強く明るい感じである。

霜おほひの藁とりすつる芍薬の芽の紅に春の雨ふる　　正岡　子規

かじかがみこちたきこりの解けてゆく春のはじめの雨そそぎかも　　岡　麓

しほらしい菜種が雨にぬれている。それだけで私を旅心にする、伊豆！　　前田　夕暮

美しき亡命客のさみえるに薄茶たてつつ外は春の雨　　岡本かの子

わが汽車に添ひて久しき但馬なる朝来の川に降る春の雨　　前川佐美雄

篠刻む石のおもてに手を触れぬ春の雨降る城の垣石　　小谷心太郎

春となる夜毎の雨よ降り濡れて木の芽はみどりのともしびの如　　近藤　芳美

来し方のただはるかにし思ほえてしみじみと降る三月のあめ　　清水　房雄

夜ぶかきを嘆けば春雨滴々のひびきはやがてわが血にまじる　　安永　蕗子

春となる雨降りけむる街のはて星座の如き灯がともりをり　　三国　玲子

陶の鈴振りて呼び戻す何あらむ夜に入りて降る立春の雨　　大西　民子

胸に咲く花を恋うとき黄に咲ける菜の花の黄に糸ひける雨　　松坂　弘

ひそやかに菜種雨くれればいつしかに近しき仲の鬱が

遭ひくる　前川佐重郎

うそうそととろけるような春時間　高麗橋に降る春
の雨　道浦母都子

フルートとハープ、マリンバ、打楽器のふれあふ音
ぞ、春の村雨　小紋　潤

かすみ〔**霞**〕　空気中の水蒸気などが凝結して微小な水滴を生じ、遠方の山の中腹が霧状に薄く棚引いたり、野山一面がぼんやり見える現象である。春と秋に多く見られる現象で、霞は遠くかすかでやさしい感じのものをいい、霧は目の前に深くたちこめるものをいうことが多い。古代より文学的にも霞は春、霧は秋と区別されてきた。**朝霞**。**夕霞**。**晩霞**。**遠霞**。**薄霞**。**春霞**。**霞む**。**霞立つ**。

前川佐美雄の歌の「紅霞」は満開の桜の花を詠んでいる。

雲仙の山を眺むる朝霞ここに学びて童なりにし
北原　白秋

風なぎて谷にゆふべの霞あり月をむかふる泉々の
こゑ　土屋　文明

しづやかに輪廻生死の世なりけり春くる空のかすみ
してけり　米田　雄郎

物ごころつきそめしより紅霞たなびきて畝傍のお山
はありき　前川佐美雄

ちちのみの父を葬りし日の晩霞濃かりしことはのち
も思はむ　葛原　妙子

富士やまの春の斑雪の一日見えてあはれ立ちくる限
りなき霞　小暮　政次

山河はただに霞みてはるけかり手をあぐれども歌な
がせども　斎藤　史

はろばろと吾家の方よ霞たち永久にしあれなやまと
まほろば　岡野　弘彦

春がすみふかきかなたに都市ありと人散りゆけりげ
んげ田暮れて　前　登志夫

春霞む空の天守を仰ぎつつあはれここに滅びし女人
大塚布見子

師のくには雪をはだらに置く山の据べ霞みて春なら
むとす　武田　弘之

あしひきの雷山系も霞たちわが身凹部と凸部模糊た
り　青木　昭子

眼鏡はずせばいよよ濃くなる春霞とっぷりわれは溺

るるばかり　　　　　　　　　　　玉井　清弘

齢ひとつ加えて歩むはるがすみめぶけばなべて身中のはな　　　　　　　　　三枝　昂之

東京の桜見捨ててゆく甲斐の霞の底の桃三分咲き　　　　　　　　　　今野　寿美

はるのもや〔春の靄〕

春がすみの一種で、上空に浮遊している吸湿性の粒子や塵が気温の低下とともに凝結して靄を生じ、視界がぼんやりする現象である。風のない、おだやかな日の朝夕に発生する。川や海辺などに多く見られる。なお靄の発生するときよりもっと気温が下がると霧やスモッグ（濃霧）になる。気象学上では一㎞以上はなれた物が見えるときは靄、一㎞未満の場合は霧といって区別している。

吾が宿は野のかたほとりこの春のゆふべゆふべを靄ごもるなり　　　　　植松　寿樹

をりをりに赤味を帯ぶる靄ながれ甲斐路車窓に梅の旅せり　　　　　　春日真木子

かなしみはそこより立つか谷ごとに靄しづめつつ桃ひらきたり　　　　　尾崎左永子

むきだしに花を止めたるはくれんに夕靄かかる金町あたり　　　　　　小池　光

はるのきり〔春の霧〕

春に生じる霧で、地上や水面に靄や霞よりも濃く立ちこめて、一面に曇ったようになる現象。

坪野哲久の「霧ふ」は霧で包まれる。

胸うちになみだ点じて生くべしと春野の霧ふさいはひをみぬ　　　　　坪野　哲久

暖く視野とざしゆく霧ありて告げざる言葉も君知りてゐつ　　　　　高嶋　健一

はるのかぜ〔春の風〕

春先には東風の季節風がまず吹きはじめ、次に強い南風の春一番が吹き荒れる。また気圧配置により北風も吹く。しかし、春の風というと、早春でも日射しが暖かければあまり冷たく感じられない風をいう。特に暖かく、のどかな日に、花の匂いをはこび、蝶をのせて流れる、そよそよと吹く**春風**をいう。

このあした窓あけ放ち蘭をおきぬかよふ風ありて寒くはあらぬ　　　　　宇都野　研

北風南風かたみに吹きて乱がはし春定まらぬ身の置

きどころ　斎藤　史

花歪む日向の明さまぶしくてよろめくときに風立つらしも　斎藤　史

何もせず居るといふのも心地よしひかり孕んで春風が吹く　安立スハル

地を這へる春の風ぱつと舞ひあがり舞ひあがりゆけりわれを越えつつ　安立スハル

檜の山を吹きおろしくる黄緑の風のゆくへを眺めてをりぬ　前　登志夫

そよそよと夕吹く風に吹かれゆくどこか困ったような顔して　石田比呂志

臓一つ失せたるわれの身の洞を吹きぬけてゆく春寒き風　来嶋　靖生

やはらかに吹き来る風に面向けむ風のおもひはそれとなく知る　来嶋　靖生

春浅き風にすさびの岬なる椨は鴉と鳶の宿り木　西村　尚

吹きすさぶ三月半ばの夜の風冷えかたまれる拳のごとし　西村　尚

ガボットの速度をはこぶ馬車一駆春の風には馭者なくはやし　上村　典子

ファミリーは春風じゃないふるふるとバトミントンの羽根おちてきて　加藤　治郎

かげろう〔陽炎〕

春うららかな日に、空気中の水蒸気が地面から炎のように、ちらちらとゆらめき立ちのぼる現象をいう。光線の不規則な屈折によるものである。**かぎろい**。夏や冬の陽炎は夏陽炎、冬の陽炎などとして区別する。

焼跡の土よりのぼる陽炎のよろぼひにつつみな仏なり　太田　水穂

ちらちらと陽炎の立つところあり愁を捨ててその土に坐る　川田　順

遠き世の宮址にたつかげろうの影ゆらゆらと地表にもゆる　武川　忠一

ひもじさに村の子どもがうづくまる霜どけの庭にもゆるかげろふ　岡野　弘彦

街もろとも揺らぐ陽炎たしかなるもの何もなき春といふべく　尾崎左永子

逃れやうなきわがうつつ陽炎に揺らぐビュッフェの男が笑ふ　高嶋　健一

特攻隊果てしわたつみ見えわたりまぼろしのごとく陽炎たつも　金子　一秋

おそれつつ雛人形に見入るなり陽炎のいまわが背に炎ゆる　水城　春房

陽炎のたゆたふ畑に働きて眠りぬ液体のやうにひたひた　時田　則雄

四十代その間先に立ちこむる昼陽炎をひらりとくぐる　松平　盟子

くらくらと高速道路の橋脚は陽炎に揺れやがて倒れつ　谷岡　亜紀

はるのにじ〔春の虹〕

虹の現象は驟雨の多い夏に多いが、春も三月ごろ初虹が見られ、四月五日ごろ（清明の候）まで、しとやかで上品な感じの虹があらわれる。

春の虹二重にかかり仄明るしばし憩へよ、生き急ぐなよ　荒木　茅生

春の虹あえかに立てば事務室のたれもやさしく窓ぎはに寄る　大西　民子

翔ぶことを忘れて人に馴らされし孔雀にうすき春の虹たつ　松坂　弘

はるのやま〔春の山〕

春になると山の姿にも生気がみなぎってくる。木々の芽がやわらかく萌えだし、やがてなよなよと茂り合い、辛夷や山桜などがいっせいに咲きはじめる。わらび、ぜんまいなども首をもたげ、小鳥のさえずりもにぎやかになる。俳句の季語「**山笑う**」は「春山淡冶にして笑うが如く…」（『臥遊録』）による。枕詞「春山の」は、おぼつかなく、しない栄ゆ、などに掛かる。**春山**。

春山のむらさき帯びてにほふ上に雪にけはしき常念が岳　窪田　空穂

春の山登る自動車がカーブしつついくたびかかなし青空に対ふ　野村　清

ひとりなるわが身のかげを歩ませて春山襞にまぎれ入るなり　斎藤　史

青うろこ波たたせゐる春の山うねり滑らに蛇が生るる　斎藤　史

貯水池に水引き入れて溢るる音しづけき春の山に谺す　須永　義夫

山は生きている　けむりを吐き　川を生み　そして

大きく笑う

古びとの尋ね入りけむ春山のみち泥みゆく膝病むわれは　加藤　克巳

春の耳そばだつばかりしづけきに木木のかぎりのあさ萌えの山　田谷　鋭

春山の風に荒びて枝と枝擦りあふおとは火とならむおと　馬場あき子

埋葬にふさはしきとき過ぎたるや山とほくしてあかるく笑ふ　雨宮　雅子

喜びのひばりを生みしあたりより風立ちて新緑の春山ゆする　小中　英之

淡く濃く彩かへてゆくはるの山こゑあげてわれも芽吹きたきものを　佐佐木幸綱

なだれ〔**雪崩**〕　山岳地帯の積雪が、春先の急な暖かい気温により解けはじめ、下層が雪解水でゆるみ、大量の雪が一時に轟音とともに崩れ落ちる現象である。冬にも生じるが春先のほうが大規模ですさまじい。**雪なだれ**。

穴ごもるこの獣らも夜にやまぬ遠の雪崩の音を聞かむか　岡部　文夫

はるのの〔**春の野**〕　古くより人々はまだ雪の残るころに、萌え出たばかりの野に出て若菜を摘み、春先には野焼きを行った。春先、枯色の中に青いものを見る新鮮な感動は、誰も記憶するものである。また、春の日を浴びてする野遊びは家族そろっての春の行楽でもある。咲きみだれるタンポポ・スミレ・ゲンゲや空にさえずる小鳥、舞う蝶も、春の野の景物である。**春野**。**春郊**。

草淡く青める野べに今日もまたしきりに春の流るるを見ぬ　金子　薫園

萌え草の荒きを踏みていくうねり越えつつ登る高野原の上　若山喜志子

封建の代もはるけきになほくらき今をいとひて春の野をゆく　鹿児島寿蔵

億万の蚯蚓の食める春の野の土の静けさを思ひみるかな　前　登志夫

火を放ちゆきたるは誰　もつれ合ひよぢれて春の野に起つけむり　蒔田さくら子

囀りのゆたかなる春の野に住みてわがいふ声は子を叱る声　石川不二子

約束も言葉もいらぬ春の野のくちなはは無韻によぢれ合ひつつ　青井　史

はるのつち〔春の土〕

暖かくなって、凍て土がゆるみ、草が萌えるようになった土には特別の親しみをおぼえる。殊に雪の深い北国ではその感慨はひとしおである。

山脈は丘に低まる北の果て雪解の土の黒くうるほふ　窪田章一郎

冬越えし土やわらかし踏みゆけば充たすものなきかなしみを吸う　武川　忠一

生きものを愛さざりし幼児期をもてば孤独なり春のくろ土　中城ふみ子

バス停に待ちて見をれば目の前は耕して立つ春の土の香　大西　民子

蹠にうられしかりけり春の土命あづけてゐると気づきぬ　時田　則雄

歌人とはそも何者ぞ春の土を七五調にて歩むでもなし　時田　則雄

春の土踏みつつ前をゆく吾子はアイリスの花ほどなる背丈　中川佐和子

しゅんでい〔春泥〕

春のぬかるみである。霜解けや雪解けなどで、土の地面や小道は泥にまみれるので通行に悩まされるが、それほどには嫌われない泥である。長い冬から解き放されて、その色にも香にも、心ときめくのであろう。**春の泥。**

春泥の街に硝子戸は光りつつきみの留守なる仕事場もあり　中城ふみ子

春泥の靴より徐々に見上げゆきつひにうつとりと君の瞳に合ふ　中城ふみ子

感情のなかゆくごとき危ふさの春泥ふかきところを歩む　上田三四二

歌小路までの春泥十八のわれのはきたる朴歯おもほゆ　岡井　隆

春は泥の季節なるべし青年のつどへるあたり日差し毳立つ　雨宮　雅子

墓石店春泥はねて運命のごとくに墓を磨く人あり　石田比呂志

春泥に長靴重く歩みゐるわが幼な子や吹く風の中　石川不二子

春泥に取り落としたるたましひを四つん這ひにて拾ふことあり　　水原　紫苑

はるのた〔春の田〕　稲を刈ったあと、春先までそのままにしてある田をいう。豊かに水が満ち、きらきらと春日をうけて、さざなみを立てている田。草が青み、げんげの咲きそろっている田。すでに黒土を鋤き返して田植えの準備をはじめた田など、さまざまである。**春田**。**げんげ田**。**花田**。

草青む春田とほれば頬白の出でゐるころの何処かこもりぬ　　中村　憲吉

竹藪を隔てて春の田の水のしたたれるすら聞こゆる寺ぞ　　田中　順二

露湿(じ)める苅田に紫雲英(げんげ)萌えをればただ親し僅かに残りし吾が田　　野場鉱太郎

げんげ田に養蜂箱を置く人ら杉をいぶして蜂を分けをり　　中西　輝磨

はるのはやち〔春(はる)の疾風(はやち)〕　三月から四月にかけて吹く雨を伴わない強い南風をいう。**春の疾風(はやて)**。**春の疾風(しっぷう)**。

疾風に赤きつばきの花ゆるるなきがらのへに一夜は明けて　　佐藤　志満

杳(よう)として行方は知らず路地抜けて「く」の字に曲がる春の疾風(はやて)も　　岡部桂一郎

オリオンの位置もやうやく移ろふと春の疾風(はやて)の夜に帰りゆく　　大西　民子

あらあらしき春の疾風(はやち)や夜白く辛夷(こぶし)のつぼみふくらむべしや　　尾崎左永子

はるのほこり〔春(はる)の埃(ほこり)〕　雪も解け、霜も降(お)りなくなると、土の表面がひどく乾燥する。その上を春の強風が吹いて砂埃を舞い上げるので、廊下や机の上などもざらざらする。**春塵(しゅんじん)**ともいう。**黄砂(こうさ)**は中国北部などの黄土地帯に舞い上がる大量の砂塵で、三、四月ごろ空一面をおおい太陽の光まで隠し、空の色は黄褐色となる黄塵万丈(こうじんばんじょう)を呈する。日本にも季節風にのって飛来し、空を黄色くすることがある。**つちふる**ともいう。火山灰(よな)は方言で、鹿児島県桜島などでは一年中降るが、とくに春先は傘をささないではいられないほど降る。**よなぼこり**ともいう。

斎藤茂吉の歌の「春あらし」は春の疾風のこと。「銀座つむじ」は銀座十字路。

春あらし吹くべくなりぬわが通るこの小路にも砂ふきあげて　斎藤　茂吉

きさらぎの三月にむかふ空きよし銀座つむじに塵たちのぼる　斎藤　茂吉

春塵のいづ方となき日のまぎれ渡鳥のこゑを聴くと切なり　北原　白秋

場をいでて蹠にふれし縁の上の春の埃をさびしむわれは　大熊長次郎

急追撃に喘ぎ行く兵の銃列が黄塵の中に僅かに見ゆる　渡辺　直己

おほかたは雪解のなごりかわきつつ風過ぐる時ほこりたちけり　佐藤佐太郎

うなかぶしゆくにいまはた己れさへ見えず黄沙の奥また見えず　荒木　茅生

火山灰降りて空うす曇る村棲みの長き昭和の尾をひきずりて　築地　正子

春塵のみなぎらふ空ほつほつと芽吹かむものに心寄せゆく　辺見じゅん

葉の形・石の形に積もりたる火山灰吹き散らす海よりの風　上川原紀人

代へがたきものゆゑかたく繋ぎおかむ空は黄沙に日々けぶらへる　水沢　遥子

春塵に白髪まじり飛ぶまひる　しづかなりここ老人の街　小島ゆかり

みずぬるむ〔水温む〕

春の暖かい日射しで、冬の間冷たく感じられた水がぬくんでくることをいう。洗面、厨仕事も楽になり、川、池や沼などの水辺にも草が萌え、小魚の影の走るのが見られるようになる。

しどけなく臥せる真菰のあひだより青き芽も見ゆ水ぬるみ来て　宮地　伸一

はるのみず〔春の水〕

春を迎えると山々の雪解けで渓谷・河川・湖沼が水かさを増し、また豊かに流れる。明るい春の陽光がおどる春の水は、やわらかく、また躍動感がある。

春水。水の春。春の泉。

むなしさに遠くわが来つ――。隅田川　水面の春の、目に沁みにけり　釈　迢空

音たてて流るる水は春の水ぎしぎしの紅(くれなゐ)の芽を浸しゆく　土屋　文明

春の水掌(て)よりこぼれてかなしきにまつ毛けぶれば子さへゆらぐを　山田　あき

硝子戸のあかるく照れば惜しみつつ時あり春の水音きこゆ　扇畑　忠雄

あふれ出て路上にみなぎりさらにあふれとめどなしとめどなし春昼(しゆんちゆう)の泉　加藤　克巳

春の水みなぎり落つる多摩川に鮒は春ごを生まむとするか　馬場あき子

沢ゆきて清(さや)に湧きくる春の水すくひかなしき眼を洗ふかな　小中　英之

はるのかわ〔春(はる)の川(かは)・春(はる)の河(かは)〕

春になると山々の雪が解けて雪解け水（雪代）がどっと流れ、川は水量が急に増す。寒い地方の川は流氷を浮かべるが、暖かい地方の川は水がぬるみ、川岸には早くも木の芽や野草が萌え出て、魚や鳥などの小動物が活ぱつに動きはじめる。四月には落花が花いかだとなって流れる。**春の川原**。**春の河原**。

芽ぶき柳ひと夜にのびて水辺にはせつなきまでの葭(よし)切(き)り鳥の声　若山喜志子

雪代(ゆきしろ)の瀬はきびしきに花やかに加賀友禅を引き流したり　岡部　文夫

河原いちめん水が走り出す今日は春の狂熱を支へきれるものなく　斎藤　史

舞ひおりし一羽の鷺の輝きにしづけさ深き春の川原は　安田　章生

暖かき春の河原の石しきて背中あはせに君と語りぬ　馬場あき子

芹をつむ指につめたく水流れ彼岸此岸のきよまりゆけり　小中　英之

母が作り我れが食べにし草餅のくさいろ帯びて春の河ゆく　高野　公彦

電車にて河こゆるとき裸形(らぎやう)なるいのちをつつむ四月の水照(みでり)　高野　公彦

潮水と素水(さみづ)揉みあひゆたかなるあゐのさやぎよ春の河口は　高野　公彦

小深沢川ひかりの春となりにけり水速き谷数歩にわたる　三枝　浩樹

はるのみずうみ〔春(はる)の湖(みづうみ)〕

冬のあいだ凍っていた湖面の氷もとけはじめ、雪解け水や春の雨で水量が豊かになると、周囲の緑を映した湖面は広々として見える。さざなみの寄る岸辺には小さな魚影がさ走り、活気づいてくる。**春の湖(うみ)。**

近江路や菜の花晴の朝さやにみどりたたへし春のみづうみ　伊藤左千夫

氷裂を湖に走らすことすでにほしいままなり春のかたちは　野原　水嶺

みづうみの湿りを吸ひてどこまでも春の曇天膨れてゆけり　河野　裕子

はるのうみ〔春(はる)の海(うみ)〕

春のあたたかい日射しを受け、藍碧色に変化した波はおだやかに凪(な)いで、明るく悠長(ゆうちょう)な感じの海になる。多くの魚たちも産卵のため勢いづき、沖には春霞がけむり、島々には緑もしだいに加わる。**春の入江(いりえ)。**

渚原かぎろひ高し見はるかす海のおもての春はかがよふ　土田　耕平

椿の花砕け散り敷く小道来て見下す海に黒潮流る　都筑　省吾

春の海みんと尾根みち往くほどに相模のうみのけむりつつ見ゆ　島田　修二

玄海の春の入江は潮満ちて波ひとつまたひとつもみあぐ　阿木津　英

はるのうしお〔春(はる)の潮(うしほ)〕

春の海の水をいう。白波の立つ紺青の冬の海も、春になると、潮の色がしだいに淡い藍色になり、明るく、あたたかく感じられるようになる。干満(かんまん)の差もいちじるしくなり、満ちると思わぬところまで高く上がり、ひき潮になると、ひろい干潟(ひがた)を見せるようになる。**春(はる)の潮(しお)。春潮(はるしお)。春潮(しゅんちょう)。**

春あさきうしほのながれ大空のいろよりさむくながれたるかも　前田　夕暮

補聴器の底にゆたかに籠りつつ鳴り継ぐは是(これ)春の潮の音　森本　治吉

皓く噛む春じほすずし岩かげにおりゆけば何の鈴(れい)なるや鳴る　生方たつゑ

三年ぶりに二人見てゐる入海に春の潮(うしほ)はほそく崩れをり　河野　愛子

逝きし人の跡なめらかに埋めつつ春の潮は引きてゆきたり　北沢　郁子

春潮の遠くいざなふ音をつたふこの耳はけふも旅人の耳　清原　令子

夕鳥の翔び立ちゆきし多多良浜ゆたにたゆたに寄する春潮　山埜井喜美枝

髪梳けるちからこもりてひたぶるに春の潮をひきしぼるなり　雨宮　雅子

西海のはてなる島にわが来たり渚に立てば碧し春潮　来嶋　靖生

みづあさぎに凪ぎし春潮見はるかす岬に立ちて思ふ人ある　春日井　建

春潮をはるかに思へばおほははもははもむすめもとはにをとめ子　藤井　常世

会うために梳きている髪あらあらと耀りて春浅き潮の匂い　道浦母都子

はるのなみ〔春の波〕

春の海は、沖で大きく揺れている波、渚や舷などにひたひたと寄せては返す波など、どことなくのんびりとした感じがあり、荒磯や岸壁を打つ怒濤、砂浜の裾遠く打寄せる波などにも明るさが感じられ、春の感じはみなぎっている。氷の解けた春の湖の波もいう。**春濤。春の怒濤。春の潮騒。**

国境をはるかに越えて迫りくる波あり春の岸辺を洗ふ　館山　一子

見下しのかがやく梅の白花に触るる如くぞ海波うごく　初井しづ枝

骨となりし母に寄り来る春の波やすらぎは今かえり来るべし　武川　忠一

ホメロスを読まばや春の潮騒のとどろく窓ゆ光あつめて　岡井　隆

耳大きな一兵卒の亡き父よ春の怒濤を聞きすましいむ　寺山　修司

うずしお〔渦潮〕

春の彼岸のころは一年のうち潮の干満の差がもっとも大となる。その落差をうめようとして海流が激しく渦を巻く現象をいう。古来鳴門海峡の渦潮が壮観なため有名である。**大渦潮。**

眼下にづぶぬれにぬれて来りける舟は鳴門の青うづ潮より　吉植　庄亮

迫戸ぐちも潮瀬に水の擦り合ひて湧く渦のあり巻きてながれぬ　　中村　憲吉

時来るや潮の落差をせめぎたる大渦潮の流れて消えゆく　　初井しづ枝

りゅうひょう〔流氷〕　三月に入るころ、寒帯の海をおおっていた氷が割れて、氷塊が風や海流により南へ漂流する。日本では北海道オホーツク海沿岸に接近、接岸して結氷することもあり、やがて太平洋に流れ出てゆく。結氷が融け始めると、独得のひびの入る音がひびく。**流氷。氷流るる。**

渡辺直己の一首は日中戦争の際の作品である。

はてしなき流氷の海の照白しきびしきもののつひのしづけさ　　岡部　文夫

強行渡河の夜は上弦の月照りて流氷白く渦巻きて居りき　　渡辺　直己

極北のここは春べと氷塊のただよひいづる果てなき碧に　　窪田章一郎

流氷の不定形模様びつしりと幽邃幽艶動くともなし　　加藤　克巳

喪の花のやうに運河を過ぎゆきし流氷は明きはるの港に　　塚本　邦雄

オホーツクに流氷がきぬきしきしと海きしむたび星座かたむく　　山名　康郎

四月

春

四月・季節

しがつ〔四月〕 一年の第四番目の月。花たけなわのころで、桜をはじめ、多くの花が満開となる。入学・入社の季節でもある。

木に花咲き君わが妻とならむ日の四月なかなか遠くもあるかな　前田　夕暮

とある木を鬱金ざくらと得たる日までの四月ながかり　加藤　将之

木に花の仕度なりたる四月なり我に今年の歌ありや否　斎藤　史

喪章なす四月の若布　はじめよりわれわれは日本島の流刑者　塚本　邦雄

見えがたき雲雀を仰ぐくもり日といえど四月の天空きらら　久々湊盈子

うづき〔卯月〕 陰暦四月の別名。陽暦では五月に当たり、卯の花月ともいう。しかし、現在の五月とも趣が異なり、四月の古名として用いられている。

うこんのさくら一木いっぱいに花つけてやや憂愁に卯月ゆくらむ　野村　清

そらにみつ大和四月の日のくもり嫩葉は風に傷つくらしも　遠山　利子

卯月また疼きの季節ブラウスの襟のすきまを小雨がさぐる　松平　盟子

せいめい〔清明〕 清浄明潔の略で、草花が咲きはじめ、すべてのものが清新に満ちる時候をいう。四月五日ごろに当たる。

清明のこよひ満月　地にさくらありて散るべき花をひらきぬ　蒔田さくら子

はるのひ〔春の日〕 のどかな春の一日をいう。温かい日射しは快く、花々も咲き乱れて美しい。**春日**。

こんなにも美しい春の日に生きてゐていいのかと子供の手をにぎりしめる　五島美代子

芝桜かがやき擬宝珠の若葉萌ゆ亡きも在るも等しく春の日の中　吉田　正俊

春の日の正午とおもふにほひして敏捷に薔薇は花びらひらく　生方たつゑ

みんなみに蘇枋の花の咲くときにわが春日ははや闌けにけり　斎藤　史

春の日の古墳七つをめぐり来つひつそりと死はありたきものを　前　登志夫

犬の尾はふさふさひかり猫の毛は玉のごときが似合ふ春日　馬場あき子

野びるこごみぜんまい独活その他ひろいつつ一と日野の沢を渡りきにけり　田井　安曇

春の日の空には鳥語地にはわが幼女と草花のこゑ　影山　一男

春の日の午後となりつつ水よりも草の芽ひかる岸のべをゆく　中埜由季子

春の日はぶたぶたこぶたわれはいまぶたぶたこぶた睡るしかない　荻原　裕幸

妻という安易ねたまし春の日のたとえば墓参に連れ添うことの　俵　万智

うららか〔**麗か**〕　なごやかな春の日の光が明るくかがやいて、すべてのものが朗らかに美しく見える様子をいう。**うらら**。**うらうら**。**麗日**。

うららかに日のさす庭を眺めれば土いぢりたく木を移しけり　窪田　空穂

麗らかや此方へ此方へかがやき来る沖のさざなみかぎり知られず　北原　白秋

うらうらと照れる光にけぶりあひて咲きしづもれる山ざくら花　若山　牧水

母が里富士の裾野はうららかに春いたるらし風に水に土に　野村　清

まるごとの空と水ありうらうらと沼ひろやかに潤びたる見ゆ　宮　英子

静かなる春のうららといへる日にさくらは白くひらきゆくかも　大塚布見子

日のさせばうらうらとして夢みをりあるいは錯覚としての晩年　吉岡　生夫

ひなが〔**日永**〕　寒い冬の短日のあとに明るい春が訪れると、昼間が長くなったことを痛感するものである。一年中で実際に昼の長いのは夏至の前後である。秋の「夜長」と対照をなす。**永き日**。**永き春日**。**日は永し**。

野茨をりて髪にもかざし手にもとり永き日野辺に君まちわびぬ　与謝野晶子

せまり来て心はさびしすがのねの永き春日とひとはいへども　斎藤　茂吉

赤煉瓦遠くつづける高塀の／むらさき見えて／春の日ながし　石川　啄木

日を永く一人遊びぬ白梅に紅梅まじる園やさしかり　宮　柊二

夕方の時報鳴れども　日は永し。とんぼゆっくり赤き交情　穂積　生萩

語るなくしづまりかへる夜々おそる日がな一日いちにち日永　春日真木子

ちじつ〔遅日〕

春の一日の暮れなずむさまをいう。日永と同じだが、日永は春の日中の長いことをいい、遅日は暮れ方が遅々としていることをいう。**暮遅し**。**遅き日**。**暮れなずむ**。

藤の花まみれて酔ひてうつつなき蜂の遅日をおもひてゐたり　上田三四二

はるのあけぼの〔春の曙〕

清少納言が『枕草子』に「春は曙。やうやうしろくなりゆく……」と記したように、春のほのぼの明けのころをいう。

最近は夜型の人が増えているが、昔の日本人は朝型であったため、夜明けより朝まで、時間をこまかく分けて呼んだ。夜明けのまだ暗いうち（暁闇）を、あかとき、あかつき。その少しあとを、しののめ。やや白みかけた時間帯（未明）を、あけぼの。やがて物が次第に見える時間帯を、朝ぼらけ。これ以外にも明け方・夜明けを明け暗、朝明け、朝明などと呼んだ。なお、朝とは、夜が明けきってからの数時間、または午前中をいう。**春はあけぼの**。**春暁**。**春暁**。**春の朝**。

ふつか続けて春はあけぼの死者の夢　旧交をもう温めおけといふ　中河　幹子

むらさきに菫の花はひらくなり人を思へば春はあけぼの　宮　柊二

紫だつ春のあけぼの欅林見ゆる窓辺にコルセットはづす　扇畑　利枝

ながらへたまへちちのみの父春暁の溲瓶水陽炎ちらちら　　塚本　邦雄

今日といふまだ手つかずの真つ新の時間を思ふ春はあけぼの　　安立スハル

国栖びとの手漉きの紙に額伏して春のあけぼのの机にねむる　　前　登志夫

かの一機頭上を過ぎてけふあるを忘るるならず春暁を覚む　　島田　修二

春暁の厨に水を呑みながら喉を落ちゆく音をわが聞く　　島田　修二

風となり光となりて若ものが春のあしたの坂くだり来る　　島田　修二

春暁なべては物象のよみがへり空なる緋桃反りてしばしよ　　藤田　武

しゅんちゅう〔春昼〕

春の昼間をいう。日射しは明るく、のどかで、なんとなく眠気をさそう。春雨の降る昼でも一雨ごとに暖かくなり、草木もいきいきして、さびしいうちにもなまめかしいものが感じられる。**春真昼**。**春の昼**。明石海人の歌の「癩」はハンセン氏病のこと。癩菌による伝染病であることがわからない時期の作品で、明暗が衝撃的に詠まれてかなしい。

塔や五重の端反うつくしき春昼にしてうかぶ白雲　　北原　白秋

診断を今はうたがはず春まひる癩に墜ちし身の影をぞ踏む　　明石　海人

響銅をば振りて合図す春真昼お茶こまやかに立てて持て来ぬ　　前川佐美雄

春昼を降りこぼれくる雨いささか闌けて匂はぬ花も漏らして　　斎藤　史

いつそとろとろにとけてしまはむか春昼を長き虚脱のはての机に　　加藤　克巳

虚空よりしみ出るごとき降りやうのあはれにやさし春昼の雨　　安立スハル

春昼の白きは空のあたりとぞ今日を思へり惚けにあらず　　中村　純一

咲きかかる白木蓮はゆらぐなしいま春昼の刻が充ちゆく　　長沢　一作

異教徒のわが感官をそそのかす春の真昼のくわんおん一軀　　雨宮　雅子

芽ぶくものの影ばかり濃き春の昼わが影少し動かしてみる　青井　史

猫のひげ銀に光りて春昼のひとりの思ひ秘密めきたる　小島ゆかり

春昼はとほき木がゆれ街がゆれ体のなかに揺れる水あり　小島ゆかり

はるのゆうべ〔春の夕べ〕

春の夕方をいう。夕づいても日が暮れなずみ、なんとなくさびしさを感じさせる。**春夕べ**。**春の夕暮れ**。

路地行けば熔接の火花散る小工場人影乏し春のゆふぐれ　吉田　正俊

亡き妻の鏡にたまる埃見ゆ春ゆふぐれの日ざし延び来て　木俣　修

おぼろめく春の夕べにねがふらくわれの五感もしばしけむらへ　斎藤　史

春ゆふべ給水塔に水満たすひびきあり旧き祈禱のごとく　塚本　邦雄

雨となる静けさを身にめぐらせて春は夕ぐれものをこそ思へ　安立スハル

銀の皿はつかくもれる春夕べ　この皿のなき世界やあらむ　香川　ヒサ

はるのくれ〔春の暮〕

春の夕べ、春の日暮れをいう。**春昏るる**。なお、暮の春、暮春となると晩春のことになる。

春昏るるわが居まはりやおぼろにて灯は点けずくれてゆかしむ　斎藤　史

憤り多岐にわたりて果てざれど暮れがたき春の路面を愛す　常見千香夫

ぽぽっぴあぷれっぴあぱふありのまま気分を感じてゐる春の暮　荻原　裕幸

画家が絵を手放すように春は暮れ林のなかの坂をのぼりぬ　吉川　宏志

はるのよい〔春の宵〕

春の夕暮れよりはやや遅く、春の夜よりは早いころをいう。秋は日暮れるとたちまち夜となるが、春の宵はわずかなあいだであるが、どことなく艶めき、ロマンチックな気分を誘う。**春宵**（春宵一刻値千金—蘇軾、春夜詩）。

春の宵のホームにつきし貨車の窓ひしめく牛ら乗り

ゐて寂し　　宮原阿つ子

争ひはここにはなくて春の宵を猫と私一匹ひとり　　保坂　耕人

東京のぬるき春宵事もなししわがれ声がいまだ息まく　　武川　忠一

繭にほふ雛のひとり笛吹きてあり経しものを父娘春宵　　苑　翠子

春宵の酒場にひとり酒啜る誰か来んかなあ誰あれも来るな　　石田比呂志

おお今日も公共電波のファシズムに妻子犯され春宵たけゆく　　島田　修三

はるのよ〔春の夜〕

春の宵が更けると春の夜となる。春先には強い風が吹いたり、名残りの寒さで夜間冷えこむこともあるが、春の夜の季感といえば、太平洋より温暖多湿な空気が流れ込んで、おぼろに霞み、うるおいのある夜気が肌にやわらかく、なんとなく濃艶な感じである。**春夜**。

塚本邦雄の「春の夜の夢ばかりなる枕頭に」は小倉百人一首の周防内侍の「春の夜の夢ばかりなる手枕に」をもじったもの。

春の夜にわが思ふなりわかき日のからくれなゐや悲しかりける　　前川佐美雄

樹液のぼる春の夜にしていきいきと鎖を切りし犬と少年　　斎藤　史

おのづから双頬ゆるびて酔ひ出づる春の一夜ぞゆたかにあらな　　山本　友一

春の夜を日本海溝の底深く海の雪の降ると君いう　　岡部桂一郎

春の夜を池の水のみ首あげる猫のまなこの炯炯として　　加藤　克巳

背のびして唇づけ返す春の夜のこころはあはれみづみづとして　　中城ふみ子

二十世紀越えむとしつつたゆたへる春夜わが幻のうつせみ　　塚本　邦雄

春の夜の夢ばかりなる枕頭にあっあかねさす召集令状　　塚本　邦雄

あのともしびを消したまへよと春の夜はいとしきものの降りくるを待つ　　山中智恵子

農場実習明日よりあるべく春の夜を軍手軍足買ひに出でたり　　石川不二子

春の夜のまぼろし誰かあたらしき水を故郷にながさんとして　三枝　昂之
オートバイとどろきゆけり春の夜をなんと寂しき自己表現か　落合けい子
ワープロの文字美しき春の夜「酔っています」とかかれておりぬ　俵　万智

はなびえ〔花冷え〕

桜の花の咲くころの冷えで、寒気をもつ発達した移動性高気圧が日本列島をゆっくり通過したり、大陸の高気圧がぐっと日本の方へ張り出したりすると、急激な冷え込みを感じることをいう。気象統計によると四月六日、二十三日あたりに花冷えが多い。繚乱と咲く花どきの冷えにはアイロニーが感じられる。京都の花冷えはよく知られている。

にびいろにふるふがごとくたそがれてさくらの下も寒々とする　中野　菊夫
花冷えのそれも底冷え円生の「らくだ」火葬炉にて終れど　塚本　邦雄
花冷えの夜に取りいだすヒーターは埃のにほひたてて点りぬ　上田三四二
すさまじくひと木の桜ふぶくゆゑ身はひえびえとなりて立ちをり　岡野　弘彦
アパートの窓毎に透明な傘干され夢ほどほどの花冷えの露地　富小路禎子
曇り夜となりたる巷花冷えの闇ふくらみて風起るらし　尾崎左永子
花冷えの底にあしたしろがねの鋏のありてしづけさは充つ　雨宮　雅子

はるふかし〔春深し〕

春たけなわ、**春の盛り**のことであるが、夏の気配は見られなくても汗ばむほどの気候で、自然の装いはどことなく春の盛りを過ぎたことが感じられる。**春闌く**。**春更く**。**春深む**。**春きわむ**。

春深し山には山の花咲きぬ人うらわかき母とはなりて　前田　夕暮
廃れたる園に踏み入りたんぽぽの白きを踏めば春たけにけり　北原　白秋
霧雨のこまかにかかる猫柳つくづく見れば春たけにけり　北原　白秋
碓氷嶺の南おもてとなりにけりくだりつつ思ふ春の

ふかきを　　北原　白秋

咲かぬ木の成育の意味が疑はれ単純に居りぬ春のさかりは　　加藤　将之

海山の思ひをいかにか歌はむと苦しぶときし春きはみたり　　前川佐美雄

松の幹が透明な油噴くこともかなしみとして闌けなん春か　　真鍋美恵子

去るものをばかり視る眼となりゆきて今年の春も闌けにけらずや　　斎藤　史

照り翳り春も闌くるとおもほえば我の背なる日かげ日おもて　　斎藤　史

渓川に漂ひてくる花びらよ奥山すでに春闌けぬらし　　太田　青丘

春闌けてみやまは牡丹の花崩る骨もちし身のとまどふばかり　　鈴鹿　俊子

春闌けてあわきかなしみまなぶたのたゆきがなかのほのゆれるもの　　加藤　克巳

帳簿くるわれの姿勢もウインドに象嵌されて春深むらむ　　中城ふみ子

われは青きつばさを飼はむ春ふかく夢はつねに迅速なれば　　山中智恵子

みきはめて何せむこの世靉靆と春深ければ病むまなこ閉づ　　馬場あき子

葦刈は遠き日となり川岸に葦林立す春たけながら　　黒田　淑子

荒天にかぎりなくとぶ雲みえて闌けりの春はいらだちやまず　　久々湊盈子

しゅんしゅう〔春愁〕

春の季節のもの思いをいう。浮きうきとした気分がきわまり、なんとなくもの憂い感じや、哀愁にもいう。**春の愁い**。**春のかなしみ**。

「春」はまたとんぼかへりをする児らの悲しき頬のみ見つつかへるや　　北原　白秋

雲はみなとけてあとなき蒼空のそこより春のかなしみぞ湧く　　岩谷　莫哀

水仙を傍にして春の夜なにするとなき憂ひなりけり　　加藤　克巳

みづならのあかき芽殻を踏みてゆくその春愁の粒の如きを　　杜沢光一郎

ばんしゅん〔晩春（ばんしゅん）〕

晩春初夏といわれるように、春の終わりであり、すぐ初夏につづく季節である。**晩春（おそはる）。春の終り（おわり）。暮春（ぼしゅん）。暮（くれ）の春。**

なお、「春の暮」というと春の夕暮れとなり、「遅き（おそき）春」というと春の訪れが遅いことになる。

とぶ鳥のけもののごとく草潜りはしるときあり春のをはりは　前川佐美雄

やはらなる暮春の夜（よる）の闇に佇つわがうつそみは影のごとしも　木俣　修

晩春の小さき雲の消えゆくを防空壕より見し日もはるけし　田中　順二

晩春（おそはる）をま白き阪が向丘（むかをか）にいつもいつも見えてたそがれにけり　宮　柊二

晩春の夕べの斜光身に受けてわれ等立ちをり高架の駅に　葛原　繁

小綬鶏の朝とは言はず昼も鳴きわが茫茫の晩春あはれ　馬場　園枝

花は根に帰らむといふ晩春のながき日暮れぞ父母を憶ふは　清原　令子

回復期その漂ひに晩春の朝々バロックの曲をひびかす　高嶋　健一

ゆくはる〔行く（ゆ）春（はる）・逝く（ゆ）春（はる）〕

春の季節のまさに終わろうとするときで、春との別れを惜しみつつ春を送る思いがこめられる。**春の名残（なごり）。春の行方（ゆくえ）。春の別れ。春尽く（つ）。春行く（ゆ）。春逝く（ゆ）。**

いちはつの花咲きいでて我が目には今年ばかりの春行かんとす　正岡　子規

山なかに雉子（きぎす）が啼きて行春（ゆくはる）の曇（くもり）のふるふ昼（ひる）つ方（かた）あはれ　斎藤　茂吉

白き猫泣かむばかりに春ゆくと締めしゆるめつ物をこそおもへ　北原　白秋

逝く春の光の中にわが手に取るおくのほそ道の素竜清書本　吉田　正俊

春尽くるあはれも吾れの感ぜねば仕事のうへに今日も争ふ　吉田　正俊

ゆく春は獣（けだもの）すらも鳴き叫ぶどこに無傷のこころあるならむ　前川佐美雄

ゆく春は鳥の抜毛もかなしきに白く落としてはや飛

び去りぬ　前川佐美雄

行春をかなしみあへず若きらは黒き帽子を空に投げあぐ　木俣　修

わが飼へる二匹の蟹は逝く春の夜半にうごきてうどんを食へり　山下喜美子

ゆく春の形見はこれとうち仰ぐ谷ぞら占めて散るはなびらを　田谷　鋭

たまひたる和紙のやはらに滴らす墨の滲みに春逝かむとす　大滝　貞一

遂げよとは行く春の思想なれ遂げて茫々と砂けむり立つ　春日井　建

ゆく春や　とおく〈百済〉をみにきしとたれかはかなきはがききている　下村　光男

はるおしむ〔春惜しむ〕　過ぎてゆく春を愛惜する気持ちである。もの悲しい感情がこめられる言葉である。**惜春**。**春の思い出**。

ながらへてあれば涙のいづるまで最上の川の春ををしまむ　斎藤　茂吉

サラダとり白きソースをかけてましさみしき春の思ひ出のため　北原　白秋

逝く春を惜しむ思ひは亡き友に通ふこころと酒を少々　吉田　正俊

春を惜しむこの国の人幾重にも幾重にも上野の山とりまけり　山崎　方代

ばしばしと手ごたへつよく香の高き高菜漬けたり春を惜しむと　石川不二子

なつちかし〔夏近し〕　春も盛りをすぎて、日ざしや風の動きなどに夏の間近いことが感じられることをいう。**夏隣る**。**夏来向う**。

土いぢることをたのしみ幼きら庭掘りちらす夏来向ふに　窪田　空穂

叱る母口かへす子の声ひびき夏の隣の暑き日ざかり　尾上　柴舟

初動すとわづかにバックする電車けだるき夏ももう身に近き　穎田島一二郎

花を見るいとまもあらずときすぎて徒長枝ゆらぐ夏近みかも　川合千鶴子

しゅんきゅう〔春窮（しゅんきゅう）〕

「春窮、麦嶺ヲ越エ難シ」というように、春窮は、まだ麦の刈り入れ前の四月から五月にかけての穀物の端境期（はざかいき）をいう。貯蔵米も冬を過ぎて残り少なくなり、麦の刈り入れを心待つ深刻な言葉である。昭和時代の戦中・戦後には都会でも主食が欠乏して春窮のつらさを味わった。麦嶺は麦秋のこと。

目薬を一滴注してまろびたり春窮といふ死語あたらしき　三枝　昂之

四月・天地

はるのひ〔春の日（はるのひ）・春の陽（はるのひ）〕

あたたかく射す春の太陽をいう。

朝日・夕日・入日など、春にながめる現象は多くなごやかである。**春日（はるび）。春陽（はるび）。春の日光（ひかげ）。春の朝光（あさかげ）。**

ひとりゐる二階の部屋にさす日かげほとほと眩し春のしるけく　窪田　空穂

いたきまでかがやく春の日光（にっくわう）に蛙（かへる）がひとつ息（いき）づきてゐる　斎藤　茂吉

高々と没（い）り日をさしてゆく鷺のひたすらに翔（と）ぶ茜（あかね）に染みて　大岡　博

ウヰスキーを墓にも注ぎ吾も飲み春日（はるび）うすづく頃とはなりぬ　宮　柊二

春の日が部屋に溜って赤いから盃の中に入れてみにけり　山崎　方代

柿の木のありたるところ射す春陽(はるび)柿の木偲ぶ人に近づく　岡部桂一郎

にじむごと土の面にもえいでし草の青きに春の日の照る　石黒　清介

あはあはと可憐にとどく春の日に失せものの鋏光りてゐたり　安立スハル

さわらびは摘みてかへれば草の上に抱けといふなり春の入日は　前　登志夫

水に差す春の朝かげ掬ひすくひ父となりたる顔洗ひをり　杜沢光一郎

剪定ををへて明るくなりし木々蜜柑畑に春日あまねし　神田あき子

春日さす広場に椅子の置かれゐてこの椅子のある世界がありぬ　香川　ヒサ

はるのいろ〔春(はる)の色(いろ)〕

春の様子、春の気配のことで、とくに春めいてきた早春の風光(ふうこう)にふさわしい。または、陽光が色めいてかがやく春の風光にもいう。**春色(しゅんしょく)**。**春のけしき**。

動くべく動き得ざるべきことわりが此処にあり高く春のいろうごく　小暮　政次

しづかにてただ春の色いづかたを北山といふ岩倉の道　福田　栄一

はるのひかり〔春(はる)の光(ひかり)〕

本来、春の色と同じく春の風光(ふうこう)、春の様子をいうが、陽光のかがやかしさをこめて用いる。最近は、明るくてやわらかい、色めいた春の光線をさして用いることが多い。**春光(しゅんくわう)**。

滅への予兆ある世に降りそそぐ春光微塵めくるめく宙　片山恵美子

ものいわぬ鳥けだものら集りてわれも見ている春の光を　岡部桂一郎

芝苑に抽象石像くきやかに春光を截るしろき屹立(きつりつ)　加藤　克巳

臘梅のやはらかき色みやりゐてふしぎなけさの春のひかりは　中村　純一

帆走を終へたる舟が春光を畳むごとくに帆をおろしをり　尾崎左永子

翔たせやるものもなければ手のひらに光をうけて春の遊びす　馬場あき子

樹液ふく葡萄の枝を棚に結ふ吾が指先に滲む春光

古甕を庭に洗へる妻つつむ春のひかりを擾すものなし　宮岡　昇

歩道橋したたり落つるひさかたの春のひかりは撥音をもつ　伊藤　一彦

坂井　修一

はるのそら〔春の空〕

冴えわたった冬の空とちがって、春の空はどこかほの白く、夜空もおぼろとなり、しっとりとしたものを感じる。雲の動きもゆるやかで、どこからともなく湧き出て、いつか全天をおおうことが多い。日射しものどやかで、星や月も角がとれ、うるんで見える。春天。春空。

雲ふたつ合はむとしてはまた遠く分れて消えぬ春の青ぞら　若山　牧水

春がすみたなびく空に思ひ知る遠山川の長きいのちを　四賀　光子

春の空に雲うかびゐるまひるなり家にかへりてねむらんと思ふ　前川佐美雄

春天の青の充実　人はいま水晶色の管楽器なれ　築地　正子

遍路地を照らして音もなく青き空海のそら、一遍のそら　高野　公彦

はるのくも〔春の雲〕

寒さがゆるみ、梅の香りが匂うころ、春めいた空には積雲（綿雲）がふわりと浮かぶ。のどかな春の空には巻雲（すじ雲）が鳥の羽毛のように高く流れはじめ、やがて多く見られる春らしい雲は巻層雲（うす雲）で、薄い白絹のベールを空一面に広げたようにおおう。晩春にはまた積雲がのどかに青天に浮かぶ。

春空をおほふ薄雲ほのかにも光をふくむ朝より夕に　窪田　空穂

水色の春の天ゆくうす雲と胸を流れるわが悲しみと　若山　牧水

憂ふれば春の夜ぐもの流らふるたどたどとしてわれきらめかず　坪野　哲久

春の雲いたづらにしてかがやけど夢々惨々として未来あり　宮　柊二

いつしかも丘に来りて浮く雲は国は相模にして春の雲　植木　正三

ダリ死してこの雲を描く人もなし春の曇天のあまた

白雲　田谷　鋭

春の雲見て帰り来し臥床にて痺れの戻る如くゐたりき　相良　宏

花冷えとおもふ深夜の天頂にをりふし星をつつむ雲あり　川島喜代詩

昼すぎて横雲の翳いくらかは濃くなりながら春の街の上　石岡　正憲

恃むべき明日ありとしも思へねど涌き立つごとき春の夕雲　来嶋　靖生

抱き寄せる魂ひとつ胸ひとつ輝きて飛ぶ春の白雲　佐佐木幸綱

日月のかなたといへどまなかひに朱をふくみたる春の浮雲　辺見じゅん

春楡のこずゑに移り小気味よく昼寝してゐむ雲の白さよ　鎌倉　千和

はるのつき〔春の月〕

花の夜空にかかる春の月は、おぼろ月などといわれるが、それと限定しない、なんとなくあたたかみのある春の月をいう。また、花の夜をそぞろ歩きでもしたくなる抒情あふれる月夜をいう。**春月**。**春の夜の月**。**春月夜**。**花月夜**。**桜月夜**。

与謝野晶子の歌の「宵月夜」は夕月夜のことである。野村清の歌の「デアポロ」はビゼー作曲「カルメン」の一曲。

下京や紅屋が門をくぐりたる男かはゆし春の夜の月　与謝野晶子

川ひとすぢ菜たね十里の宵月夜母がうまれし国美くしむ　与謝野晶子

清水へ祇園をよぎる桜月夜こよひ逢ふ人みなうつくしき　与謝野晶子

蹌踉と街をあゆめば大ぞらの闇のそこひに春の月いづ　若山　牧水

もやの中に光くぐもる春の月地に近くして親しく思はる　土屋　文明

低声にデアポロ唄ひながらゆくわれは微酔春の夜の月　野村　清

右手よりさしくる春の月ひくく幸福の前の吾のためらひ　小暮　政次

三月の月匂やかに空に顕ち桜もわれも老をかくさず　築地　正子

おぼろなる春月白くわたりゆく空よりも水の面は明りて　清原　令子

梅の香に声あるやうな月夜なり眼鏡をかけて辞書くりをれば　河野　裕子

うすづき〔薄月（うすづき）〕

春の夜に、ほのかにかすんで見える月をいう。また、淡い光の射す月もいう。**薄月夜**はその月の出ている夜をいう。**淡き月**。

うす月のさしこむ頃は身にふかくひそめし言葉響（な）り出るごとし　斎藤　史

遊ばざるけむりのごとく泛ぶ月しばしあふぎてまた歩み出づ　伊藤　一彦

おぼろ〔朧（おぼろ）〕

ぼんやりとかすんでいること、ほのかなことをいう。

春の季節は大気中に水分が多く含まれるので、靄や霞が立ちやすく、ものみな**朦朧**と見える。とくに春の朧夜をさしていう。

斎藤すみ子の歌の「すさび」は遊（すさ）ぶの連用形。

ときにして心あそぶやあはれただおぼろおぼろと漂ひ居るも　斎藤　史

昼の靄立ちておぼろに見えながら頂ひかる箱根駒ヵ岳　佐藤　志満

かなしみはいづこにもかく移ろふをすさびてゆかむ春の朧に　斎藤すみ子

なにもかもおぼろおぼろとなるまでに疲るるといふ噓をつきたし　坂井　修一

おぼろづき〔朧月（おぼろづき）〕

暈（かさ）をかぶって、おぼろに見える春の月をいう。紗（しゃ）を通したような、やわらかく、あたたかい感じである。**朧（おぼろよ）夜**はその月の出ている夜をいう。**朧月夜**。

ゆきゆけば朧月夜となりにけり城のひんがし菜の花の村　佐佐木信綱

気まぐれな鹿よと見をり朧夜の若草山をのぼりゆく一つ　前川佐美雄

中天に月おぼろわが身もおぼろ　おぼろおぼろに夜の更けゆく　長沢　美津

おぼろ夜の裏道を辿り辿りきて曾（かつ）てわが棲みし妻の家のまへ　大野　誠夫

おぼろ夜とわれはおもひきあたたかきうつしみ抱けばうつしみの香や　上田三四二

跳び越しし水溜りになにか落としたる感あり後の月のおぼろ夜　　高橋　幸子

はるのやみ〔春の闇〕 月のない、おぼろにうるんだ春の夜の闇をいう。闇の中から花の匂いがただよい、小動物がひそかに動めく情感がただよう。

人間の赤子の泣けり春の闇たっぷりつつむ路地をきたれば　　玉井　清弘

かぜひかる〔風光る〕 陽光がうらうらと照る日には、そよ吹く春風に、鋭い光が感じられる。

風光るみぎわの砂の西東真一文字に少年はしる　　加藤　克巳

風は光を渦にして吹く逞しき腕が肩抱くを求めゐる子に　　春日井　建

はなぐもり〔花曇り〕 桜の咲くころに、どんよりと曇ることをいう。雲があつく曇るのではなく、うすぼんやりとした曇りである。なんとなく頭が重く感じられ、花冷えのようでいて、軽い汗ばみを覚える。

花ぐもりいささか風のある日なり昼野火もゆる高遠の山　　太田　水穂

花ぐもり昼は闌けたれ道芝につゆの溜りて飯坂遠し　　前田　夕暮

蘭のかげ幽かにうつる花ぐもり障子を閉てて今日いとまあり　　吉植　庄亮

さくらさくら春のくもりを縫ひてゆくわが風切羽まだ衰へず　　前　登志夫

はるのあらし〔春の嵐〕 春の暴風雨である。俳句では春の嵐を春荒、春疾風と同じように雨をともなわない強い南風にも用いている。しかし嵐といえば強風とともに激しい雨をともなっており、ドイツの作家ヘルマン・ヘッセに「春の嵐」という名作もある。日本でも三月中旬より四月中旬に、激しい風雨に見舞われることがある。春嵐。

吹き荒ぶ春のあらしの音聞けば中天すぐる風に眼がある　　吉野　鉦二

部屋もろとも心さへこそ揺るがるれ春の嵐に一日こもりて　　清水　房雄

春嵐つのればさびしわれよりも若き腕（かひな）のうちにめざめぬ　稲葉　京子

息あらくけだものくさく春の嵐をかえりひとりの鍵をさしこむ　寺山　修司

身を統（す）ぶるこころといへど揺るるなりけふ一日は春の嵐に　藤井　常世

ひるのつき〔昼（ひる）の月（つき）〕

昼間、中空に白く見える月で、季節には関係ないが、季節のある言葉と取り合わせて詠むと味わいがある。

茅花（つばな）そよぐ野にふりかへるひんがしの三輪のお山の上の昼の月　前川佐美雄

昼月病めり平成元年（消費税元年）としてわれ記憶せむ　高野　公彦

捨て印（いん）のごとき昼月うかびをりわが生は誰の楔（くさび）でもなし　栗木　京子

はるのほし〔春（はる）の星（ほし）〕

春の夜空にまたたく星は、冬の鋭くきらめく星とちがって、どことなくうるおいがある。

石田五郎著『星の歳時記』には春の星座として、獅（し）子・乙女（おとめ）・髪（かみ）の髪（け）・猟犬（りょうけん）・蟹・北斗（ほくと）・牛飼（うしかい）・海蛇（うみへび）があげられている。

春の大三角形と呼ばれる星群は、南天の牛飼座と乙女座の各一等星と獅子座の二等星とを結ぶもので、その周囲には春の各星座が見られる。

また野尻抱影が春北斗という季語もあってよいといったように、春の北斗七星は北の中空に横一文字に見られる。更にヘラクレスが殺した海蛇を象徴するという海蛇座は、四月ごろの夕方に南天低く東西にわたって長く伸びているのが見られる。

海蛇の星座鮮（あたら）し泡だちてあらむかわれも春の夜空も　生方たつゑ

とほどほに息づくごとき星みえてうるほふ夜の窓をとざしぬ　佐藤佐太郎

かがやける星うるほふと見るまでに冬過ぎてゆくこの夜（よる）の紺　鈴木　幸輔

あたらしく玉（たま）取換へし眼鏡（めがね）にて仰げば空の春の星青き　宮　柊二

をとめ座に近づく春の木星を今宵も仰ぎ水の辺を来ぬ　宮地　伸一

春の獅子座脚あげ歩むこの夜すぎ　きみこそはとはの歩行者　　山中智恵子

今世紀いま在るわれも過ぐるとぞ窓に春夜の星が近づく　　清原　令子

海蛇座南にながきゆうぐれをさびしきことは言わずわかれき　　永田　和宏

はるのあられ〔春の霰〕

春になって気温が上がり、急激な上昇気流により生じた積乱雲が降らす小さい氷塊である。あまり長くは降らないが、苗や木の芽、若葉を痛めることがある。

遠ざかりつつ近づける死ぞ春の霰くらひてたまゆらたのし　　塚本　邦雄

稲妻の照らせる闇に踊りつつ春の霰は土に弾めり　　小川八重子

はるのしも〔春の霜〕

春になると霜を結ぶ日が少なくなる。ときに快晴の夜に冷えこみがひどいと霜を結ぶが、毎日結ぶようなことはない。

八十八夜の**別れ霜**というように、東北地方より西の平野地帯では、八十八夜（五月二、三日ごろ）を過ぎると、大体霜は降らなくなる。**晩霜**。**おくれ霜**。**忘れ霜**。**霜の別れ**。**かえり霜**。**霜の名残**。

吾が齢かへりみることもなかりしをしみじみとして春の霜白し　　土屋　文明

歌なしの四月五月のかへり霜ひと朝ただに茶の芽を灼きつ　　築地　正子

土跳めば土もろともに崩れゆく晩霜なほも晩年の棘　　安永　蕗子

こころのままに生き来てやうやく残る生の見ゆる思ひす今朝忘れ霜　　青木ゆかり

別れ霜引きとむまじき人ごこち桜川には花の散り候　　馬場あき子

にげみず〔逃水〕

蜃気楼現象の一つ。砂漠で遠くにオワシスがあるように見えるのと同じで、野原や道路などで遠くに水が流れているように見えるが、近づくとさらにその先へ移って見えることをいう。古来、武蔵野に多くありと詠まれた。春から初夏によく見られ、とくに風の静かな春の日に多い。

馬頭観音までは若葉ぞそれよりは野の逃水にまぎれゆくべし　大滝　貞一

涅槃図の鳥獣のごと野に立てばまた逃げ水の父あらはるる　辺見じゅん

当麻道古道(ふるみち)に春陽とめどなし追ひゆけど追ひゆけどまた逃げ水　成瀬　有

逃げ水を追いかけ一日(ひとひ)運転し砂の匂いをまとい帰る　三井　修

しんきろう〔**蜃気楼**(しんきろう)〕　大気中で光が異常に屈折し、空中や海上に何か物があるように見える現象である。砂漠でのオワシスもその一つ。

春から夏にかけて多く見られ、とくに風のおだやかな春の日に多い。昔の人は大はまぐりが気を吐いて楼閣を描くと考えた。**海市**(かいし)。**かいやぐら**。

一望の砂漠の果に浮びたる海市ひらひらとゆらぎつつ見ゆ　中野　菊夫

砂のほか何も見えねばゴビ砂漠こころづくしの蜃気楼(かひやぐら)立つ　安永　蕗子

吸物の蛤こじあけて蜃気楼の崩壊をおもひつつあり　塚本　邦雄

見しものをいえというなら貝やぐらまことかなしきものを見ていつ　田井　安曇

海市に行くために買う麦わらの帽子の中にある陽の匂い　筒井　富栄

亡き人の数をふやしてその母に北国はいま蜃気楼立つ　辺見じゅん

五月

春・夏

五月・季節

こがつ〔五月（ごぐわつ）〕

六日が立夏（りっか）で、暦の上では夏を迎えるが、気象の上では六月からが夏の季節となる。好晴の日が続いて暑くもなく、一年のうちでもっとも気候のよい月である。新緑が目に染みるように萌え、風にも色がある。下旬になると梅雨の走りがみられるようになり、天気が悪くなる。カソリックでは聖母マリアの生まれ月というので、聖五月などといっている。また、一日のメーデー、三日の憲法記念日、五日の子供の日など、大型連休が月初めにある。

欅さくら水木の葉群（はむら）かさなりて丘はまぶしき五月の光　　堀江　伸二

木梢（こぬれ）やさしき五月の森の香りさへ断ちてゆくべし巣立てるものは　　斎藤　史

高原の五月いづこも通へれば芽ぶける樹木みどり葉やさし　　中野　菊夫

なにゆゑかいろむらさきの桐の花咲かむ五月を心して待つ　　宮　柊二

五月来る硝子のかなた森閑と嬰児みなころされたるみどり　　塚本　邦雄

青き鳥　五月の朝をきて鳴くに聴かせたしわがこころの鳴ける　　岸田　典子

五月は喪服の季節といへり新緑の駅舎出づればまぶしきまひる　　尾崎左永子

青葉濃き五月みちのく若やかに能をみている時涼しけれ　　馬場あき子

空は五月あくまで澄めば入りゆきて聖堂に緑の灯を点す　　高嶋　健一

耳の垢ほりて金魚に食はせ居りいつとはなしに五月になりぬ　　小池　光

かなしみは唾液と気づくラッパ吹くやうに五月の空を見上げて　　小島ゆかり

玉葱のレアリテとして泥はあり五月、ただよう労働者たち　　加藤　治郎

さつき〔五月・皐月〕

陰暦五月の別名。陽暦の六月ごろに当たる。早苗月の異名もあるように、田植えどきである。現在では五月空、五月風、五月晴れなどと、陽暦五月の別称として使われている。五月と呼ぶよりも趣があるからである。

紀の国の皐月はうれし花柑子つづく畑に鶴むらの来て　与謝野晶子

ああ皐月仏蘭西の野は火の色す君も雛罌粟われも雛罌粟　与謝野晶子

いやはてに鬱金ざくらのかなしみのちりそめぬれば五月はきたる　北原　白秋

鯛ぶねのこの曳く網に鯛ともし五月のすゑの鰆季節かも　中村　憲吉

五月風吹きひらめけり目に霧ふこの寂しさは終のものならむ　五島美代子

突風が孔雀の羽をへし折つてからつと晴れた五月空なり　加藤　克巳

訃報三つ四つつづく皐月いつの間にこぼれつくしたるか柿の花　塚本　邦雄

父は悲愴ならざりしかばわが生れてさつきついたちたちばなを踏む　山中智恵子

昏々とたましひの奥さしのぞく五月晴れたる鏡の真昼　辺見じゅん

はちじゅうはちや〔八十八夜〕

立春から数えて八十八日目、陽暦の五月二、三日である。八十八夜の別れ霜などといい、農家では八十八夜を過ぎれば霜のおりる心配がなくなると、おそ霜のおりる時期の目安としてきた。茶の新芽が萌え、茶摘みが盛んになる時期でもある。

八十八夜の霜をさめなどといふことも気象解説の中にすがしく　大滝　貞一

りっか〔立夏〕

立夏は五月六日ごろ。暦の上ではこの日から夏になるが、緑鮮やかな風かおる爽快な季節に当たり、北海道では雪解けのはじまるところもあり、東北地方では梅・桃・桜のいっせいに咲くころでもある。実際に気候が夏らしくなるのはこれより約一か月おくれる。それでも日を追って夏が来たことを実感するようになる。**夏に入る。夏来る。夏は来ぬ。夏立つ。**

鉢植に二つ咲きたる牡丹の花くれなゐ深く夏立ちにけり　正岡　子規

山羊の乳と山椒のしめりまじりたるそよ風吹きて夏は来りぬ　北原　白秋

旺なる夏はきたりぬ木陰より噴水の散る音は透り来　高安　国世

そよぎ立つ槐仰げば人の住む国つふかみに夏は来るらし　河野　愛子

のびやかに天を指す木が子の遊ぶ野の一隅を占めて夏来る　石川　一成

地下道にガラス砕けて夏立てりなみなみと水湛へておかむ　百々登美子

ああ立夏、樹々のたけりをぬりつけて今宵わが四肢青葉噴きいづ　久我田鶴子

しょか〔初夏〕　夏のはじめである。五月六日頃の立夏から六月はじめの入梅前のからりとした、快い季節をいう。若葉は匂うように輝いて、吹く微風はすがすがしい。**初夏**。**首夏**。**若夏**。**夏初め**。**夏はじまる**。

物売にわれもならまし初夏のシャンゼリゼェの青き木のもと　与謝野晶子

山々を若葉包めり世にあらば君が初夏われの初夏　与謝野晶子

青空のもとに楓のひろがりて君なき夏の初まれるかな　与謝野晶子

いきいきと垣の木の芽がひかるゆゐ初夏の日を見に出でにけり　尾上　柴舟

にほやかに若葉そよげばゆくりなく初夏人とわれなりにけり　尾上　柴舟

若夏の大地の上にゆらゆらと生きゐるわれか草木ら笑ふ　築地　正子

孔雀われのうしろに番ひ曇りたる刃のごとし初夏に逅ふこころ　塚本　邦雄

はつなつのゆふべひたひを光らせて保険屋が遠き死を売りにくる　塚本　邦雄

青梅に蜜をそそぎて封じおく一事をもつてわが夏はじまる　安立スハル

若夏の青梅選むこずゑには脳も透きて歌ふ鳥あり　山中智恵子

ひるがへるもの皆軽き初夏となり椎はゆるがぬ緑を

抱く　馬場あき子

はつなつの光重たし不用意に愛されし悔をもちて生きをり　黒田　淑子

木洩日の光乱して蘇鉄の葉ひるがへるなり横須賀は初夏　棚田浩一郎

木に熟れし桃捥ぐひとのむきだしの腕にこぼるる首夏のひかりは　久々湊盈子

ブラウスの中まで明るき初夏の日にけぶれるごときわが乳房あり　河野　裕子

曲がること知らぬ穂の先ここまでと麦がそよげばすでに若夏　今野　寿美

なつめく〔夏めく〕　初夏を迎えて気候、空ゆく雲、野をわたる風、日の光、草木の緑などに夏らしい気配を感じることをいう。**夏きざす。**

藪手毬白き簇花咲きそめて若葉のながめ夏めきにけり　岡　麓

たまたまに障子をあけて吹き通す畳のかぜの夏めきにけり　中村　憲吉

なつあさし〔夏浅し〕　立夏になって日も浅い五月の新緑の美しい初夏をいう。

明るみへおのれの心ひらけゆきて夏あさき庭のみどりに対ふ　橋田　東声

夏あさく街路樹のさくころとなりむらさきつつじわれを富ましむ　佐藤佐太郎

むぎのあき〔麦の秋〕　秋に稲が稔るのにならって出た言葉で、大体五月なかばから六月にかけて、麦の熟れるころから刈入れどきの初夏の季節をいう。立春後の百二十日前後（五月下旬）が黄熟・刈入れ期とされるが、東北地方では六月上・下旬、北海道では七月に入ってからとなる。梅雨期をひかえて、汗ばむような暑さを感じる日があり、満目新緑の中に黄熟した麦畑が続くのは明るい景である。**麦秋。麦秋。麦熟るる。**

ちちははの墓もおぼろにふるさとは麦の光のすゑにこもれり　太田　水穂

市街地にのこる畠に麦熟れてこの寂しさは遣らむ方なし　半田　良平

希望なく過ぎし三年早くして黄に照りながら麦の秋くる　大野　誠夫
破羅韋相(はらいそ)はいづこにありや男臭のしみたるパイプ麦熟るる夜　岡部桂一郎
麦秋の村すぎしかばほのかなる火の匂ひする旅のはじめに　安永　蕗子
雨のあと地より足にのぼりくる気熱(いき)かりき麦熟るる丘　河野　愛子
麦熟るるなか遠くきて左手のしきりに乾く午後と思へり　高嶋　健一
麦秋(むぎあき)の畑ひろごる野を横につんざきわたるほととぎすの声　大塚布見子
廐昏(く)れ馬の目はてしなくねむり麦たくましく熟れてゆく音　佐佐木幸綱
春の香の熟るる谷間に女らはししむら冥く水飲みてをり　辺見じゅん
すこやかに共に在り経てまた逢わんかの村里の麦秋のころ　大塚　善子
麦の秋『武器よさらば』の結末は我に来たらず道光りおり　吉川　宏志

ごがつじん〔五月尽(ごぐわつじん)〕

五月が終わること。五月の終わり。五月末。新緑の目にしみる初夏が過ぎると、まもなく梅雨の季節を迎えることになる。**五月尽(つ)く**。**五月終る**。
五月尽(さつきじん)となると陰暦五月末、現在の六月末に当たり、梅雨期から盛夏を迎える時期になる。

わが廿八歳(にぢうはち)のさびしき五月終るころよべもこよひも崎(さき)は地震(なゐ)する　若山　牧水
五月終りて森あたたかき暗がりに脂(やに)垂りし樹々牝よりあはれ　塚本　邦雄
五月終るべし歌人(うたびと)のまなこより山河はくらきよろこびに満つ　塚本　邦雄
花終へし十二単(ひとへ)が蕺草(どくだみ)に埋もれて五月尽の坪庭　麻生　松江

五月・天地

ごがつのかぜ〔五月の風〕

初夏のころ、若葉・新樹・草生などをわたって、匂うように吹いてくる南風をいう。青嵐に比べて、やわらかく心地よい風である。**五月風**。**初夏の風**。**若葉風**。**薫風**。**風薫る**。

橡の太樹をいま吹きとほる五月かぜ嫩葉たふとく諸向きにけり　斎藤　茂吉

初夏の風ビルの谷間をふきぬけてとまれる車いろどりをもつ　中野　菊夫

若葉どきの風の林に踏み入りて目瞑れど目瞑れど襲ふさみどり　山崎　孝子

飄飄と天城の山を越えて吹く風のひびきは聞きあかなくに　白石　昂

愛恋のたはやすきかなわがうでに抱きしめたるは若葉風のみ　塚本　邦雄

楢若葉風にひかると思ふとき奥がの暗き緑もうごく　長沢　一作

初夏の街をかろがろ渡りゆく風と後先なくて歩めり　石田比呂志

透明のガラスのこちら吹かれずに風を見ている五月の風を　福島　泰樹

あおあらし〔青嵐〕

五月から六月ごろ、若葉青葉の繁茂する林や草原などを吹き渡る風。嵐といってもやや強い風で、緑の色彩感にあふれた明るい風である。**風青し**。

ひさかたの天の広らに青嵐夏のひかりは世にみちにけり　伊藤左千夫

青あらし楓はゆらぐしかすがに常盤木椎は猶眉目なり　伊藤左千夫

あけ放つ五層の楼の大広間つばめ舞ひ入りぬ青あらしの風　太田　水穂

三井寺や葉わか楓の木下みち石も啼くべき青あらしかな　与謝野晶子

仁和寺の若楓吹き君を吹き山門を吹く青あらしかな

青嵐わたる天竜の大き水いづくを見てもみなみづみづし　吉井　勇
青あらしたうたうとわたる榛原を黒牛ひとつよこぎりてゆく　松村　英一
アカンサスおこせばすがる蝶のむれ一夜の嵐青々と降る　若山喜志子
山麓よりうねりつつ吹く青嵐せり上りつつ空に消えゆく　近藤　芳美
青嵐のただなかにゐて豊かなり吾に子のあり子に妻のあり　西川喜代水
「綺羅」「風伯」などと改元さるる日を想ふそびらを吹く青嵐　佐佐木由幾
青嵐吹き過ぎゆきて柿の下明眸の猫歩みすぎたり　塚本　邦雄
青嵐過ぎたり誰も知るなけむひとりの維新といふもあるべく　山中智恵子
春日井　建

むぎのかぜ〔麦の風（むぎのかぜ）〕

麦が黄熟するころに吹く風をいう。麦の黄熟期は大体五・六月であるが、高冷地や北へゆくほどおくれるので、梅雨空をわたり、いくらか冷たく感じる湿っぽい風や、梅雨の晴れ間に吹きわたる蒸し暑さをおぼえる風もいう。台風くずれのやや強い風が吹くこともあり、黄に熟れた麦が渦模様をえがいて倒れる光景もみられる。**麦の秋風（むぎのあきかぜ）。麦嵐（むぎあらし）。夏嵐。**

麦を吹くあらしなぎつつ月は出づ辰砂（しんしゃ）のごとき光放ちて　鹿児島寿蔵
夏あらし吹きつつ音のさやかなる麦の意志われより強きがごとし　吉野　鉦二
今しばし麦うごかしてゐる風を追憶を吹く風とおもひし　佐藤佐太郎
麦の穂をふく風のおと日食のいくばく暗き道を来しかば　佐藤佐太郎
麦の穂に息づくごとき風たちて空光沢の粗き夕映　板宮　清治

なつのかげろう〔夏の陽炎（なつのかげろふ）〕

初夏などに、空気中の水蒸気が地面よりゆらゆらと立ちのぼる現象をいう。

蹴りあげて球を追ひゆく一童子夏かげろふをまとふやさしさ　安永　蕗子

ひょう〔雹(へう)〕

五月ころから夏にかけて、雷雨にともなって降る豆粒大の氷塊で、古くは氷雨(ひさめ)と呼んだ。透明なものは少なく、中心に不透明な心核がある。とくに関東以西の表日本に降りやすく、なかでも関東地方にはよく降る。直径が二センチ以上の大きさの雹が三十分以上降ると、農作物や家屋の被害がいちじるしく、また低温による害も同時に受ける。

うららかにガラスを照す春の日のにはかに曇り雹ふり来る　正岡　子規

測りがたき世に生くる身かたちまちに昼を夜となし夏の雹ふる　窪田　空穂

庭くまに雪と見るまで降りたまり雹はのこれりつぶらつぶらに　宇都野　研

雹ふりて／秋　たのみなし。村のうちに、／旅をどり子も／入れじ　といふなり　釈　迢空

なまぐさき生類(しやうるゐ)はみな飛び散れと凛凛(りり)とひびきて雹降り来る　斎藤　史

庭土に跳ねつつ雹の動くみゆ曇の荒きあさの空気に　鈴木　幸輔

雷鳴をともなひて降る春の雹はな咲きそめし菜の花を打つ　佐藤　志満

影となりしなう木群よひとときに降り来る雹は野を覆いつつ　近藤　芳美

襲ひ来し音は鋭き雹にしてみるみる若葉が散り初めたり　小市巳世司

雷(はたたがみ)はためきしのち透明なる雹降れり魚卵のごとく眼のあり　北沢　郁子

六月の雹降り栗の花びらのにじみて遠し周口の街　春日井　建

はしりづゆ〔走り梅雨(はしづゆ)〕

本格的な梅雨期の前に、一時梅雨のようなぐずついた天気になるのをいう。五月下旬ころ東日本に多い現象で、新緑の頃だけに一週間も雨もようの日がつづくと意外に長く感じて、うっとうしい気分になる。

ひそかにわれをいとしむ心もてり梅雨(つゆ)げのしめり肌におもたく　平福　百穂

走り梅雨陽は晴れゆくをしづかなる対峙のこしし論の経緯(よこたて)　馬場あき子

六月　夏

六月・季節

ろくがつ〔六月（ろくぐわつ）〕

初旬は五月からつづく爽やかな快い気候であるが、中旬より高温多湿の梅雨期に入る。二十二日頃が夏至（げし）で昼間が長くなる。田植や鮎漁がはじまり、万物夏の装いとなる。

太田青丘、岡井隆の歌は一九六〇年六月、日米安全保障条約締結に反対したデモ行進を詠んだもの。

麦畑だ。／楢の林だ。／高圧線の大鉄塔だ。／六月だ。／野だ。　矢代　東村

六月はわが生まれ月ながき日のきはみのころにむらさき咲かむ　柴生田　稔

遠き祖（おや）たどり敢へねど六月の照りみつる野にわが父生る　窪田章一郎

おしうごく林立の赤旗（せっき）　六月の東京の曇天を片よせ進む　太田　青丘

柳河の水辺の柳照りながら降る六月の雨に濡れゐる　大野　誠夫

したたる空の　青の六月　荒草の鋭きひかり風をはしらす　加藤　克巳

すみやかに月のめぐりて六月のうつそみ淡く山河濃きかな　塚本　邦雄

引出しに使はざる鋭き錐（と）は錆び逝く六月もかくさびしきを　上田三四二

鉱（あらがね）のごとき体（からだ）がひしめきて犠祭（にえまつり）せり六月・日本　岡井　隆

六月の昂揚のうち芽を吹きて天に登りし豆の木あはれ　田井　安曇

六月はうすずみの界ひと籠に盛られたる枇杷運ばれて行く　小中　英之

東京が妊る六月むきむきに爪型のそら豆がさす空がある　佐佐木幸綱

満ちてくる潮のやうに咲き出だす忘れな草は六月の花　松倉美和子

ライラック揺れる坂道朝ごとに病むたましいの六月

きたる

起きぬけの髪は豆の莢六月を生きむとばかりゴムに束ねぬ　西勝　洋一

青麦のたばを抱えてやって来るいもうとのような季節　六月　佐伯　裕子

　　　　　　　　　　　　　　　　　　　　　　　　　小守　有里

みなづき〔水無月〕

陰暦六月の別名。現在の七月末から八月はじめの盛夏に当たる。暑さのため水が涸れる月、田に水がたたえられる水月の意ともいう。水待月、常夏月などの異名もある。また、山野が青々と茂るころなので、青水無月とも呼ぶ。水無月ともいい、陽暦の六月にも用いられる。

わが体にうつうつと汗にじみゐて今みな月の嵐ふきたれ　斎藤　茂吉

より来りうすれて消ゆる水無月の雲たえまなし富士の山辺に　若山　牧水

水無月の洪水なせる日光のなかにうたへり麦かり少女　若山　牧水

ただよひのとめどもあらぬ魂ひとつ水のゆくへの白きみなつき　斎藤　史

水無月やここは八ツ橋杜若ただようものは男なりけり　岡部桂一郎

北国は水無月とても薄ざくら人に遅るる言葉やさしも　安永　蕗子

雨の水無月取り出して視るたびごとに奇怪なり「恩賜の煙草」といふは　塚本　邦雄

みなづきに往きて住みなむうつくしき国たとふればなまよみの甲斐　塚本　邦雄

わが哭けば青葉萎えゆく水無月の野山にみちてつどひくる魍魎　岡野　弘彦

うるほへる水無月の月さしのぼる多津山の辺にいつまで病まむ　山中智恵子

砥ぎてもつ厨刀青き水無月や何わざのはて妻とはよばるる　馬場あき子

水無月の夕べは長し木木青葉暗みつつなほ空水浅黄　大塚布見子

水無月のまた風待月と呼ぶときし木天蓼の花ひそけく咲きし　大滝　貞一

怒りの束摑んでついに立ち上がるもう一つの水無月の生きざま　佐佐木幸綱

妻とゐて妻恋ふこころをぐらしや雨しぶき降るみなづきの夜　伊藤　一彦
水無月の光を曳きて雨は降る水から生れしものたちのため　今野　寿美
遺伝子のほころびはやき水無月や騒乱の髪から目覚めゆく　坂井　修一

つゆいり〔梅雨入り〕

梅雨の季節に入ることをいう。大体六月十一日か十二日であるが、気圧配置が高温多湿の梅雨型になるのはその年により、また地方により、ちがってくる。西日本で十日頃、東日本で十五日頃、北日本で二十五日頃、南西諸島では五月中旬、北海道では梅雨の現象はあまりはっきりしない。

黒南風（くろはえ）といわれる湿気を含んだ南風が吹きこみ、じめじめした霖雨（りんう）が降り続く陰鬱な時期（およそ三〇日間）を過ごすことになる。入梅（にゅうばい）。梅雨入（ついり）。**梅雨に入る。雨期に入る。**

梅雨に入るその日雨ふり火の如き石榴の花もしめりてありぬ　金子　薫園
梅雨期と正になりけむこよひ降る雨は音深くしづかにし降る　窪田　空穂
海辺にも水鶏（くひな）のなきて日の暮はあはれなりけり梅雨に入るころ　中村　憲吉
入梅の日より降りつつひたぶるに日を夜に継ぎて五日降りたり　尾山篤二郎
みなぎらふ湿気のなかに息づきて人間内部また雨期に入る　岡山　巖
入梅の雨やすらかに降り出でぬ眠りを覚めし夜半のひとりに　初井しづ枝
庭石の傍へに今年も未央柳咲くべくなりて梅雨に入る日々　礒　幾造
わが妬み黒きもやしの如くにも殖えをりさむく昨日より梅雨　中城ふみ子
梅雨に入り死にゆく雛の一羽二羽つぶやく如し母の嘆きは　宮岡　昇
梅雨に入り逆巻く堀の濁り波かくいきいきと水はありしか　大島　史洋

げし〔夏至〕

夏至は六月二十二日ごろで、冬至（とうじ）に対し、一年中で昼がもっとも長く、夜が短い日である。梅雨の真最中で、暑さはこれより一か月あとの土用のころが最高となる。

木々なべて緑きらめき白き花かがやくばかり夏至に向ふ日々　柴生田　稔

夏至のひかり胸にながれて青年のたとふれば錫のごとき独身　塚本　邦雄

昼顔の群生踏みてゆくときを人世しづけく夏至いたりたり　雨宮　雅子

なまぬるき論よ恥じつつくれないの切手を嘗める夏至の日の舌　佐佐木幸綱

父母なくて還る地のなき背のさむさとどろくごとく青夏至いたる　玉井　清弘

みじかよ〔短夜〕　夏の夜の短いことをいう。春分の日から少しずつ日が長くなり、夏至になって、昼がもっとも長く、夜がもっとも短くなる。夏は暮るるにおそく、午前四時頃には早くも夜が明ける。**明易し**。**明早し**。

このはづくぞこの短か夜の引き明けに正しくとほく窓にひびくは　小野　昌繁

みじか夜を美しと云ひて惜しみつつやがて眠りにゆくばかりなる　斎藤　史

白き蚊帳ゆるる気配も寂けくて病者とわれにあくる短夜　安藤佐貴子

匂いにも光沢あることをかなしみし一夜につづく万の短夜　岡井　隆

つゆふかし〔梅雨深し〕　梅雨たけなわのころをいう。六月二十五日から三十日位までが頂上である。陰暗な長雨が時に豪雨も混えて降りつづく。**深梅雨**。

うすぐらき小路をゆきて人の香をおぼゆるまでに梅雨ふけわたる　斎藤　茂吉

深梅雨は夜をしたたかにふるさとの従兄弟の家を包みつつ降る　宮　柊二

子を置きていでたる妻の帰りくる時を待つなり梅雨ふかき家　岡野　弘彦

陰茎のあをき色素はなに故ぞ梅雨ふかきころ湯殿に洗ふ　岡井　隆

三輪山に椿の磐座といふものありふと思ひまた梅雨深く忘る　馬場あき子

告別式場示す矢印に導かれ梅雨ふかき昼の街あゆみゆく　島本　正斎

六月・天地

白髪はややに増えつつ深梅雨は身よりも頭大きく重たし　西村　尚

向つ森罪に耽りてゐるごとく濃き緑炎えつ深梅雨にして　成瀬　有

川の字の家族をつつむ梅雨ふかし水に流せぬくらしのくらし　三枝　昂之

六月・天地

さみだれ〔五月雨〕

陰暦五月に降る長雨である。「さ」は五月、「みだれ」は水垂れの意という。つまり陽暦六月に降る霖雨、梅雨の季節の雨である。梅雨は主に雨期をいうので、雨そのものをいう場合、五月雨、五月雨、さみだるる、と用いることが多い。

五月雨の寒くふる日は火を入れて部屋あたゝかく寝ねてこもれり　太田　水穂

わが太郎たたける太鼓たたきやめ眺めをるなり五月雨の空　窪田　空穂

にはとりの卵の黄味の乱れゆくさみだれごろのあぢきなきかな　斎藤　茂吉

五月雨の日に日に降りて田草除る着替も今日はなくなりにけり　結城哀草果

窓ちかくけだものの血の紅のざくろ花さき五月雨のふる　矢代　東村

おとろへて蛇のひものの骨をかむさみだれごろのわが貪著よ　坪野　哲久

暁の降るさみだれやわが家はおもても裏も雨の音ぞする　佐藤佐太郎

かぼちゃの種子蒔きてやすらぐ妻の顔かたえにありてさみだれの音　宮岡　昇

あなたからきたるはがきのかきだしの「雨ですね」さう、けふもさみだれ　松平　修文

つゆ〔梅雨〕

入梅からおおよそ三〇日間のじめじめとした霖雨、またはその雨期をいう。日本の南方沖にできる梅雨前線により、高温多湿のうっとうしい天気がつづき、ときに豪雨をもたらす。梅の実が熟する頃の雨なので**梅雨**といい、じめじめして物みな黴を生ずるので**黴雨**ともいう。**梅雨曇り**、**梅雨空**は暗雲が低く垂れこめた空をいう。梅雨期に冷えるのを**梅雨寒**、**梅雨冷え**、**梅雨寒し**、雨がほとんど降らないのを**空梅雨**といい、また青葉の季節なので**青梅雨**とも用いられる。**梅雨の雨**。**長梅雨**。**梅雨の日**。**梅雨の夜**。**梅雨雲**。

太藺の並みたつうへに降りそそぐ秋田の梅雨見るべかりけり　斎藤　茂吉

空つゆの土のいきれ暑し庭畠の芥子の坊主に蟻はひのぼる　橋田　東声

うつぎの花みるに二十年うちかへり子が死の床のくらき梅雨の日　中河　幹子

降りつづく日毎の雨の朝戸出にぬれて重たき傘ひろげたり　松田　常憲

梅雨雲のおほひつくせる空低く飛びゆく鳥も重き感じす　吉野　鉦二

長梅雨の日ごとを嫌ふ一人住み金魚知りいてわれに物欲る　芦田　高子

梅雨河原けぶれるはての鉄橋に電車のすぱあく一つ明れり　福田　栄一

どくだみの花のしげみに梅雨のあめ花をゆりつつふりそそぐなり　石黒　清介

夫のため炊きたる粥を吾も食み梅雨のひと日を終らんとする　川合千鶴子

梅雨重く被さる夜はふたり子のうへを鬼子母のここ

ろに嘆く　中城ふみ子

長梅雨に鬱々昏らむわが部屋の畳はいたく湿りを持てり　萩原　アツ

梅雨降れば白き黴浮く塩壺を黒き厨に主婦らはまもる　馬場あき子

むし暑き雨季の店先くだものの徐々に熟れゆく気配が重し　蒔田さくら子

床下に動物のうごく気配して激しき梅雨の雨降りやまず　石井　利明

梅雨ぐもりこころ滅入りてなるものか古いタイヤをバットでたたく　水野　昌雄

青梅雨といひて人声通る夜にかるがるとして魂ねむる　西村　尚

梅雨の夜の二夜つづけて兵われが夢の中にて人間を撃つ　佐佐木幸綱

野も山も水漬きて梅雨にただ蒼し逝きてひと時代のたちまち遠し　成瀬　有

たましいの不安のごとく広がれる梅雨雲がありその下を行く　道浦母都子

膏したたるごときつゆのあめ立ちて見上げぬひるの鋪道に　阿木津　英

梅雨空や背もたれのなき椅子さみし永遠にめとらぬ男の背骨　田中　章義

さつきやみ〔五月闇〕

さみだれ（梅雨の雨）の降るころは暗雲が重れこみ、昼間でも夜を思わせるような暗さを感じるのでいう。梅雨闇ともいう。また、この頃は青葉が茂るため、闇がいっそう助長される。夜は漆黒の闇となる。近年、夜の闇のことにも用いられている。

さつき闇くらきさ庭に鈴の音かすかに立てて白き猫の来も　宇都野　研

梅雨闇に梟なけばながく病む高見順思ふこころ萎ゆまで　木俣　修

土一揆思ひつつ打ちし庭土のその型なりに五月闇濃し　安永　蕗子

梅雨闇はおぼろに蒸して旬日の日かず魚鱗のごとく離れず　西村　尚

ころさるるひびきとおもふ梅雨闇のなか大きなる静寂あれば　伊藤　一彦

はえ〔**南風**〕　夏に吹く南風のことで、とくに梅雨どきの南風をいう。梅雨入りのころには南風で空が暗くなるため、**黒南風**と呼び、また、梅雨最中の強い南風は荒南風と呼び、さらに梅雨の明けるころには南風で空が明るくなるため、**白南風**と呼んでいる。

南風のむた真夏大野を我が飛ぶと明日待ちかねつ心あがりに　北原　白秋

白南風の光葉の野薔薇過ぎにけりかはずのこゑも田にしめりつつ　北原　白秋

黒南風の昼をふくらむ青梅の熟れ落つるまで旅に出でゆく　前　登志夫

黒南風の流るる日ぐれ樹もわれも水より成れるものとして立つ　雨宮　雅子

黒南風の荒べるままによべひと夜なぶられありしか浜の昼顔　大塚布見子

つゆばれ〔**梅雨晴れ**〕　梅雨の中休みのことである。晴天が三、四日つづくのは十二日位の周期になるが、半日とか一日、あるいは一、二時間晴れるときがある。また、**梅雨明け**になり晴天がつづくのをいうこともある。晴れた日は、かっと照る日射しが暑く、急に夏が来たことを感じる。**梅雨晴間**。

峡縫ひてわが汽車走る梅雨晴の雲さはなれや吉備の山々　若山　牧水

若竹の傾くさまもおのづから健かにして梅雨晴れんとす　佐藤佐太郎

梅雨晴れの舗道はてなし逃げ水のひかれる鏡追いつつぞゆく　中野　照子

茗荷の子汁に刻めば匂ひ立つ朝の清しさ梅雨はれゆくも　馬場あき子

梅雨晴れの庭に現れ今われに逢ひ来しとばかり黄蝶翻る　大塚布見子

裏庭の花ひとつづつに陽は及ぶ梅雨晴れの朝のしづかさのなか　島本　正斎

かすかなる水口まつり終りたる青田は梅雨の晴間のひかり　板宮　清治

梅雨空の晴れたるひまに子の飛ばす飛行機は高く舞ふこともなし　大滝　貞一

梅雨晴れのふとまばゆさを増す空にモーツアルトの

靴音がする　　永井　陽子

梅雨晴れの夕べしづかに暮るるころ郭公のこゑ遠く響けり　　中村　淳悦

うえた〔植田(うゑた)〕　田植えが終わった水田には、整列した早苗(さなえ)の葉末が、あざやかな緑色をなびかせ水に影を映している。植え終わったばかりの苗は二、三日たたないと根づかないので、まだ弱々しくゆれている。**早苗田。**

水満てる植田に低き幼苗さし来る朝日のひかりにつづく　　窪田　空穂

うちならび植うる人らのうしろよりさざ波よする小(を)田のさざ波　　古泉　千樫

青々と田植のすみし田のつづくそのいやはてに山の雲あり　　松井　如流

見下しの棚田の面に浮苗は片寄りにけり日本の平和　　宮　柊二

七月

夏

七月・季節

しちがつ〔七月（しちぐわつ）〕

上旬には梅雨末期の豪雨がよく降り、中旬以後に梅雨が明けると本格的な夏の暑さを迎える。一日には山開き、海開きがあり、二十日ごろから学校が夏休みとなる。地方により七日に七夕（たなばた）祭、十三日から十六日に盂蘭盆（うらぼん）の行事をするところがある。

私の内部に巨口のやうなエヤーポケットが出来た日の明かるいあかるい七月のそら　香川　進

しんかんと七月いたり母がため茄子もてつくるむらさきの馬　塚本　邦雄

七月の恋は火よりもかろやかに心を過ぎつつわがアベラール　塚本　邦雄

新たなる命湧き来る舗装路に七月の陽の散乱をみる　馬場あき子

するすると七月のひかり蛇のやら眼のふち痒くその中歩む　河野　裕子

七月の夜に思ひ出づミシン踏む母の足白く水漕（こ）ぐごとき　栗木　京子

「この味がいいね」と君が言ったから七月六日はサラダ記念日　俵　万智

逢うたびに抱かれなくてもいいように一緒に暮らしてみたい七月　俵　万智

ふみづき〔文月（ふみづき）〕

陰暦七月の別名。陽暦では八月上旬から約一か月間に当たる。文披月（ふみひろげつき）、七夕月（たなばたづき）、女郎花月（おみなえしづき）、涼月（りょうげつ）などの異名もある。立秋（りっしゅう）（八月八日頃）を過ぎても実際にはまだまだ暑い日が続くが、朝夕の風などに、なんとはなしに、ひやりとする感覚を呼び覚まされる。文月（ふづき）ともいう。

文月のさる日のおもひふと胸にうかびいでつつ深くきえけり　金子　薫園

文月（ふづき）いっぱい茂き古典の草原の草いきれ行き苦しかりしを　佐佐木幸綱

水の孤独のただなかをいま奔りつつあれあわれわが文月のさより　三枝　昂之

なつ〔夏〕

夏といえば日射しが熱く、入道雲が青天に湧く、梅雨明けの七月中旬過ぎから、もっとも暑さがつづく八月いっぱいと実感されるが、暦の上では立夏（五月六日頃）から立秋（八月八日頃）の前日までの季節をいう。つまり五月、六月、七月が夏に当たり、**九夏**はこの九十日間をいう。五月は初夏で若葉の快い時期であるが、やがて南方洋上から梅雨前線が北上し、じめじめした梅雨に入り、やっと梅雨が明けると本格的な暑さを迎える。**朱夏**はこの暑い夏を色彩的に表現したものである。そして立秋を過ぎると早くも残暑となる。

短歌では暦の上からの夏ばかりでなく、生活実感を伴った夏の季節が多く詠まれている。そのため、八月の原爆記念日、敗戦記念日をはじめとして、太平洋戦争に関係した作品、また反戦を詠んだ秀歌が目立つ。

単衣きてこころほがらになりにけり夏は必ずわれ死なざらん　長塚　節

指さきのあるかなきかの青き傷それにも夏は染みて光りぬ　北原　白秋

怒りとせぬ悲しみならば吾らいうな鐘打ちつたうひかり満つる夏　近藤　芳美

一本の団扇があらばしかすがに今年の夏はつつがもあらず　山崎　方代

夏処女街路に匂ひあふるるも日本のかなしみはこえることなし　加藤　克巳

人あへぐ朱夏日日の秋海棠花の気のなく季の移ろふ　千代　国一

棄てられし一兵として国を棄て夏の焦土を帰り来しかな　島田　修二

あたらしき生姜を擂ればこの夏の地霊かそけくわれに添ひくる　島田　修二

昃ればこころもとなくスカーフに肩かばひゐき北国の夏　蒔田さくら子

とほき夏の記憶となりしたたかひの最中も後もひもじかりにき　志垣　澄幸

あの夏の数かぎりなきそしてまたたつた一つの表情をせよ　小野　茂樹

戦後史に基地のとどろき絶えずして朱夏魂魄は怒りの泉　小中　英之

わが夏の髪に鋼の香が立つと指からめつつ女は言

うなり　佐佐木幸綱

ふるさとの朱夏のひかりを駆け抜けてわが幼年は海へ向きたる　辺見じゅん

とかげの背かがやく夏を奈良にねむる首なき仏、胸なき仏　高野　公彦

骨肉を敵にまはしてああ妻のただひとりなる九夏の眠り　中川　昭

逆立ちしておまへがおれを眺めてたたつた一度きりのあの夏のこと　河野　裕子

空をゆく鳥の上には何がある横断歩道(ゼブラ・ゾーン)に立ちどまる夏　梅内美華子

はんげしょう〔半夏生(はんげしやう)〕

夏至から十一日目、陽暦七月二日ごろをいう。この頃には半夏(はんげ)（カラスビシャク）という毒草が生(は)えるのでこの名があるという。昔はこの半夏の毒気が大気中に立ちこめるといって、当日は畑の野菜を採るのも控え、井戸にも蓋をする風習があった。またこの頃には田植が終わる時期のため、この日に降る雨を**半夏雨**(はんげあめ)といい、田植の終わった田に毒気を降らせ、大雨・出水をもたらすと怖れた。

半夏生とや　毒ある草の生ふる日のひなたにわれは撮されをりぬ　蒔田さくら子

半夏生まためぐり来て琅玕(らうかん)のうへはてしなく澄むあけのそら　高嶋　健一

天の神地の神ゑらぐ半夏生漂ふ毒は人を酔はしむ　山埜井喜美枝

半夏生　こわれし凸(とつ)のレンズもて七月二日の夏陽を集む　道浦母都子

半夏生　わたくしは今日頭上より雨かんむりをしづかにはづす　永井　陽子

つゆあけ〔梅雨明(つゆあ)け〕

梅雨の期間は約三十日間のため、六月十一、二日ごろの梅雨入りから数えて、七月十一、二日ごろが梅雨明けである。しかし年により、地方により、実際は十日位のずれがある。

梅雨明けごろは蒸し暑い日が多くなり、雷をともなって夕立のような雨が降る。これを**送り梅雨**と呼び、梅雨明けのきざしとされている。しかし雷が鳴らずにいつのまにか明ける年もある。梅雨が明けると急に暑くなり、本格的な夏を迎える。**梅雨(つゆ)あがる**。**梅雨(つゆ)の明(あ)**

け。

高嶋健一の歌の「巓頂（ろちやう）」は頭のてっぺん、頭上。

梅雨明けの陽に手賀沼のかがやきて対岸の空白雲の湧く　山本寛太

梅雨明けの緑の土手に糸垂るる少年は雲を釣るやも知れぬ　太田青丘

梅雨のそら明けきて白しわれの持つわが弁当の重くはあらぬ　宮柊二

梅雨あがる淡き光に散らむとし花はおびただしき言葉をもてり　中城ふみ子

赫々（あかあか）巓頂（ろちやう）灼（や）かれてくる人と梅雨明けしるき街に行きあふ　高嶋健一

梅雨明けの路上にリルケ詩集など売られゐし杳き戦後の闇市　平松茂男

すずかけの葉むら洩れくる梅雨明けの光の粒に額（ぬか）うたれゆく　杜沢光一郎

むしあつし〔**蒸**（む）**し暑**（あつ）**し**〕　温度が高く、むしむしする暑さをいう。梅雨末期より土用の曇った日にとくに感じられる。

うちうちの私ごとの安からず蒸（むし）あつき日のつづくこの頃　岡麓

日蝕の日は午後になり蒸し暑く細き太陽を見ることもなし　斎藤茂吉

モヂリアニの裸婦見てきしが蒸暑き地下鉄に立ちわれは目瞑る　野村清

むし暑く暴（あ）れもよひする暮方（くれがた）にわれひとり居り部屋をとざして　佐藤佐太郎

どよう〔**土用**（どよう）〕　土用は立夏・立秋・立冬・立春の前の各十八日間をいうが、現在、土用といえば立秋前の十八日間、つまり七月二十日頃に**土用入り**をする夏の土用をいう。太陽がじりじりと照る暑さの盛りで、体力の消耗しがちなときでもある。**土用丑**（うし）**の日**は夏の土用の間（あいだ）にある丑の日のことで、この日にウナギを食べると暑気負けをしないと江戸中期の科学者平賀源内がすすめたことにより今もその習慣がある。古くは大伴家持が夏痩せによいと歌っている（万葉集）。**土用蜆**は寒蜆より味が落ちるが肝臓によいとされている。**土用浪**は土用ごろに太平洋側の海岸に見られる高浪で海水浴には危険だが、サーフィンに適している。**土用照**（どようで）**り**。**土用明**（どようあ）**け**。

寄せ寄せて高まり極まる土用波くづれむとするにわか潜り入る　窪田　空穂

ゆくものは逝きてしづけしこの夕べ土用蜆の汁すひにけり　古泉　千樫

今日食はれゆきけん鰻さびしみて目をつむり居り土用丑の日　村野　次郎

土用照朝よりきびしひとむらの茅萱炎となりて目に来る　村野　次郎

土用螢ひとつ流れて眼に追はしむ空にさびしき風あるらしも　斎藤　史

飲食の慾衰へぬを誇りとも倦むともして土用丑の日　川合千鶴子

雑草としてはびこれる十薬を庭かけて抜く土用丑の日　西村　尚

せいか〔盛夏〕　梅雨が明けると、いよいよ夏の真っ盛りである。七月末から八月上旬の極暑を過ぎ、夏の終わる頃まで、暑さの盛りはつづく。**夏盛ん**。**真夏**。**夏たけなわ**。

真夏日を家ごもるわれの素裸の股間くぐりて笑ぐ吾子はや　筏井　嘉一

真夏日に磨かれてゆく石一つその中核の闇ぞ恋しき　佐佐木幸綱

しなやかな重心となり還りくるきみに岬のたけなわの夏　永田　和宏

たいしょ〔大暑〕　陽暦七月二十三、四日ごろで、この頃から暑さの絶頂期を迎える。

吉野葛大暑の箸を滑りつつ旅に誘ひし人もはや無し　斎藤　史

こゑひくき大暑の蟬やしんしんと木の間の闇をひろぐる如く　石川不二子

あつし〔暑し〕　夏の暑さをいう。梅雨明けから夏の土用にかけて暑熱はとくにきびしく感じられる。**暑**。**暑気**。**暑さ**。

帰り来て鞄畳にわが置きつ今日は一日暑き日なりき　村野　次郎

けふ暑く顔を洗ふはいくそたび諸手に満たす水のうれしく　窪田章一郎

暑き日に氷片ひとひら口にふくみ若さもどれるごとく家に居り　中野　菊夫

骨さへもとけむばかりに暑き日を黒きネクタイさげていでゆく　石黒　清介

干し物は窓に乾きてアパートの部屋みな謐か暑き日中を　田谷　鋭

鳥瞰のまなこなきまま保ちきて過ぎなむとする暑に抗はず　内田　紀満

ユーカリの冬咲く花を思ひをり茫々として暑熱こもれる　石川不二子

えんしょ〔炎暑（えんしょ）〕

真夏の炎えるようなきびしい暑さをいう。炎熱（えんねつ）はその上に風のない、熱気のこもる暑さをいう。**酷暑（こくしょ）**。**極暑（ごくしょ）**。**劫暑**。**炎ゆる暑さ**。

炎熱は人を殺さずとはげまして医師のいひにき死なでわがをる　窪田　空穂

ことごとに倦みやすくゐる炎暑の日わがかたはらに光れるナイフ　久方寿満子

人智超えてきはまる炎暑街遠き天涯にして白くけぶらふ　飯沼喜八郎

踏みごたへなきまで溶けてやはらかき炎暑の舗道をひとりあゆめり　石黒　清介

新聞紙炎暑の溝に浸りつつ遠き或ひは近き動乱　谷井美恵子

身に添へる愁ひはわれをひきしめて炎ゆる暑さを凌がしめたり　安立スハル

魂は気（け）どほくなりて燃えさかる炎暑の坂をいま越えむとす　岡野　弘彦

原爆忌・敗戦忌・旧き盂蘭盆会・炎暑に吾も干ぬ部分もつ　富小路禎子

炎熱を歩みしのちの孤独にて泉にあえば膝つきにけり　馬場あき子

徴兵へ傾くらむか目鼻立ちなき日の本は今日また炎暑　佐藤　通雅

やくる〔灼（や）くる〕

灼けるような真夏の太陽の直射熱のはげしさをいう。海岸の砂浜や都会の舗装路などは熱風が吹き、火傷（やけど）するように熱い。

斎藤史の作品の「陽に焦げて」、御供平佶の作品の「夏炎天に炒（い）らるる沙（すな）」も**灼熱（しゃくねつ）**のはげしさである。

赤き色に鉄塔を人のぬりをりて塗料を滴（た）らす灼けたる土に　真鍋美恵子

陽に焦げて坂下るとき恥多き一生(ひとよ)いよいよ香ばしかりき　斎藤　史

君絶えず流転のすがた炎天にわが庭の斧あつく灼けたり　岡部桂一郎

地の軸のかたむけば夏炎天に炒らるる沙を汗涸れて踏む　御供　平佶

おそろしき速度をもちて蟻ひとつ灼けたる馬頭観音くだる　小池　光

なつのひ〔夏(なつ)の日(ひ)〕

夏の一日のことをいう。梅雨・盛夏・晩夏などで趣が異なる。

夏の日はなつかしきかなこころよく梔子(くちなし)の花の汗もちてちる　北原　白秋

家いでて坂に憩へる夏の午後行人(いくひと)の無き空白ながし　佐藤佐太郎

夏の日のアンカレージの路傍には風にふかるる赤き萱の穂　佐藤佐太郎

いら立てる日日の夕べに紫陽花の移ろふ色を見るいとまあり　高安　国世

影のごと蟻は歩みて事もなき夏の日なりきひとと訣れき　山中智恵子

夾竹桃の花あおる風夏越えんちから身ぬちに養い日日あり　中野　照子

なつのあさ〔夏(なつ)の朝(あさ)〕

初夏・盛夏・晩夏とそれぞれの朝に趣が異なるが、やはり盛夏の朝のイメージが強い。夏は午前四時には明るくなり、明け方の涼気はことに快適であり、日が高くならないうちはすがすがしい。

夏は朝隣家(となり)の童らがうちたたく木琴の響きよく弾むなり　中村　正爾

顔やからだにレモンの露をぬたくつてすつぱりとした夏の朝なり　前川佐美雄

えんちゅう〔炎昼(えんちう)〕

灼けつくような真夏のきびしい暑さの真昼をいう。日盛りと同じだが語感が強く、なまなましい。昭和十三年刊行の山口誓子句集『炎昼』以来、盛んに用いられるようになった季語という。**夏の昼。暑き真日中(まひなか)。夏の真昼間(まひるま)。**

炎昼の澄み寂しけれゲルニカの怒りなほつづくピカソの死後の夏　横田　利平

たたかひはやぶれたり暑きま日中の音は一とき断絶したり　　鹿児島寿蔵

炎天下といふ夏のまひるまに押しよせて兵隊の汗臭ひけり　　森岡　貞香

炎昼を蜻蛉の影よぎりゆきかすかに咽頭は痛みそめつも　　山中智恵子

子を連れて炎昼を来し死者の妻われの言葉に目みはれるのみ　　岡井　隆

炎昼のただなか暗し命終の蟬ひとつ置く机上のあたり　　小中　英之

眼のくらむまでの炎昼あゆみきて火を放ちたき廃船に遭ふ　　伊藤　一彦

たかだかと炎昼に咲くひまはりのどれも貧しき戸口を塞ぐ　　小池　光

ひざかり〔日盛り〕

真夏の太陽が盛んに照る午後をいう。地面は照り返しで焼けつくようである。**日の盛り**。

日の盛り細くするどき萱の秀に蜻蛉とまらむとして翅かがやかす　　北原　白秋

ひびわれて土熱めきたつ日の盛り風死して目に動くもの見ず　　村野　次郎

日盛の道のむかうに華やかに絵日傘売が荷を置きにけり　　佐藤佐太郎

日ざかりの街に出づれば太陽は避雷針の上にいたく小さし　　佐藤佐太郎

若者らダイ・インに入る日のさかりやさしきものら行為をば継ぐ　　近藤　芳美

なつゆうべ〔夏夕べ〕

夏の一日が暮れるときである。長い日中の暑さがようやく過ぎ、やっと一息つくとともに、夜の涼しさが楽しく待たれる。**夏の夕**。**夏の暮**。**夏の夕暮**。**夏昏る**。

かんがへて飲みはじめたる一合の二合の酒の夏のゆふぐれ　　若山　牧水

夏昏れて処女らは髪炎の色に染むおほよそのかなしみのほか　　塚本　邦雄

聖者さへ念力ゆるぶ夏ゆふべ京都へいつてきたと一言　　岡井　隆

少年のそれよりもずっと難しい／夏の夕暮れ　少女の晩年　　林　あまり

なつのよ〔夏の夜〕 宵を過ぎて少し時間を経たころからが夏の夜の感じである。涼を求めて夜更かしをし、寝入るのが夜半ということにもなる。**夏夜**。**夜半の夏**。

夏の夜の闇を破りてあがる花火音も火ばなも散りてゆく　長沢　美津

しづかなる夏夜に思へばふりつもる塵砂の影のそこはかとなし　北沢　郁子

爆ぜ死にし花火師の手の頑丈も暗きあこがれにありて夏の夜　馬場あき子

静脈に入り込む光とおもうまで夜の手の甲に螢を這わす　関根　栄子

大蛇の神事と思ひ鑑賞す夏の夜さやぐ暴走族を　高野　公彦

すずし〔涼し〕 暑い夏には一陣の風にも涼しさを感じるのである。とくに、朝夕の涼しさ、水辺の涼しさ、高原の涼しさなどは爽快である。**朝涼**。**夕涼**。**涼とる**。**晩涼**。**夜涼**。**涼風**。**涼む**。**川涼み**。**門涼み**。**夕涼み**。**涼しさ**。

夕涼の河岸にたたずみ細々し我がおもふ人のただ白く立つ　伊藤左千夫

門涼み店の暖簾のあひだよりふと見えてふと消えし顔かな　佐佐木信綱

この夏の暑かりしかなと涼しくも吹き立つ風に顔を吹かしむ　窪田　空穂

吹く風のすずしくなりぬ読みぬべき書をし見れば心のをどる　窪田　空穂

嗽ひしてすなはちみれば朝顔の藍また殖えて涼しかりけり　長塚　節

ごろ寝する我の裾べに風の湧き身は涼風の中に漂ふ　都筑　省吾

涼しさの展け来るあたり道ありて草を食みゐる黒き牛なる　前川佐美雄

涼とると開く窓より紛れこむ玉音というとわに冥き声　島本　正靖

れいか〔冷夏〕 夏の季節は暑いのが当然だが、年により、夏らしい気温にならないまま秋になることがある。太平洋高気圧の勢力が弱く、オホーツク海方面から寒気流が南下するからである。都会の人には冷夏はしのぎやすいが、夏に暑くなければ稲の生育もおくれて**冷害**が生じるので、喜んでばかりいられない。**夏寒**。**夏寒し**。**冷え夏**。

冷え夏のままにて秋の気に移る赤松小屋に真鶸来て鳴く　　大滝　貞一

いちげ〔一夏〕

一夏は本来仏教用語で、僧侶の夏九十日間の修行期間をいう。しかし、短歌で用いられる一夏は仏教とは関係なく、**一夏**のことをあらわす。そして必ずしも暦の上での**九夏**（五月・六月・七月の夏九十日）ではなく、生活実感としての一夏であり、劫暑を振り返り、夏を越えたという人さまざまな感慨がこめられる。

たひらかに一夏育ちて終るべき苔のみどりよ匂ふこともなし　　斎藤　史

萩の葉や芒を染めて涼しげにある夏掛けやわれの一夏に　　片山恵美子

瑠璃紺青にひらく朝顔かがなべて一夏を花の咲きかはりつつ　　清原　令子

やまぼうしつくつくぼふしかなしみのごとく一夏をくちずさみをり　　雨宮　雅子

白けつつセロハンが路上を吹かれゆき暑き一夏も終りと思ふ　　高嶋　健一

たれか野に火を焚きてゐるゆふまぐれ一夏静かに歩み去りつつ　　稲葉　京子

頬の肉そげたるところ逆剃りに剃刀あてて一夏も越ゆ　　西村　尚

逢はばやと恋ふるひとりも杳くして一夏をくろく実るひまはり　　中川　昭

一夏過ぐその変遷の風かみにするどくジャックチボーたらむと　　小池　光

七月・天地

なつのひ〔夏の日・夏の陽〕

夏の太陽をいう。真夏の炎熱焼くような強い日射しが特徴だが、夏は梅雨の季節より晩夏までであるので、朝日・夕日・日影など、それぞれの趣を詠む作品も多い。**夏日**（なつび）。**炎帝**（えんてい）は夏に火をつかさどる神、またその神としての太陽をいう。**天日燃ゆ**（てんじつもゆ）。

我が行くは真日照りひかる白き道しばしたたずみ眼をつむりなむ　窪田　空穂

髪に挿せばかくやくと射る夏の日や王者の花のこがねひぐるま　与謝野晶子

病一軀心をおこすはげましにじりじり燃えて天日（てんじつ）わたる　坪野　哲久

蓼科が夏日のひとつ落してよりなかなか暮れぬ空がすぐそこ　香川　進

生臭き身を炙られて炎帝の真下ゆくときどこか雪ふる　加藤知多雄

つんつんと伸びきわまれる麦の穂に近づく巨大なる酔いどれ夕日　岡部桂一郎

炎えもえてきわまりたればたらたらと太陽のしずく黒くしたたる　加藤　克巳

藍うすき夏の手向の花もちて白日の亡母（はは）へ帰りゆくなり　浜田　到

壮時（さかり）過ぎむとして遇ふ真夏、手のとどく其処に血溜りのごとき日溜り　塚本　邦雄

高光る夏日片仮名のごとく照り中年という平仮名の坂　佐佐木幸綱

戦わぬ男淋しも夏の陽にぼうっと立っている夏の梅　佐佐木幸綱

天ふかく陽の道ありぬあぢさゐの露けき青の花群のうへ　高野　公彦

ブラウスに夕陽射しくる鋭がりたる乳房発火の導線となれ　勝部　祐子

にしび〔西日〕

盛夏には日没が待ちどおしい。しかし、夕方に近づいて西に傾いた

太陽が、室内まで射し込むのには、なんとも人をいらいらさせる。**大西日**。

西日さす暑き納戸にくさくなりて病みつつ声に立ちし命か　土屋　文明

夏至過ぎてより暑き西日のさす窓よ街の中なるわが仕事場に　柴生田　稔

中庭をしずかに挟み西陽射す向いの棟を白衣行き交う　永田　紅

なつのそら〔夏の空〕

梅雨が明けて、晴れ渡った青空には太陽が強く射し、大空のかなたに入道の立ち上がるような積乱雲の湧き立つのが夏の空である。**夏空**。

鳥脳裂く一丁に砥きいだす夏空ぞしんかんたるしじま　馬場あき子

大男のような雲いる夏空をたたえ楽しみ一と日をゆきぬ　田井　安曇

どこまでも晴れわたりたる夏の空　感情は使ひものにならない　香川　ヒサ

あさやけ〔朝焼〕

日の出る前に、東の空が紅黄色に染まる現象。温度の高い夏の朝はとくに鮮やかに見えるので、俳句では夕焼とともに夏の季語となっている。

熟れすぎの柘榴　こみあぐる叫びの発作かくて晩夏朝焼　水城　春房

ゆうやけ〔夕焼〕

日が西の空に没してのち、夕空が茜色に染まる現象。夏の夕焼はとくに豪壮な景を展げるので、俳句では朝焼とともに夕焼を夏の季語としている。秋は秋夕焼、冬は冬夕焼、寒夕焼などと用いる。**夕焼くる**。**夕映**。**夕映ゆ**。**夕焼空**。**夕焼雲**。**茜空**。**夕茜**。

清原令子の歌の「**反照**」は夕日を受けて美しく照りかがやくこと。

鳥海を前景にして夕映ゆとそのくれなゐを語りてゐたり　斎藤　茂吉

戦はそこにあるかとおもふまで悲し曇のはての夕焼　佐藤佐太郎

かすかなる歓びにしも譬ふべく運河の面の夕映えの黄ぞ　宮　柊二

寂しさの要約のごと臥床より庭の梢の茜空見ゆ　佐藤　志満

うつしみはあらはとなりてまかがやく夕焼空にあがる遮断機　岡部桂一郎

橋はいま茜に染まりわれはもよ夢のごとくにつつまれてゆく　加藤　克巳

世の中がだんだんおかしくなってゆく夕焼雲も黒ずんできた　加藤　克巳

神の怒りたもちがたしと嘆かへば血潮のごとし天ゆふ焼くる　岡野　弘彦

歓楽の終りのごとく遠空にしぼられながら鋭(と)き茜みゆ　滝沢　亘

岬遠くめぐり来(きた)りて尾道の町と水路の夕映に逢ふ　長沢　一作

地球汚染られふる空か大夕焼の紅(べに)暗けれどまづ明日は晴　富小路禎子

たまはりしいのちと思へ反照のねもごろにして夕河のうへ　清原　令子

灯ともらば夜の喧騒となるべきに慎みしばし夕映えの都市　蒔田さくら子

たちまちに西に流れて滞る雲が茜の匂いを送る　石田比呂志

〈少年〉の声に呼ばれてめくりゆく古きノートのなかの夕焼け　三枝　浩樹

皮ジャンにバイクの君を騎士として迎えるために夕焼けろ空　俵　万智

なつのくも〔夏(なつ)の雲(くも)〕

夏の雲といえば、真夏の空に力強く湧き立つ**積乱雲**に代表されるが、この積乱雲は五、六月に寒冷前線が通過するときにもあらわれ、激しい雷鳴とともに雹(ひょう)を降らすことがある。これを俗に**鉄床雲**(かなどこぐも)と呼んでいる。梅雨の季節には厚い雲が全天をおおい、陰気でうっとうしい。これを俗に**五月雲**(さつきぐも)、**梅雨雲**(つゆぐも)といっている。梅雨末期には積乱雲がふたたびあらわれ、梅雨明けを知らせるが、ときに集中豪雨をもたらす。梅雨明けを迎えた青く澄んだ空には**綿雲**(わたぐも)と呼ぶ**積雲**が見られる。

島田修二の歌の「**茸雲**(きのこぐも)」は巨大な積乱雲が原爆投下により怪奇な姿を生じたもの。**夏雲**。

うちふるふ若葉の上をおほひたるうすずみいろの雲の塊(かたまり)　吉野　鉦二

坂の上に湧く夏雲のいちじろく、息衝きておもふ。

歌死なずあれ　　岡野　弘彦

すきとほる記憶の地平かの夏を黒く灼けたる茸雲立つ　　島田　修二

夕焼くる雲のかたちは大うさぎ子兎鯨も子を連れて跳ぶ　　石川不二子

懐(ふところ)の深き梅雨ぐも天界の無碍のひかりを蔵(しま)ひて太る　　西村　尚

夏空を飛ぶ雲の群激しけれど目には淋しき急ぎと見ゆる　　佐佐木幸綱

くものみね〔雲(くも)の峰(みね)〕

真夏の空に巨大な山のごとく、入道のごとく、むくむくと白く湧きのぼる雲。陶淵明の詩句に「夏雲(なつぐも)多奇峰(きほうおおし)」がある。これは綿雲と呼ぶ積雲が真夏の強い日射しを受けて発達した**積乱雲**である。**入道雲**。**峰雲**(みねぐも)。雷をもたらすので**雷雲**(らいうん)とも呼ばれる。

雲の峰ありとあらゆる蝉の身に熱の発して鳴きいづるころ　　与謝野晶子

大空に何も無ければ入道雲むくりむくりと湧きにけるかも　　北原　白秋

迫りつつ飽くまで黒き雷雲に木槿は閉ぢて淡きむらさき　　高安　国世

雲の峰まさしく戦後遠けれど母惚けて空襲の日のみ記憶す　　馬場あき子

えんてん〔炎天(えんてん)〕

焼けつくような酷熱の夏の日中の空をいう。また、その天気をいう。**炎気**(えんき)。**炎日**(えんじつ)。**炎天下**。

本所茅場町(ほんじょかやばちょう)名はほろびたり炎天の広場はいくつかのバス発着す　　土屋　文明

直角に軌道と軌道交叉せり炎天に酷(むご)き空白時ある　　真鍋美恵子

遮りもなき炎天の坂を来る媼(おうな)らよ負ふウニは売れたか　　岡部　文夫

炎天に畳を干せり死に近くかつかぎりなく遠くにほひす　　塚本　邦雄

炎天に峯入りの行者つづく昼山の女神(めがみ)を草に組み伏す　　前　登志夫

青き火を吐く街路樹に闘志湧き一条に吾は炎天をゆく　　富小路禎子

炎天に逃げ水ゆらぎ午(ひる)どきの小金井街道往き来絶えたり　　野北　和義

歌よみてながらへしわれ炎天に身体髪膚ひびかせてゆく　島田　修二
炎天は悲哀のごとしくさむらに細き自転車倒されてゐて　雨宮　雅子
田草取り息抜くときに両の手をだらりと下げて炎天におり　石井　利明
炎天の下ゆく歩み遅々として虫が涙を溜めているなり　石田比呂志
炎天下土工に出でてゆく彼のまざまざとして百姓の頸　石川不二子
跳躍の選手高飛ぶつかのまを炎天の影いきなりさみし　寺山　修司
炎天に子ら叫びをりその母をまたそのははを怒りて子らは　小島ゆかり

あぶらでり〔油照り〕

炎天下、油汗がじめじめとにじみでるような夏の暑さである。また、風がなく薄曇りで、やりきれないほどの蒸し暑さ。

油照りつれなき昼やじじとして熬る蝉のこゑ果なきごとし　北原　白秋
油照り舗道に動く人ありてコールタールを塗りはじめたり　松本千代二
油照りのはげしきにして向日葵の花の大きさは重く垂れたり　岡部　文夫
じりじりと燃えてしたたる油照り花心かぐろく息吐く向日葵　太田　青丘

ひでり〔日照り・旱〕

連日灼けるような日照りが続いて雨が降らないと、湖や川の水は減り、田畑は干割れて作物は枯れ、草木は萎え、都会でも給水制限、断水騒ぎとなる。旱天。旱魃。旱暑。旱田。旱畑。

原つぱは火の雨を降らすやうな旱だ、喘ぎながら搦みあつてゐる蛇　金子　薫園
旱つづく朝の曇よ病める児を伴ひていづ鶏卵もとめに　土屋　文明
われの苦のごとき思ひに手紙よむ旱に蜜柑実を落とすとぞ　佐藤　志満
旱洲にひびきて砂を吹きあぐる風に影立つときの間のあり　片山新一郎
駅構内に古りし枕木積まれありかかるものらも旱に

かわく　長沢　一作

いちじくも柘榴も葡萄も沙漠のもの今年旱の無花果たわわ　石川不二子

干上がりし湖底に生へるあらくさの実を結ぶまでながき旱や　石川不二子

旱天の雷に面あげ一滴の雨うけしわれ巫女のごとかる　石川不二子

旱天にいであはむ汗の匂ひなき白き美貌のひとなどあらぬか　森山　晴美

長き日照りに渇ききりたる墓石群河原の如くしろく寂けし　杜沢光一郎

朝刊のカラー写真に干割れ田の空あをく妻のふるさとの町　御供　平佶

旱畑に水撒きてけふも暮れたりと濡れて重たき地下足袋を脱ぐ　神田あき子

この夏の旱暑に耐えて晶やかに櫨の並木のつづく路あり　武藤　雅治

なつのかぜ〔夏の風〕　夏の季節風は風向きが南東または南となる南の風である。この風が吹くときの気圧配置は南高北低型で、小笠原高気圧が張り出して日本をおおうため、全国的に晴天・高温がつづいて蒸し暑い。川風、海風、また青葉をわたる風などには涼気が感じられる。**夏風。南風。南風。南風。南風。南吹く。**

清水房雄の歌の「山背」は三陸から青森・秋田・山形県の海岸地方に吹く冷たい北東の風。霧や小雨をともない、冷害をおこすことがある。

夏のかぜ山よりきたり三百の牧の若馬耳ふかれけり　与謝野晶子

南風モウパッサンがをみな子のふくら脛吹くよき愁吹く　北原　白秋

日並べてみんなみ甚く吹きぬれば思ひにあまる物言ひにけり　中村　憲吉

みささぎを点景として野はうつくし前方後円の夏風ぞ吹く　坪野　哲久

ひしめきて南の風の吹くよるを目覚めつつをり　尸のごと　宮　柊二

山背吹きみのらぬ年のありといふ片かげにしてさびしき青田　清水　房雄

南風荒るれば散るべきアカシヤと思ひつつその花房

を見ず病みこもる　森岡　貞香

風がもつ夏の力を恃みつつひとりを越ゆる心飼ふなり　青井　史

ハンモックの上に置かれた写真集の次のページを風が見たがる　田中　章義

なつのきり〔夏(なつ)の霧(きり)〕

夏の霧は高山、高原、海浜、川・沼・湖などに多く発生する。またオホーツク海に面した北海道地方に夏発生する濃い海霧はジリという。

空間に音は充ちつつ霧降れり霧のなか蒼き山独活(うど)の花　真鍋美恵子

にはかにも湧きくる濃霧高天(こぎりたかあめ)の岩壁を打つ音絶えまなく　窪田章一郎

くちびるのあけの珠実の桜桃に山霧の降るころかとおもふ　河野　愛子

山肌を覆ひてくだる昼の霧しろき先端みづうみに触る　大越　一男

朝霧のをちのいづかた郭公鳥の次のこゑまで霧に向き立つ　小中　英之

シベリアに向きて嶮しき断崖の風の岬に海霧(ガス)吹きてをり　西村　尚

なつのあめ〔夏(なつ)の雨(あめ)〕

五月雨(さみだれ)や梅雨、夕立などは夏の季節感のある雨だが、そうでない、ふつうの雨をさしていうことが多い。小島ゆかりの歌の「傘雨忌」は劇作家・俳人の久保田万太郎の忌日（五月六日）。

栗の花長(た)けつつ夏に入らむとす空おしなべて雨のふふめる　扇畑　忠雄

雨ふれば雨のかそけさ人死ねと若葉をたたく雨の音する　岡部桂一郎

夏終る雨とぞ思ふ引き明けの庭の草生(くさふ)に籠り降る音　田谷　鋭

静かなる夜明けの雨となりゐたり瑞宝寺つつむ若葉の明り　金子　一秋

炎(ひ)の色の傘さす妻が待つ駅に帰れり夏の雨はすがしも　中川　昭

傘雨忌(さんうき)の青葉のあめは眼鏡店のめがねを濡らすことなく過ぎぬ　小島ゆかり

読んでいるグレアム・グリーン　八月の雨唄うほど長くは降らず　壇　裕子

もどりづゆ〔戻(もど)り梅雨(づゆ)〕

梅雨が明けて本格的な夏の到来を思わせる晴天が数日つづいたのち、また梅雨のような雨がぶりかえして降り出す天候をいう。北上した梅雨前線が北の高気圧により押し戻される現象で、**返り梅雨**ともいう。東北地方ではこの天候により凶作となる例が多い。

戻り梅雨寒き日々のこもり居に己がしはぶきをひとり寂しむ　扇畑　忠雄

八月のもどり梅雨とぞ　晴ればれとならぬ心は雨をよろこぶ　石川不二子

ゆうだち〔夕立(ゆふだち)〕

夏、短時間に降る驟(しう)雨をいう。多く雷をともない、主として午後から夕方にかけて降り、あとはさっと晴れる。去ると気温が急に下がり、涼しさを覚える。**夕立(ゆだち)**。**夕立(よだち)**。**白雨(はくう)**。

夏の花みな水晶(すゐしやう)にならむとすかはたれ時の夕立の中　与謝野晶子

加茂川に夕立すなり寝て聴けば雨も鼓(つづみ)を打つかとぞ思ふ　吉井　勇

吾妻嶺(あづまね)に雲夕焼けて置賜(おいたま)の国原(くにはら)すぐる夕立のあめ　結城哀草果

ここにして向ひの山に篠目(しのめ)なす夕立降(ぶ)りの音の聞こゆる　藤沢　古実

夕立の雨に濡れ立つ大杉のあなすがすがし水ながしたり　前川佐美雄

甘楽(かむら)野をまさに襲はむ夕立は妙義の峰にしぶきそめたり　吉野　秀雄

いきどほり出でて云ふべきならねども夕立(よだち)来らずなほ蒸しにけり　斎藤　史

抱くとき髪に湿りののこりいて美しかりし野の雨を言う　岡井　隆

夕立といふは唐突の愛に似て溺るるごとく浴びてゐるなり　安藤　泰子

まっしぐらに生きたきわれは竹群へ夕立の束(たば)どっと落ち来る　佐佐木幸綱

ミーティングルームの窓よりゆうだちは馬の香を曳き分け入ってくる　小守　有里

かみなり〔雷(かみなり)〕

うだるような暑さの昼下がり、発達した積乱雲により上空がにわかに薄暗くなると、突然激しい電光（稲妻・稲光）が走る。空気中に大量の電気が火花のように流れたため高熱が起き、恐ろしい雷鳴がとどろきわたる。音の伝わる速度は毎秒約340メートル、雷光から雷鳴までの時間により、雷の遠近を知ることができる。落雷は雷雲と地上物との放電作用により起こり、樹木を裂き、人畜を殺傷するので恐れられる。梅雨の終わり頃に雷が鳴ると梅雨があける。入道雲の湧く盛夏に雷がもたらす激しい雨はひとときの清涼感を呼ぶ。**雷**。**雷**。**鳴神**。**はたた神**。**雷鳴**。**雷雨**。**落雷**。**遠雷**。

　太田水穂の歌の「殺生石」は栃木県那須温泉近くにある溶岩。伝説で老狐の化身という。

雷の音雲のなかにてとゞろきをり殺生石にあゆみ近づく　　太田　水穂

伊予紋の中二階にて聴くときは遠いかづちもなまめかしけれ　　吉井　勇

つんざきて雷鳴りわたる中空にひとつの迷ひ切り捨てんとす　　長沢　美津

夏の雷すぎてしづくす無花果の若き実とわが犬の耳毛と　　斎藤　史

炎熱に五体くづほれ居りし時高空揺りて雷のとどろく　　山本　寛太

加賀の国の初夏雷鳴はきびしくて柿の若木の下ふりのこす　　中野　菊夫

もろこしのそよぎすずしきくれ近みいかづちをふくむ雲のあらわれ　　加藤　克巳

火渡りのやうなあけくれ帰るさも行くさも怖や火雷天神　　山埜井喜美枝

魂をたとうるに雷をもってせよ今日遠雷は古代のあたり　　佐佐木幸綱

いかづちは地にやや近き空にありて大音声にこの世を叱る　　藤井　常世

遣りがたきかなしみ持たば聞きに来よ日向の国の大雷鳴を　　伊藤　一彦

蛇口にて水ふるえおり遠雷はいましも水源の空を過ぎしか　　永田　和宏

いなずま〔稲妻〕

雷にともなう稲妻は雲と雲のあいだ、雲と地面のあいだの方電現象で、電気の通りにくい空気中を大量の電気が一時に流れるため、数万度の高熱が起きて光を発するのである。雷光は空気にじゃまされるのでまっすぐには進めず、樹の枝のように分かれたり、ぎくぎく曲折したり、細い糸状にうねったり、いろいろな形状をなす。

雷の発生は真夏にもっとも多いが、立秋を過ぎると台風や低気圧の圏内の前線にも雷が発生する。この場合、電光が見えても雷鳴が聞こえず、雷雨がまったく降らないことが多い。電光も樹の枝や曲折状のものではなく、空や雲が一面にぱあと光る稲光り状のものが多く見られる。**稲光**(いなびかり)。**雷**(らい)**はしる**。

ひらひらと闇のかたへに稲妻のおとろへそめし夏を見にけり　太田　水穂

コルク抜きの螺旋光れるときのまの稲妻面罵の如く過ぎたり　葛原　妙子

カナリヤの雛はとまり木に身をよする今宵しきりに光る稲妻　近藤　芳美

身籠れる妻をも照らす稲光 蹠(あなうら) しろくながながと臥す　千代　国一

稲妻は遠く光りてはるかなる家郷に似つつ夜の町泛かぶ　安永　蕗子

稲妻は針葉樹林にひらめきてよすがらわれを刺青(いれずみ)なせり　前　登志夫

音のなき稲光われの手を切り足を切り薄き耳を切り　前　登志夫

稲妻がたまゆら発く薔薇の垣・とりかぶと・人の秘す棘と毒　富小路禎子

黒白(こくびゃく)を問ふ鋭さにつかのまの稲妻われをあらはにしたる　蒔田さくら子

雷はしり撃つごとくまた雷はしりからたちはいま総(そう)身(しん)の棘　雨宮　雅子

いなびかりしきりに立ちて暮るる空超高層の輪郭妖し　青田　伸夫

飛ぶ稲妻乱れ鳴る雷ゆけゆけど水の壁立つ高速道路　佐佐木幸綱

遠天に噴(ふ)ける稲妻あかあかとわれは怒りて野を走るなり　佐佐木幸綱

北の窓ゆつらぬき降りし稲妻にみどり子はうかぶガーゼをまとひ　小池　光

にじ〔虹(にじ)〕

夕立が通りすぎたあと、太陽と反対側の空に、内側から紫・藍・青・緑・黄・橙・赤の七色の美しい虹がよく見られる。ふつうは主虹だけ見られるが、ときにその外側に副虹も見られることがある（二重虹）。副虹の七色は主虹の逆となる。

虹は雨粒がプリズムの働きをして、太陽の光を反射屈折して生じる現象で、太陽の位置が低い朝と夕方に、とくに高い半円形の虹の橋がかかる。噴水などに現れる虹も同じ現象である。**朝虹**。**夕虹**。

太田水穂の歌の「あや」は彩のこと。

地の神に勝ちえてかへる天の神の舞楽のあやか七色の虹　　太田　水穂

最上川の上空にして残れるはいまだうつくしき虹の断片　　斎藤　茂吉

夕照雨はらはら光り輪のなかにわが里いれて虹たちにけり　　結城哀草果

雷のあとすがしく高く虹立ちて加賀の平がひきしまりたり　　坪野　哲久

比叡より立ちたる虹の大らかに湖をまたぎて鈴鹿べに落つ　　飯田　棹水

シャワーを浴む男のからだ窓よりの陽にきれぎれの虹をまとふ見つ　　田谷　鋭

西空に光る雲ゐて東の方全き虹が完成したり　　吉野　昌夫

眉あげてかの虹をみよつかのまの浄気折ふし記憶に顕たむ　　尾崎左永子

希望とは叶はぬことと思ひ来しを多摩丘陵に虹たつを見き　　島田　修二

濡色の牧草畑またぎ立つ虹ふとぶとと今しばしあれ　　石川不二子

蛍田てふ駅に降りたち一分の間にみたざる虹とあひたり　　小中　英之

ぐいぐいと走れる虹をみつめゐし東窓は暮るる海の入日に　　御供　平佶

虹をうしなひまた虹を得て曖昧のただみづいろの歳月である　　荻原　裕幸

なつがすみ〔夏霞〕

夏の霞は春の霞より淡く、遠くの景色や沖合いが、かすんで見える。

札幌の大地のすゑの夏がすみ広野とおもふ野の見ゆるなり　　太田　水穂

わたつみにくれなゐの幡遠がすみ国亡びたるのちの

海境(うなさか)

夏霞いまもおぼろな沖はむかし日本海軍沈めし青さ　前　登志夫

なつのつき〔夏(なつ)の月(つき)〕

夏の夜の月は空気中に水蒸気が多いため、あまり鮮やかでなく、ときには赤みを帯びて見えることもある。このようなときに暑さがつづく。しかし暑さの去らない夜空に照る月は涼味をよぶ。**月涼し**。

夕顔の花ほの白くたそがれて清しと思ふ月立ちにけり　三枝　昂之

夏の月すずしく照れりわれは聞く云はぬこころの限りなき声　島木　赤彦

夏の夜の空のみどりにけぶりつつはろばろしもよ月ひとつ渡る　窪田　空穂

夏の夜の鈍色(にびいろ)の雲おし上げて白き孔雀の月のぼりきぬ　窪田　空穂

思ひ出でよ夏上弦の月の光病みあとの汝をかにかくつれて　与謝野晶子

赤にごる暑き夜の月にまつはれる飢餓のかの日の思ひ出ひとつ　土屋　文明

七月・天地　木俣　修

あおた〔青田(あをた)〕

稲が生育して青一色になった田をいう。土用前後の強い日射しを浴び、風になびく様子は爽快である。稲はまだ実らないころで、田の草取りに忙しい。青田を吹く風を**青田風**、風に吹かれてなびく稲を**青田波**という。また秋の収穫を待たないで、青田のまま売買契約することを、**青田売り**、**青田買い**という。

朝日さす青田の原の平らかに国大いなる岩木山かも　太田　水穂

甲斐(かひ)の国は青田の吉国(よくに)桑の国もろこし黍(きび)の穂につづく国　長塚　節

青田風土に寝ころぶわが顔のまともに光をうちよするなり　吉植　庄亮

山の根へ青田のうへの風の筋ほそぼそと通ふ真ひるなりけり　中村　憲吉

没(い)らむ日の光をうけてしづまれる青田のいろは久しきに似つ　土田　耕平

夜更けて青田の涯にたつ霧にまぼろしのごと月照りゐたり　板宮　清治

なつの〔夏野(なつの)〕

夏草の生い茂った広々とした野原や高原、広い田や畑に小川が流れる場所など、また、緑一色の青野をいう。

夏蔭のふかきが下にたちつづく高原の草わが目にあたらし　窪田　空穂

ひとすぢの夏野よこぎる道しろしおのづからなる歩みつづけん　北原　白秋

ほとゝぎすの真昼しばなく原中は、四方の遠嶺の晴れて、さびしき　折口　春洋

夏草のみだりがはしき野を過ぎて渉りかゆかむ水の深藍　斎藤　史

夏草のいきれ烈しき野に佇ちて感情あらく恋ふるものあり　市来　勉

胎むところ豊かなる無政府状態(アナルシー)など言い言いて夏の野をゆく　加藤　克巳

夏草の茂るにまかす畑の中眉の欠けたる石仏一つ　宮岡　昇

なつのかわ〔夏(なつ)の川(かは)・夏(なつ)の河(かは)〕

夏の川はさまざまな様相を展開する。若葉のころの川、五月雨(さみだれ)の降りしきるころの川、子どもたちが水浴びに興じる川、鮎釣り・舟遊び・蛍狩り・花火などで賑う川。夏河原や山峡の渓流、濁った大河、また、豪雨で増水した川、ひでりつづきで涸(か)れ細った川など、それぞれに趣がある。前田夕暮の歌の「洪水川(でみづかは)」は梅雨後期の大雨や集中豪雨で出水した川。

洪水川(でみづかは)あからにごりてながれたり地(つち)より虹は湧き立ちにけり　前田　夕暮

透明に風も真水も流れゐて揺るる若葉の光さらさら　斎藤　史

萱草のかなた流るる夏の川見えぬ仏が矢のごとくゆく　安永　蕗子

こころざし窶るると思うさびしさに薄暑の川のまんまんとゆく　馬場あき子

晩夏ひとりこころ下降しやまざるを水の流れにうつされてゐつ　高松　秀明

あれは信長の首　からからと音たてて夏の川流れたり　高瀬　一誌

落首の悲鳴まぶしくきこえつつ川面(かはも)に夏の陽は乱れたり　松坂　弘

たき〔**滝**〕　雪解水で増水した春の滝も絶景であるが、夏の滝の眺めはとくに清涼感を覚える。**瀑布**。**飛瀑**。**滝壺**。**滝道**。**滝しぶき**。**滝の音**。**滝つ瀬**。

滝つぼのよどみ藍なす中つ瀬の黒岩のうへに立てば涼しも　伊藤左千夫

茂りたつ青葉の谷に滝はおつ川をへだててあふぎ飽かぬかも　結城哀草果

夢窓国師作るところの心地庭男滝女滝の音のしづけさ　野村　清

崖高き青葉の中より一条の垂れし白絹女滝とぞ呼ぶ　儀　幾造

那智山の杉群に白々現るる飛瀑につどふ神々のこゑ　白石　昂

滝の水は空のくぼみにあらはれて空ひきおろしざまに落下す　上田三四二

伏し拝み伏し拝みして離りきつ那智のみ滝は夜目しろく立つ　岡野　弘彦

紙垂白く吹かるる見ればいにしへとかはらず人は滝を尊ぶ　大西　民子

ただよへる白き雲をも攫ひしか滝りんりんとひかりを増しぬ　春日真木子

滝音はさわがしからず自らのいのちを垂るる如く落ちくる　宮岡　昇

やはらかく体ひろげて落つる滝一断崖を白く覆へり　高野　公彦

ちりちりと岩を這うありとびはねてしぶきとなるあり滝のおもては　沖　ななも

かぎろへば滝つ瀬やさしみづからを滝と知りつつ砕けゆくなり　水原　紫苑

なつのうみ〔**夏の海**〕　光線の強い夏の海浜は涼をもとめる人々の海水浴やサーフィンなどで盛況である。五月の潮（**卯浪**・**五月波**）は明るく、梅雨空の下の潮は暗く、真夏の潮は紺碧の波頭に真白な波しぶきをあげて強烈な色彩感をもつ。**青海原**。やがて、うねりの高い**土用波**が見られる。

寄せ寄せて高まり極まる土用波くづれんとするにわが潜り入る　窪田　空穂

夏はきぬ相模の海の南風にわが瞳燃ゆわがこころ燃

ゆ　吉井　勇

原牛のごとき海あり束の間　卯白となる太陽の下　葛原　妙子

遠き岬近き岬岬とうちけぶり六月の海のみどりなる照り　窪田章一郎

敗北を確かめんため夏海の若き人群に入りきたるかな　高安　国世

いさなとり室戸の海は末遠く夏日煌めき千重の頻波　野北　和義

スプレイに夏の香水詰めてゐて幾年も見ぬ海がひろがる　大西　民子

タンカーは視界を過ぎて港湾はふたたび初夏の明暗となる　山口　純

少年のわが夏逝けりあこがれしゆえに怖れし海を見ぬまに　寺山　修司

海藻の靡けるあいだ潜りゆけばゆらゆらの視野泡立つ時間　佐佐木幸綱

青海原に浮寝をすれば危ふからず燕とわれとかたみに若し　春日井　建

海にきて海に首までしずみおりわがにんげんのたまらなき夏　下村　光男

軍艦と烏賊釣り船がさりげなく行き交ひてゐる日本海です　武下奈々子

仕事場の窓から見える海岸線　夏の幸せはエラ呼吸をしている　田中　章義

なつのやま〔夏の山〕

夏の山々は濃い緑につつまれ、白雪や雪渓が残る高山は登山の対象となる。熔岩の灼ける火山も夏の山である。**夏山。青嶺。夏青山。**

夏山のみどりの繁りうららかに鳴くは松雀か谷遠にして　伊藤左千夫

朝日さす青田の原の平らかに国大いなる岩木山かも　太田　水穂

高千穂は神岳ながら近づけば熔岩の赭き斜面し見ゆも　川田　順

小鳥らのいかに睦みてありぬべき夏青山に我はちかづく　斎藤　茂吉

夏山は聴きの邃きかときをりを角高き鹿の伸びあがりつつ　北原　白秋

火を噴けば浅間の山は樹を生まず茫として立つ青天

地に　若山　牧水

永遠といふ夏の目翳に合歓ひらき月山は霧にまぎれてゐたり　山中智恵子

大氷河裾に従へモンブラン並ぶ雪嶺の中に聳えつ　宮岡　昇

いただきに輝く雪の目に痛しあしたは触れむその白き雪　来嶋　靖生

わが生命棲まねばならぬたしかさに火山を据ゑて村低きかな　清田由井子

おもむろにまぼろしをはらふ融雪の蔵王よさみしき五月の王よ　川野　里子

せっけい〔雪渓〕

夏の高山の谷間に降り積もっている雪。雪渓は夏山登山する岳人の心をおどらせるが、危険をともなう。

登りつかれ心かそかなり雪渓は真白く広く眼を引きてなだる　窪田　空穂

セーターの朱のまさやかに登りゆく大雪渓は空につづける　窪田章一郎

岩膚の切り込む如き雪渓を夏陽に曝し静けき山は　田谷　鋭

無頼にて真夏も熱き珈琲をこのめりき　孤り雪渓に果つ　塚本　邦雄

左手に雪渓残る至仏山木の間に仰ぎ尾瀬へ向へる　遠役らく子

ひょうが〔氷河〕

高緯度地方にある高山の積雪が、厚みを加えて氷となり、その氷の重みにより、下方へ流れ出したものをいう。氷河湖は氷河の移動の際に浸食・堆積作用などで窪地に水がたまった湖。アルプスや北ヨーロッパで多く見られる。

氷河なほしろく凍れる山嶺を。草もゆる地の遠空に見る　石原　純

森林の限界こゆれば草原地帯起伏の果てに氷河真白し　窪田章一郎

パミールに深く入りきて氷河湖の岸辺に天幕を張らむとするも　宮　英子

風わたる氷河湖ありて水面を雁翔ちゆけり五、六羽なれど　宮　英子

ロープウエー乗りつぎ登りアルプスの氷河見下ろす足もとさむく　宮岡　昇

八月夏

八月・季節

はちがつ〔八月(はちぐわつ)〕

八日ごろ立秋(りっしゅう)を迎えて暦の上では秋にはいるが、実際には残暑がきびしく、熱帯夜がつづく。学校も大体八月いっぱい夏休み、会社などもお盆の帰省旅行などにより夏の休暇を行なう。十五日は太平洋戦争の敗戦記念日である。その直前の六日には広島市、九日には長崎市に原爆が投下され、多くの戦争による犠牲者を出し、戦争の終焉が決定づけられた。各地で記念祭が催される。

悲しみの日とするこころ吾にありて三たび近づく八月十五日　山本　友一

花火消えてまたくらやみの八月の空にとどろく夏の稲妻　中野　菊夫

朴の葉のときなく萎えて散りつげば八月はくる照る日重ねて　近藤　芳美

集ふもの今日のことばをつつしみて八月十五日小さき絵の会　近藤　芳美

平安が平和にあらぬうつたえの孤立し声喚ぶ八月めぐれ　近藤　芳美

哀傷を思想と呼ぶな夏八月空にひとつの鐘打ちつたう　近藤　芳美

八月六日今日の黙禱に来て交る四十幾年の平和重たく　近藤　芳美

茫々と過ぐる歳月になほ潜む刃のきらめきの如き八月　宮坂　和子

敗戦を終戦といひつくろひて半世紀底冷えの八月　塚本　邦雄

されば八月、されど八月十五日、命全し文弱われは　塚本　邦雄

戦後たのしき日々のあるゆゑ八月は負目いよいよ重くなりゆく　富小路禎子

あぢさゐは色褪せ葛の咲きいづる八月尽(じん)の阿夫利の山路　大塚布見子

八月の紫紺の海を渉りゆく戦没の兄か　その乱拍子

高比良みどり

かなかなのかなかなと啼く炎天に骨きしみをり八月十五日　辺見じゅん

八月の雑沓に来てわが耳にもつとも近き死者を呼び出す　田島　邦彦

八月は大切な月その中の六、九、十五、ながく思ふべし　高野　公彦

人老いて茄子はしづけき八月の紺をささげてゐたるふるさと　高野　公彦

いのち濃く青き八月鳥翔り天にひかりの葉脈は顕(た)つ　影山　一男

太陽とキスしている気分なり船上にごろり寝ころぶ八月　田中　章義

はづき〔**葉月**(はづき)〕　陰暦八月の別称。陽暦では九月上旬から約一か月間に当たる。月見月の異名もあるように仲秋の名月が見られる。またツバメが去りカリが渡るころなので燕去月(つばめさりづき)・雁来月(かりくづき)、紅葉のころなので木染月(こそめづき)・濃染月(こそめづき)・紅染月(べにそめづき)、萩が美しいので萩月、などの異名もある。したがって、現在の八月とは全く季感が異なっていることに注意したい。**葉月つごもり**は葉月末日。

けふも晴るるか暗きを慕ふわがこころけふも燃ゆるか葉月の朝空　若山　牧水

わが生れし葉月かなしくたましいはしんかんとして野を飛びつづく　香川　進

踏切を越えて直ちに入る山の青(あを)しづかなる葉月つごもり　宮　柊二

葉月すでに風につめたきみちのくの蔵王の山に星仰ぎをり　鶴田　正義

雲の峯くづほれやすく葉月すゑ悲しみの像(かたち)の秋果をたまふ　松坂　弘

なつ真夏葉月八月ガラス越し玉の緒のごと蛙(かえる)を見たり　村木　道彦

木染月(こそめづき)・燕去月(つばめさりづき)・雁来月(かりくづき)　ことばなく人をゆかしめし秋　今野　寿美

なつふかし〔**夏深し**(なつふかし)〕　俳句では、夏のもっとも盛んな土用から八月はじめの頃をいう。しかし短歌ではそれにこだわらず、夏の季節の終わり、陽暦の八月を詠んでいる作品が多い。晩夏と同時期であるが、夏深しには感慨がこもる。**夏**

闌く。夏深む。

あつき日を幾日も吸ひてつゆ甘く葡萄の熟す深き夏かな　木下　利玄

ばんざいの声に送られ征きし人帰りかへらず夏たけにけり　館山　一子

歌といふ架空の生に夕合歓の睫もち伏せて夏深むかも　山中智恵子

ゐのころの生えるにまかせ銭湯のありし跡地も夏たけにけり　角宮　悦子

ばんか〔晩夏〕

夏深し、夏逝く季節である。暑さがつづくなかにも風光には夏の末が感じられるようになる。**晩夏。夏の末。**

晩夏の京都に入れば蒸すごときあつさの中の青き山河　金子　薫園

売り売りて／手垢きたなきドイツ語の辞書のみ残る／夏の末かな　石川　啄木

犬山の城より望む木曽川の瀬にたちさわぐ晩夏白波　宮　柊二

献身のごとくたつ幹をいきいきと晩夏の蟻はのぼりゆきたり　岡部桂一郎

竹の村全村ゆれててりかげる家居とぼしき北陸晩夏　加藤　克巳

たちかへる晩夏の記憶人はみな影をたふしてひたあゆみゆき　森岡　貞香

国ほろびつつある晩夏　アスファルトに埋没したる釘の頭ひかる　塚本　邦雄

晩夏ひとりこころ下降しやまざるを水の流れにうつされてゐつ　高松　秀明

いますこし灯りを点すことなかれ晩夏のあをきこの夕つかた　川島喜代詩

金管のごときひぐらしの声も絶え晩夏茫たりわれとわが子ら　石川不二子

晩夏の雑踏のなかにまぎれゆきいまさら言はばわが傷つかむ　小野興二郎

熟れすぎの柘榴　こみあぐる叫びの発作かくて晩夏朝焼　水城　春房

方形より球形さびしフラスコの中に晩夏の照りかげる頃　永田　和宏

死ぬことを思わず人も樹も立てりさびし立つこと影濃き晩夏　永田　和宏

組み立てていく物語一つ　水底に沈めた想い一つ晩夏は　　永井　陽子

そは晩夏新古今集の開かれてゐてさかしまに恋ひそめにけり　　紀野　恵

なつゆく〔夏行く・夏逝く（なつゆ）く〕

夏も終わりに近づくと、朝夕の冷気にほっとする思いと同時に、去りゆく夏への名残がただよう。**夏終る。夏過ぐ。夏果（は）つ。夏越ゆ。夏惜しむ。**

香川進の歌は一九四五年敗戦時の作。蒔田さくら子の歌の「一夏（いちげ）の果て」は、ひと夏の終わり。

花もてる夏樹の上をああ「時」がじいんじいんと過ぎてゆくなり　　香川　進

病葉（わくらば）の散りつつ夏の終る気配今日日ねもすの曇りは低く　　荒井　孝

夏果つる寥（さび）しさに満つ北の磯に絶えず崩るる波の光も　　田谷　鋭

甲斐なくて終らん夏か電柱のみじかき影をひろひてあゆむ　　上田三四二

名残とぞ一夏の果てにまとふ紗の紺の文目（あやめ）は翳にも似たる　　蒔田さくら子

刃なき狐の剃刀緋に咲けば恣意もほそりて夏逝かむとす　　内田　紀満

夏は逝く　わが家はきのう月光にきょう霧雨につつまれて暮れ　　三枝　昂之

キャップなきサンオイル砂に埋ずもれて夏の終わりはいつもバラード　　田中　章義

りっしゅう〔立秋（りっしゅう）〕

八月八日ごろが立秋に当たり、暦の上では秋に入るが、暑さはまだまだ厳しい。しかし身辺に秋へ向かう気配がどことなく感じられる。**秋立つ。秋来（く）る。秋となる。秋に入（い）る。秋至る。**

中井正義の歌の「普羅の忌」は俳人前田普羅の忌日（八月八日）。

端渓（たんけい）の硯の魚眼（ぎょがん）すがしくて立秋はいま水のごとあり　　北原　白秋

秋立つは水にかも似る／洗はれて／思ひことごと新しくなる　　石川　啄木

秋立ちてすべなく暑き日の中にいちびの花もをさまりてゆく　　土屋　文明

秋となれば部屋と部屋とを胡桃(くるみ)の実のごとく区切りて誰も孤(ひと)り棲む　真鍋美恵子

麻痺の夫と目の見えぬ老女(はは)を左右(さう)に置きわが老年の秋に入りゆく　斎藤　史

秋立ちしこころゆらぎにをさな子の昼の眠(ねむり)を見下(みおろ)して立つ　宮　柊二

秋となる光さしきてベランダに置ける木の椅子あたらしく見ゆ　佐佐木由幾

道をゆくあの人もこの人も淋しくて立秋の顔陽にさらしをり　原田　汀子

普羅の忌の秋立つあした世に通ふ径草刈りて盆近うせり　中井　正義

水引草の紅こまやかに立秋の光集めてみゆるこの坂　尾崎左永子

里芋の汁あつくして父と吸ふ夜目にふるるもの皆秋となる　馬場あき子

草薙の秋となりしか鋭(と)き鎌をもたぬ生活(くらし)のゆく方見えて　雨宮　雅子

豆柿は葉とひといろの青なりき葉の色暗し秋立ちてより　石川不二子

武蔵野の西の仏の泣きぼくろ秋立つ朝のよろこびとせむ　辺見じゅん

秋いたるおもいさみしくみずにあらうくちびるの熱口中の熱　村木　道彦

海よりの蜻蛉が肩にまつわりて吾が港町秋となりたり　林　富士人

ボールペンのペン尖にまづ秋は来て火星人への手紙書きたし　荻原　裕幸

ざんしょ〔残暑(ざんしょ)〕

立秋を過ぎてから九月中旬までの暑さである。夏の暑さに耐えて、やっと涼しさを覚えた身にとり、さらにつづく日中の暑さはつらいものである。**秋暑し。残る暑さ。秋暑(しゅうしょ)。**

秋暑き秋寒き日交錯しあたま呆けしは自らが知る　吉田　正俊

幼子をもつゆゑにころすわが怒り白き残暑のひかりの中に　木俣　修

わが部屋にあまねく及ぶ秋暑あり心しづかにて居るところなし　佐藤佐太郎

野葡萄の実の成る沢を越えゆきて秋の日暑き峡に入

るべし　扇畑　忠雄

はびこれる杜鵑草(ほととぎす)そこらうら枯れぬ留守長かりし日本の残暑　宮　英子

振り返り塩ともならぬ世を生きて秋暑ひそかに身の哀へや　安永　蕗子

咲きそめし百日紅の花陰に残暑を凌ぐ老犬とわれ　長沢　一作

ぢりぢりと残暑きしれり落蟬も髪切虫もひそむ草むら　馬場あき子

まれに逢ふ秋暑の日にて砂に落ちし青き胡桃のごとくゐたりき　板宮　清治

昼すぎの残暑の畑に里芋の厚き葉おのおの青き陰布(し)く　樫井　礼子

君あての残暑見舞はただ一行〈この夏あなたは揺れてましたか〉　道浦母都子

フェミニストのきみがもろ手で剝いてゆくとうもろこしの毛深き残暑　渡辺　松男

あきちかし〔秋近し(あきちか)〕

まだ衰えない暑さの中にも雲や風の動きなどに秋の近づく気配を感じて、秋の来るのを待つ心持ちが強くなる。**秋近づく。秋に傾く。秋の気配。**

遠々し牧の上の空の真しろ雲秋のこころはすでに動けり　佐佐木信綱

宵よひの峡(はざま)にふかき天(あま)の川真(ま)うへに澄みて秋ちかみかも　中村　憲吉

吹く風は秋の近づく気配にて葉づれ親しき露台の幾鉢　荒井　孝

丹田にちからを入れて考えし雨の一夜は秋に傾く　岡部桂一郎

思ふことなげに乙女が編む毛糸八段すぎて秋近きかな　馬場あき子

何気なく高く上げたる手の先に秋の気配が触れてゆきたり　後藤　哲

あきめく〔秋(あき)めく〕

八月も末になると、暑さの中にも山川草木などが秋らしくなり、目にも耳にも秋の風情(ふぜい)が濃く感じられるようになる。秋立つ、秋来るよりも作者の思いがこめられる。**秋づく。**

百日紅真紅(しんく)に咲ける花むらのありてうつくし秋づける庭　窪田　空穂

秋づきて小さく結りし茄子の果を籠に盛る家の日向に蠅居り　斎藤　茂吉

何げなくたべむと思ふたべものも秋めくものかこもりてをるに　若山　牧水

秋づけばしばしば来る驟雨にて芝生の青の絢爛と立つ　山下　陸奥

目をあきて秋づきにける夕かげは夢のつづきの如くさみしき　吉田　正俊

秋づきて終はりの茄子の干割るるを雁割といふ聞きの親しき　岡部　文夫

妹が残しゆきたるコートなど母が著給ひ秋づかむとす　河野　愛子

秋づける今日の歩みは野をすぎて駅前くればあかりが入りぬ　上田三四二

はつあき〔初秋〕

暦の上では立秋を過ぎて間もないころをいう。陽暦の八月なので日中の暑さは強いが、朝夕はめっきり涼しくなり、さわやかさを覚える。しかし生活実感からいうと九月に入ってからである。**新しき秋。はじめの秋。初秋。秋初め。秋浅し。**

蜂蜜の青める玻璃のうつはより初秋きたりきりぎりす鳴く　与謝野晶子

わすれ行きし女の貝の襟止のしろう光れる初秋の朝　前田　夕暮

涙あまし悲しむことをよろこぶと歎けばいつかはつ秋に入る　吉井　勇

はつ秋のほのひかり吹きてさやさやと何か笑ましく風の行くあり　中村　憲吉

秋あさき山にむかひてなげかへるわが眼ににほふ桔梗の花　小泉　苳三

新しき秋なりければ満天の紺ふかくなり午前七時のわれ　坪野　哲久

鴉鳴く声はさやけし初秋の風吹く朝の畠に佇てば　国見　純生

虫の音に電話の声のひびきあふはじめの秋となりにけらしも　山中智恵子

初秋の橋渡りゆく喪の吾の眼下に灼くるはるかなる川　佐佐木幸綱

しんりょう〔新涼〕

初秋に感じる新鮮な涼しさをいう。俳句では「涼し」

だけでは暑さの中に感じる涼しさとして、夏の季語になる。**秋涼し。秋涼**(しゅうりょう)。

われに新涼ふたたび澄みて終末の見えくるごとし見えざるごとし　小中　英之

八月・天地

ばんかこう〔晩夏光(ばんかくわう)〕

夏の終わりの光であり、風情(ふぜい)である。暑さはまだまだきびしいが、それでも烈日(れつじつ)は少しずつおとろえを見せはじめる。草木の繁茂も終わりを告げようとしており、雲のたたずまいなどにも盛夏のころの勢いがなくなってきている。そのような光景に夏の終わりの感慨も加わった趣である。**晩夏の光。夏の終わりの光。**

晩夏光むしろくろぐろとわが意識流れてやまざるもののひびき聴く　山田　あき

晩夏光おとろへし夕　酢は立てり一本の壜の中にて　葛原　妙子

篁はゆるくおおきくゆれゆれと水田をあふる晩夏のひかり　加藤　克巳

晩夏光はなどきながくわが愛でてのうぜんの花夾竹

桃の花　上田三四二

晩夏光かげりつゝ過ぐ死火山を見ていてわれに父の血めざむ　寺山　修司

向日葵の太きうなじに照りながら夏のをはりの光小暗し　杜沢光一郎

アーモンド色の少女とすれちがふ街路みづのやうなる晩夏光　黒木三千代

なつのほし〔夏の星〕

夏の夜空に輝く星は冬と同じように美しく、とくに山や海で眺める夜空には都会では見られない、あまたの輝きに満ちている。

さそり座は七月下旬の夕方、南の地平線近くに見えるS字形の星座で、ギリシア神話で猟師オリオンを刺したサソリを象徴する。銀河は天の川のことである。夏の大三角形と呼ばれる星群は、北天に見える天の川をはさんで、七夕の織姫星（琴座のベガ）と牽牛星（鷲座のアルタイル）、それに白鳥座のデネブの星を結んだものである。俳句の夏の季語には「**星涼し**」がある。**夏の銀河**。

前登志夫の歌の「襟の星」は元日本陸軍の階級を表わした記章。

復讐とも悔ともつかずひしひしと湧くならむ更けし蝎座の下　大野　誠夫

星熟るる夏の銀河やそれぞれにそれぞれの老い美しくあれ　築地　正子

うつしみに何の矜持ぞあかあかと蝎座は西に尾をしづめゆく　山中智恵子

天空の大三角形は銀河よぎり鳥たちは道をひとつしかもたぬ　山中智恵子

襟の星もぎとりし日や五十年過ぎての後の真夏の銀河　前　登志夫

流星群夏の夜空にしたたれば夜盗のむれを見るごと哀し　栗木　京子

あまのがわ〔天の川〕

天の川は白鳥座からケンタウルス座にわたって暗黒帯をはさみ、二筋に分かれたミルク色の薄い光の帯である。ガリレオがはじめて望遠鏡を向けて、無数の恒星の集まりであることを発見した。銀砂子をはいたような微光の帯は、あたかも大河のように感じられて、ロマンティックな七夕伝説により、ものがなしささえおぼえる。俳句では天の川は秋の季語としているが、夏の夜に見る天の川はことに美しい。銀河(ぎんが)、銀漢(ぎんかん)ともいう。

天の川世の目あらはに相逢(あ)はむ恋にしあらば何かなげかむ　伊藤左千夫

蒼空(あをぞら)の真洞(まほら)にかかる天漢(あまのがは)あらはに落ちて海に入る見ゆ　伊藤左千夫

天のかは棕梠(しゅろ)としゅろとの間よりかすかにしろし闌(ふ)けにけらしも　北原　白秋

天の川しらしら流れ地球昏(くら)し宇宙の律ぞいずべに傾(かし)ぐ　山田　あき

天の川かたむく夜半(よは)に縁(えん)に覚めこころは遠し一つ蜩(ひぐらし)　吉田　正俊

島の背(せ)の夜霧に立てば天之河熊野(あまのがはくまの)が灘(がた)へおしかたむけり　吉野　秀雄

天の川白き夜去りて朝風の中なる萩にくれなゐ走る　宮　柊二

ふるさとの銀ひとすぢの天の河病むわが胸の上にせせらぐ　石田　耕三

いつの世もわたりがたきにあふぎみてあはれ銀河とひとは呼ぶべし　小中　英之

手袋の中に銀河の広がれば人と訣れし指およがせる　栗木　京子

はなの〔花野(はなの)〕

高原や北海道の原野など広々とした大地に、秋草の花が一面に咲き乱れている場所をいう。高地や北国に八月ごろ見られる。

なにとなく君に待たるるここちして出でし花野の夕月夜かな　与謝野晶子

入りつ日の赤き光のみなぎらふ花野はとほく恍(ほ)け溶(と)くるなり　斎藤　茂吉

たらちねの母にまぎれし花野にて金の野糞を祀りし少年　前　登志夫

九月

秋

九月・季節

くがつ〔九月〕

上旬は残暑がつづいて夏の名残があるが、台風に見舞われ、中旬が過ぎると空気も澄んで、めっきり秋らしくなる。若者にとってさまざまな体験で楽しかった夏休みも終わり、再び学校にもどるときである。

かがやきをまとひて九月みのりたる空の果実のさきはひ知らず　小中　英之

蚕声をあげて九月の森に入れりハイネのために学をあざむき　寺山　修司

月恋の年年にまさるなかんづく誕生月の九月の白光　伊藤　一彦

蟬の羽地にちらばれる九月にはロートレアモン読みさしのまま　山田富士郎

置き去りにされた眼鏡が砂浜で光の束をみている九月　穂村　弘

ながつき〔長月〕

陰暦九月の別名。陽暦の十月ごろに当たる。長月は秋がしだいに深まって夜の長くなる月なので、恋をする人には朝が待ちどおしいと『拾遺和歌集』の中に歌われているように、夜長月を意味するという。菊の花が盛りになるので菊月など、また紅葉の季節にもなるので紅葉月などの異名がある。

ながつきの秋ゐらぎ鳴くこほろぎに螻蛄も交りてよき月夜かも　斎藤　茂吉

葉鶏頭の秀の燃えたちてふる雨の長月の雨の霽るる間はなし　北原　白秋

長月は母の顔する月しろを白萩をもて撫でまゐらせむ　築地　正子

長月の七日九日やみ臥せばかねたたき鳴く草ひばり鳴く　飯田　明子

ながつき二十日余り某日この夜半のあかあか照らす月を怖れき　田井　安曇

今日われは妻を解かれて長月の青しとどなる芝草の上　道浦母都子

あき〔秋(あき)〕

暦の上では立秋（八月八日頃）から立冬（十一月八日頃）の前日までをいうが、気象上では九月から十一月の三か月間を秋としている。台風が去ると大気は清澄となり、収穫期のあと、草木は絢爛たる紅葉期を迎える。北海道や東北・北陸地方では秋の期間はみじかく、初冬に入るのが比較的はやい。

夕顔の棚つくらんと思へども秋待ちがてぬ我(わが)いのちかも　正岡　子規

張りみちてしかもあえかにうるみもつ秋よ人ならばこひて死なまし　太田　水穂

涙おつ敗れし国の野よ山よ秋はみのりのこぼるるにさへ　四賀　光子

ガラス窓に映れるわれにまたたける人の眼(まなこ)も澄みて秋なり　前川佐美雄

老いて歩むいたるところにたましひをしづめてくるるものあり秋は　吉野　鉦二

かつきりと周りみえつつ覚めゐるはましして明るき秋の真昼間　葛原　妙子

秋されば菊のひたしを食ふならひ越後の秋に来ていただきぬ　石黒　清介

鬼灯(ほほづき)の袋実の羅(ら)に透くまでに万斛(ばんこく)の秋小庭(さには)にみつる　宮　英子

モジリァニの絵の中の女が語りかく秋について愛についてアンニュイについて　築地　正子

長き首伸ばして空を見てゐたる麒麟を飼ひたし秋は　築地　正子

ひそひそと秋あたらしき悲しみこよ例へばチャップリンの悲哀の如く　中城ふみ子

鹿の鳴く秋は寂しく遺書めける手記をしきりに書きてゐたりき　大西　民子

秋はふいごの風吹きとほる町に来て鎌と包丁買ひて帰らむ　山中智恵子

秋はざくろの割れる音して神の棲む遊星といふ地球いとしき　山中智恵子

夢のごと火はもえてをり森ふかく童子のわれのさまよへる秋　前　登志夫

少年の日よりほろほろ秋ありて葡萄峠を恋ひつつ越えず　小中　英之

真っ赤にはならず散る葉の悔しさを幾度身にもつこ

の秋もまた　　　下村　道子

なにも莫いなにもなければ秋を売る男となりて我は候　　　福島　泰樹

望郷を心弱りといふなかれ秋を来て踏む紀州街道　　　道浦母都子

あさがほの秋に残りし花の数　眼をとほく子はひき算を知る　　　小島ゆかり

はくろ〔白露〕　陰暦八月の節気で、陽暦九月八日ごろ。「陰気やうやく重り、露凝つて白き」の意といふ。この頃から秋の気配が感じられるようになり、露もしげくやどる。

「白露」なる美しきことばを創りたるいにしへ人を忍びて思ふ　　　松坂　弘

にひゃくとおか〔二百十日〕　立春から数えて二百十日目。つまり九月一、二日ごろは台風の襲うことが多いというので、この日を農家の厄日としている。またこれより十日後の**二百二十日**（九月十一、二日ごろ）も同様である。ちょうどこの時分が稲の花の盛りなので台風による被害を恐れたのである。

二百十日灰色の雲を背にし向日葵の花が大きく揺げり　　　川田　順

ぽつぽつと雀出て来る残り風二百二十日の夕空晴れて　　　北原　白秋

二百十日事なく過ぎぬ千町田の穂に出でし稲を見ればうれしも　　　岡野直七郎

あきのひがん〔秋の彼岸〕　秋分（九月二十三日頃）を中日として前後合わせた七日間。亡くなった人をしのんで墓参などが行われる。単に彼岸というと春の彼岸をさす。**秋彼岸**、**後の彼岸**ともいう。この頃から涼しさが感じられるようになる。

秋すでに彼岸とおもふ日のいろの草にながれゐて遠蟬の声　　　太田　水穂

音立てて茅がやなびける山のうへに秋の彼岸のひかり差し居り　　　斎藤　茂吉

舂ける彼岸秋陽に狐ばな赤々そまれりここはどこのみち　　　木下　利玄

秋彼岸すぎて今日ふるさむき雨直なる雨は芝生に沈む　　　佐藤佐太郎

ながきよ〔**長き夜**〕　一年でいちばん夜の長いのは冬至であるが、夜の短い夏を過ごしたあとでは、九月に入ると夜を長く感じるようになる。**秋の夜長。夜長。秋夜は長し。**

ねむらえぬ秋の長夜の胸うちになづさひひびく水の音かも　佐佐木信綱

ながき夜の　ねむりの後も、なほ夜なる　月おし照れり。河原菅原　釈　迢空

方代の嘘のまことを聞くために秋の夜ながの燠が赤しも　山崎　方代

長き夜のいつとも知らず竹の葉は覚めてしあればさやさやと鳴る　清原　令子

あんのんとあるにあらねどあんのんと秋夜は長し世を怒らねば　馬場あき子

九月・天地

あきのつき〔**秋の月**〕　月には四季それぞれの趣があるが、ことに秋の月はさやかで、月といえば秋の夜の月をさす。地球の衛星である月は自転しながら約一か月で地球を一周し、その間、太陽に対する位置により、新月・上弦・満月・下弦の現象が生じ、それらを三日月・満月・弓張月（片割月・弦月・半月）などと呼んでいる。**月夜。月光。月読。月明。秋の夜の月。月の光。月代。**

我が行くは憶良の家にあらじかとふと思ひけり春日の月夜　佐佐木信綱

東北の町よりわれは帰り来てあゝ東京の秋の夜の月　斎藤　茂吉

月読は光澄みつつ外に坐せりかく思ふ我や水の如かる　北原　白秋

月のひかりの無臭なるにぞわがこころ牙のかちあふごとくさみしき　森岡　貞香

月明のひとときわれも死者として父とすれちがへり青畳　塚本　邦雄

うつりゆく海原の月たましひの息づくごとく照り翳(かぎ)るなり　岡野　弘彦

濯ぎあげし白き肌着を軒に掛く身に触るるものを月に潔めて　富小路禎子

街は灯を敷きつめゐたり目あぐれば月歩む空は原野の薫り　石川　恭子

月光を掬はむとしてひろげたる指みづみづと滴りはじむ　石橋　妙子

労働の夜更けて酒をのみしかど月の光はしづかになりぬ　田井　安曇

眼鏡はづして眺むる夜の雲しろし曼陀羅の如うかぶ月代　宮岡　昇

人間の夢を聚(あつ)めて空に照る遠き世に生(あ)れいまを澄む月　来嶋　靖生

萩叢(はぎむら)も尾花もいまはしづもれるこの世照らして銅色(あかがね)の月　藤井　常世

蒼き月路地にのぼりて過ぎゆきのかなたかごめかごめ照せり　高野　公彦

神々も死者も影なく眠りゐて大和は月のひかりが似あふ　東　淳子

灯を消しし夜の部屋のなか賓客の月光にわれ対ひあひをり　伊藤　一彦

バスタブにあごを浸せば枯れ野へと手足の伸びる月夜の怖さ　小守　有里

君おらぬ夜のグランド水溜まりの水面の月を壊して帰る　岸本　由紀

しんげつ〔新月(しんげつ)〕

陰暦八月初めの夕空に細く現れる月をいうが、二日月までほとんど見ることができないため、陰暦八月三日に初めて西の空に見える三日月をいうことが多い。**繊き若月。**

新月の清らなる夜ににほふ木場(きば)鮮(あたら)しくしてひとり行きたり　平野　宣紀

かなしみを遣はんと開くる夜(よる)の窓繊きわか月西に傾く　木俣　修

木琴の絶え間にはたとわれ存りて踏み越ゆみづたま

りの新月　塚本　邦雄

罪のしるし額にありや雑踏の上の新月に顔上げて行く　尾崎左永子

新月は残映に浸りゐたりけり火の匂ふ大地昏れなんとして　尾崎左永子

みかづき〔三日月〕

陰暦八月三日の月。夕方、西の空にごく細くかかり、**繊月**、**眉月**などともいう。

遠空に視点を向けてゐるうちに三日月の輪郭定まりてくる　長沢　美津

生まれしは意志せぬ冒険なりしかどいま眉月の金にしたたる　浜田蝶二郎

病軀の心かすかときめく昏れのこる空のなか繊月を見しゆゑ　石川　恭子

栴檀のうえに今宵は出でており雲をともなう眉引の月　阿木津　英

三日月は細く尖ったわれの愛　ぐさりと夜を突き刺している　武藤　雅治

藍青の空のふかみに昨夜切りし爪の形の月浮かびをり　小島ゆかり

ようかづき〔八日月〕

陰暦八月十五日の仲秋の名月を待ちのぞむために名付けられたもの。つまり、八月はじめの月を初月、八月二日の月を二日月、八月三日の月を三日月、というようにである。

妻子待つ家まで二粁みづからを摧けるごとき八日月照る　伊藤　一彦

はんげつ〔半月〕

弦を張った弓のような形をしている月なので**弓張月**・**弦月**とも呼び、**上弦の月**と**下弦の月**がある。上弦の月は新月から約七日後に直径を上に向けた半月が日没から真夜中に沈むまで見られる。下弦の月は満月から七日後に直径を下に向けた半月が真夜中から夜明けまで見られる。**片割月**ともいう。

相庇ういのち互みに年経るに門に水打ちてかかる半月　近藤　芳美

やはらかき暁の半月正面に見ゆるよろこびわが窓ひらく　佐佐木由幾

しばしばもわが目愉しむ白昼の天の瑕瑾のごとき半月　安永　蕗子

かつて若く遭ひし寂かを思ふまで夜のまほらの半月うるむ　成瀬　有

躁がちの闇を支えてゆったりと下弦の月が構えておりぬ　岸本　由紀

めいげつ〔名月〕

仲秋の名月をいう。**満月**、**望月**、**十五夜の月**とも呼び、陰暦八月十五日の夜には、すすき、月見だんご、芋などを月光のさす廊下や窓辺に供える。この夜を**良夜**ともいう。

死なずやと我ひと共に思へるを見るや見難き仲秋名月　窪田　空穂

あかあかと十五夜の月街にありわつしよわつしよといふ声もする　北原　白秋

神田にて靄に上りし赤き月いま小金井の冴ゆる夜の月　柴生田　稔

息ぐもる夕べの窓やほのかにも望なる光の訪るるとき　高安　国世

生死のけじめはないよなんとなく猫いて大き満月が出る　岡部桂一郎

人去りてのちのしづけき月の面や満月となりて照りわたるなり　上田三四二

束ねゐる髪の根ふつと緩びたり古鏡のやうな月せり上がり　蒔田さくら子

大いなる闇の空虚にあるゆゑにわが身重のごとき月はも　うちだてるこ

まつぶさに眺めてかなし月こそは全き裸身と思ひいたりぬ　水原　紫苑

骨の髄味わうためのフォークありぐっと突き刺してみたき満月　俵　万智

満月は薄荷の匂いサングラスはずしてごらん確かに匂う　小守　有里

つきので〔月の出〕

満月が東の空に上がってくるのは待たれるものである。

月のぼる。月立つ。月出づ。

ひとところ秋蕎麦の花今さかり望のこよひの月の出の前　岡　麓

病める児はハモニカを吹き夜に入りぬもろこし畑の黄なる月の出　北原　白秋

峰の上に月出づるけはひ久しくて天つまほらににほひ充ちくる　山下　陸奥

子も孫も吾らにあらねば遅き月のぼりし宵を手をとり帰る　近藤とし子

月の出を待つ白雲は紗のごとくにて夕星(ゆふづつ)はその奥(おき)に輝(て)る　上田三四二

三輪山の背後より不可思議の月立てりはじめに月と呼びしひとはや　山中智恵子

萩に出る月の出おそしあくがるる晩年にこそ神隠し来(こ)め　前　登志夫

首ひとつ提げてさまよふ花野にて望(もち)の月出づる静けさに逢ふ　前　登志夫

実朝と散りにし萩の哀しみとうるみて雨後の月の出となる　馬場あき子

父なくてふるさと遠し月出づる前を明るむ海に真向ふ　島田　修二

月の出も日の出も見ずにあり経る日空空漠漠くうくうばくばく　伊藤　一彦

おほき月のぼらむとせりわれらゐるくさはらの向ふの草があかるし　河野　裕子

うげつ〔雨月(うげつ)〕　仲秋の名月の夜に雨が降ってしまって、待ち望んでいた月が見えないことをいう。また、雲のために名月がかくれて見えないことを**無月**という。

高野公彦の歌の「野沢凡兆」は金沢の人、京都に出て医者となり、芭蕉に師事して句境を深め、去来と共に『猿蓑』を編纂し、蕉風の発展に貢献した。しかし芭蕉に対し、かなり批判的なもの言いをする自我の強い性格であったといわれる。

絵そらごと非在のものを恋ふなければあたり明るむ月なき夜にも　長沢　美津

雨月の夜蜜の暗さとなりにけり野沢凡兆その妻羽紅(うこう)　高野　公彦

いざよい〔十六夜(いざよひ)〕　陰暦八月十六日の夜の月。つまり、名月（十五夜の月）の翌夜の月のことで、名月より少しおくれて、ためらって出るのでこの名がある。**いざよう月**。

いざよひの／月はつめたきくだものの／匂ひをはなちあらはれにけり　宮沢　賢治

雲透りくるいざよひの月のひかり澪ゆくごとく想とどまらず　森岡　貞香

月照る夜もひそみし壕に自決して果てにし君らよ今

宵十六夜　　　近藤とし子

十六夜の月木伝ひにのぼりゆく一夜過ぎたるものの軽さに　　　安永　蕗子

たちまちづき〔**立待月**〕　陰暦八月十七日の夜の月。つまり、満月から二日後の月。夕方、立って待つ間に出る月の意という。

さらに三日後の十八日の夜の月を**居待月**（坐って待つうちに出る月）、四日後の十九日の夜の月を**寝待月**・**臥待月**（寝て待つうちに出る月）、五日後の二十日の夜の月を**更待月**（夜更けて出る月）という。二十日以後は夜の十時を過ぎないと月が出ず、欠けも大きくなり、二十三日の夜の月は下弦の月となり、**二十三夜**という。

散りつくし涼しく撓う萩のうえ立待月はほの明りくる　　　山田　あき

らくげつ〔**落月**〕　西空に沈もうとする月。月の入るのは惜しまれるものである。

月入る。**月落つ**。**月沈む**。落月ともいう。

穂積生萩の歌の「朝月」は夜明けになってもまだ空に残っている**有明の月**。十六夜以後の月である。**残月**、**のこんの月**ともいう。

月落ちてさ夜ほの暗く未だかも弥勒は出でず虫鳴けるかも　　　斎藤　茂吉

沈みゆく月のあかりのまくらべに照らふあはれは夢に見ざらむ　　　斎藤　史

落月のいまだ落ちざる空のごと静かに人をあらしめたまへ　　　佐藤佐太郎

月が落ち森はねむったおもむろに記憶の襞へにじみこむ青　　　加藤　克巳

柊の大樹のかげに、あわあわと　朝月はいま落ちてゆくなり　　　穂積　生萩

午前八時行手の丘に鈴懸の木の上白く落月のあり　　　黒田　淑子

げっしょく〔**月食・月蝕**〕　地球が太陽と月の間に入り、太陽からの光をさえぎるため、月が欠けて見える現象。満月のときに見られる。**食尽**（**蝕甚**）**の月**は欠け方が最大限に達したときの月。

しびれ蔦河に流して鰐を狩る女らの上に月食の月　　　前田　透

空の道ゆきて地球のかげにあふ生くるものなき月しろにして　　上田三四二

悲しみの姿勢のままにわが見たる食尽の月の銅色の影　　山中智恵子

ほしづきよ〔星月夜〕

月のない秋の夜、満天に星の光がかがやきみちていることをいう。**星月夜**。**星の夜**。**星夜**。

星満つる今宵の空の深緑かさなる星の深さ知られず　　窪田空穂

げに星夜ヒマラヤシーダに触れてゐる糠星いくたびかスパークせり　　葛原妙子

たまかぎるわが眼のなかの星月夜眼疾といはばいふべきかそけさにあり　　山中智恵子

星月夜夜汽車走れり血走れり吉か不吉か近き夜明けは　　佐佐木幸綱

血のほかのなにかながれぬ　星月夜　眠りのふかき汝が掌を嗅げば　　辰巳泰子

あきのほし〔秋の星〕

澄んだ秋の夜空には数多くの星や星座が見られる。北の空には北極星とカシオペヤ座、南の空には秋の大四辺形をかたどるアンドロメダ座とペガス座の星群が美しい。**流星**も夜半によく見られる。

彗星は箒星ともいって長い尾を伴って明るく輝き、ふいに天空に出現するので不吉な天体とみなされたが、ハレー彗星・百武彗星などの発見により今は人気がある。あか星（明けの明星）と夕星（宵の明星）は金星のこと。九曜の星は日・月・火・水・木・金・土に計都と羅睺を合わせた九つの星。六連星はプレアデス星団のことで、和名をすばる・すまるといい、肉眼で六つ見える。小惑星は火星と木星の間にあり、太陽をめぐる無数の小天体で、母惑星の分裂により生じたものという。星座のことを星宿、星座、星の宿りともいう。

現在ではこれらの星や星座は、海や山などに行かなければ、肉眼で見られないのは残念である。

夜の空の暗き緑を照らしいで透きとほらする今宵の星かも　　窪田空穂

ためらはず遠天に入れと彗星の白きひかりに酒たてまつる　　斎藤茂吉

あか星の光うするる夜のあけにかなしき眠りわが欲

りにけり　松村　英一

あたたかに香(か)にたつミルクのみて仰ぐ幾万光年の秋の夜の星　鹿児島寿蔵

アンドロメダのはるけきものや光(かげ)おとし貧しくぞ死ぬわが阿Qたち　山田　あき

星の座を指にかざせばそこここに散らばれる譜(ふ)のみな鳴り交す　明石　海人

木星の雨はれし夜の空に冴ゆいちはやき秋の幸(さち)のごとくに　木俣　修

火星の地代はやも話題にする声すまだ沖縄は接収のまま　太田　青丘

幼くて仰ぎしときもなほ今も澄みてまばたく九曜の星は　中野　菊夫

ハレー彗星は刻々接近するといふぬばたまの宇宙のまほらの闇を　宮　柊二

雲ひとつ見えず暮れゆく夕映えのあはれを告げて光る夕星　若山　旅人

百武(ひゃくたけ)彗星近づく刻を予告してめぐる宇宙の空の静まり　岡部桂一郎

心すずしく仰ぎてゐたり八月十三日ペルセウス座流星群の蒼き光芒　扇畑　利枝

かの光芒放つ天狼座(シリウス)は失せざらん人は何かをやりかけて終る　浜田蝶二郎

木星の赤き斑(ふ)ほのかに見えしことを歓びとして今宵は寝ねむ　宮地　伸一

極北におく星白く乱れつつ瞳潤むといふこと悲し　安永　蕗子

ゆきてふたたび見ることのなき大きさに赤き火星の森の上に出づ　上田三四二

六連星(むつらぼし)すばるみすまるプレアデス　草の星ともよびてはかなき　山中智恵子

夜すがらに夢に耽(ふけ)りしわがうへを星宿とほく移りたるべし　川島喜代詩

日ぐれには必ず見ゆる水星の移りゆくさま母は教へき　阿部　正路

スバルしずかに梢を渡りつつありと、はろばろと美し古典力学　永田　和宏

子には子の匂ひあること小惑星のゐがく軌道に重ねておもふ　栗木　京子

あきのくも〔秋の雲〕

秋は空が澄んでいるため、美しい雲の姿をあざやかに見ることができる。流れる秋雲、また、さざ波に似た群雲の絹雲や綿雲、魚のうろこに似た雲（鰯雲・鱗雲・鯖雲）。いずれも湧いては消えて変化に富み、また、雲によって天気も予想される。

ゆく秋の大和の国の薬師寺の塔の上なる一ひらの雲　佐佐木信綱

夜に見れば不二の裾廻に曳く雲の白木綿雲は海に及べり　北原　白秋

天遠くわく綿雲にあたらしき今日の光はおもむろに満つ　松村　英一

うろこ雲の行きとどまらぬ日のゆふべ芥子の実ゆるる庭におりたつ　佐藤佐太郎

鰯雲は空のさざなみその下に群れゐる草も木も人も魚　浜口　忍翁

秋の雲ひとつ下りきてくろぐろとここの狭庭に影してゐたり　宮　柊二

赤き日は沈まんとして西空に雲あつまれるとき額を垂る　岡部桂一郎

月光にさざなみだてる横雲がしんしんとわが裡を流るる　菊地　良江

秩父路に秋みちひかりきよからん秩父より来る雲をまぶしむ　上田三四二

人ゆきて多く帰らず鰯雲ながれてやまぬ東支那海　岡野　弘彦

落日の荘麗ののち暗澹と雲は夕映を空に流せり　尾崎左永子

雲の秋しづかなれども足跡を乱して歩むまんじゆしやげまで　雨宮　雅子

人生のどの辺をうろつきてゐる吾ぞ秋めきし夜半の浮雲仰ぐ　杜沢光一郎

地の底をながるる水の幽けさを思はせてとほき絹雲光る　杜沢光一郎

力ある夏雲の上に穏やかな秋の雲うかぶこの夕まぐれ　杜沢光一郎

千年の楠の梢におうおうと呼ばれて遊びに来るいわし雲　萩原　千也

さやかなる秋の夜ふけに純白の帆のごとき雲次つぎ移る　中埜由季子

のわき〔野分〕

草木を吹き分けるほどの秋の大風である。古くは台風のことを野分といったが、現在では、雨を伴わない、秋の暴風をいう。荒れて通り過ぎた野分後の空はぬけるほど青い。**野分立つ**は野分らしい風が吹くことをいう。**野分**。**疾風**。**疾風**。なお、秋の大風は疾風でよいが、春の大風は春の疾風、春疾風と用いる。

船子よ船子よ疾風のなかに帆を張ると死ぬる如くに叫ぶ船子等よ　若山　牧水

履歴書を書くこともなく生きてきて所詮野分のやうなわたくし　生方たつゑ

生きてなほ恋ひつつあれば眼にぞ沁む野分け吹きゆく空の夕映　清原　令子

誠実に生きて知命を越えし夫の今宵野分を捲きて帰り来　中野　照子

野分だつ夕べとなれり倒れ伏す草にひとしくわが未来見ゆ　雨宮　雅子

とよもして過ぐる疾風に喪の家族震へるごとく早く目覚めぬ　西村　尚

行きつけば耿耿と野分ししむらを仕置のごとく打ち返すかな　角宮　悦子

失ふものなくば勁くあるべしとふ電話を切れば大野分かな　辺見じゅん

親無しのこの身あはれと呟きて野分のあとをいでゆきしかな　藤井　常世

たいふう〔台風〕

八月下旬から九月下旬ごろ、南方で発生した熱帯低気圧が暴風雨をともなって日本列島を襲う。農作物や家屋、交通機関その他に大きな被害を与え、高潮や洪水を起こすこともある。台風は大きな一つの渦巻で、その中心付近を**台風眼**、**台風の眼**と呼び、風も静かで晴間さえ見られる。そのため台風の眼が通るときには一時風雨がおさまるが、通過すると再び激しい風雨に襲われ、風は通過前と反対方向から吹いてくる。風があまり強くなく雨を激しく降らすのを**雨台風**といい、雨を伴わず風が強いのを**風台風**という。二百十日、二百二十日前後に多く襲う。**嵐**。**暴風雨**。

朝早く台風来の警報を聞けばなまぬるき風ふききたる　斎藤　茂吉

柿の赤き実隣家のへだて飛び越えてころげ廻れり

暴風雨吹け吹け

あらしのあと木の葉の青の揉まれたるにほひかなしも空は晴れつつ　北原　白秋

台風は洋にそれゆけり男ゐて白き扉を更に白く塗る　古泉　千樫

雨すぎて天の青さのあまねきは台風眼に入りたるらしも　真鍋美恵子

たはむれに台風が遊びをりなどといひし一日の雨量を思ふ　岡部　文夫

台風の余波ふく街のいづこにもおしろいが咲く下馬あたり　佐藤佐太郎

台風の眼といふ空の穴あきてはるか遠くより見られつつ居る　佐藤佐太郎

巨き鉢はいづれも横さまに倒し置き嵐の去るをただただに待つ　斎藤　史

あらためて次の台風来るらし照りかげりする庭に風吹く　中野　菊夫

台風に吹きとばされし柴折戸を地べたに置きて修理しはじむ　佐藤　志満

台風の近づくけはひ無花果は重たき熱の実となれるらし　石黒　清介

雨つぶのひとつひとつに力ある台風の雨朝至りたり　雨宮　雅子

風いまだ吹かねど台風の近づける日向灘夜々をとよもして鳴る　石井　利明

台風といえど迫力乏しくて雨無く来れば町は明るし　志垣　澄幸

台風のじわり近付き来る夜は父が子守の唄うたおうか　浜田　康敬

台風の眼に入りたる午後六時天使領たるあをぞら見ゆる　佐佐木幸綱

あきのらい〔秋の雷〕

九月になっても夏の高気圧におおわれた蒸し暑い日には、夜に入って積乱雲が全天をおおい、雷鳴がとどろき、電光が走り、激しい雷雨がおそうこともある。とくに秋には、台風や低気圧の圏内の前線付近に生じる雷が多くなり、遠雷となる。そのため稲妻を強く感じるようになる。**秋の雷**。

窓近き翡翠の壺に韻きつつ少しさびしき秋の雷過ぐ　富小路禎子

わたくしの想ひは象なさぬまま遠ざかりゆく秋のいかづち　来嶋　靖生

家のなかに死者顕つまでにつゆけき夜こころのそとを照らす稲妻　伊藤　一彦

あきのみず〔秋の水〕

冷ややかに清く澄んだ秋の水で、水に秋が宿るという感じをいう。**秋水**。**水の秋**。また、河・川・湖・沼の水も秋になると透明度が強くなる、これを**水澄む**、**澄む水**という。

小鳥きて少女のやうに身を洗ふ木かげの秋の水だまりかな　与謝野晶子

水すまし夕日光ればしみじみと跳ねてつるめり秋の水面に　北原　白秋

杉檜厚く立ち並む山山を出で来し秋の水鳴りてあり　初井しづ枝

秋のみづ素甕にあふれさいはひは孤りのわれにきざすかなしも　坪野　哲久

曇り日の川にこころを流しつつ掬へば水に水の秋あり　河合　恒治

一極のまぼろしの水まどろみてゐるわが前にひえびえと来つ　玉城　徹

秋の水みなぎるとなく逝くとなく白馬江あかき夕日眠らす　馬場あき子

昏れ落ちて秋水黒し父の鈎もしは奈落を釣るにあらずや　馬場あき子

かなしみのその向側に日が照りてつぶさに秋の水を走らす　島田　修二

白菊の首一つ切りおほらかに秋をたたふる水に泛ばす　西村　尚

葛の花水のほとりに咲きしとき思はぬ水の暗さとなりぬ　辺見じゅん

そこかしこ樹林にひそむ音ありて昨夜の風雨の秋水迅し　山本　博子

あきのかわ〔秋の川・秋の河〕

秋の川の流れは清く澄み、初秋には白雲や赤トンボを映し、晩秋には上流で山の紅葉を映し、水は快くひびく。しかし、台風で氾らんし、秋出水に濁り流れることもある。水は冷ややかさを増し、鮎なども姿を消す。

草山にのぼれば秋の一すぢの多摩のながれの白きを

ちかた　金子　薫園

初秋のひかりをたたへてゆく川が山によりつつ国原に出づ　結城哀草果

旗亭より見下す雨の渓川に散りつづけをり槻の黄の葉が　平野　宣紀

魚住めぬ川の流れのさびしさは朱のもみぢなど流れてもなほ　斎藤　史

病院の往反に見る町川の澄む日もなきに秋晴れのそら　川合千鶴子

秋の河ひとすぢの緋の奔れるを見たりき死後こそわが余生　塚本　邦雄

紅すすきさ揺らぎやまの洲にありて合流点の十月の雨　内田　紀満

ゆく秋の川びんびんと冷え緊まる夕岸を行き鎮めがたきぞ　佐佐木幸綱

やわらかな秋の陽ざしに奏でられ川は流れてゆくオルゴール　俵　万智

あきでみず〔秋出水〕

台風による豪雨で河川の堤防が決壊し、洪水になったり、野川などの水が溢れて田畑や住宅が大水に浸かったりすること。また、台風により河川などの水量が異常に増加することもいう。「出水」といえば夏の季節の五月雨ごろの出水となる。

水やなほ増すやいなやと軒の戸に目印しつつ胸安からず　伊藤左千夫

物皆の動きを閉ぢし水の夜やいや寒寒に秋の虫鳴く　伊藤左千夫

秋出水しづかにつよくぶちあたる角すぎてよりひとりのおもい　玉井　清弘

あきのうみ〔秋の海〕

夏の海水浴などで賑わった海岸は静かになり、秋空の下にひろがる浜辺に寄せる波は澄み、潮の満ち干きも顕著となる。九月上・中旬には暖流が南退しはじめて、台風期を過ぎると一気に寒流が勢いを増し、海の色も深い紺碧色に変わり、波も高くなる。**秋の波**。**秋の浜**。**秋の潮**。**秋の潮**。**秋潮**。**秋の渚**。

水平線朝のひかりにきらきらし深閑として大灘の秋　宮　英子

台風の迫ると聞けば波炎白くあがりて暮るるわたつみ　宮　英子

九月・天地

秋一日寂しきまでに潮凪ぎて波は透きつつ光を運ぶ
尾崎左永子

台風が近づきて来る九十九里鉛のごとき波の寄せゐる
吉村　陸人

秋潮のひかりの芯をヨットゆく逢へばあつけなし心といふは
青井　史

十月

秋

十月・季節

じゅうがつ〔十月（じふぐわつ）〕　上旬はまだ台風のくることもあり、また霖雨の季節でもあるため天候はあまりよくない。中旬には秋晴れとなり、気温がしだいに下がり、北の地方や山の高いところから初霜が降るようになる。野山は紅葉に彩られ、北から渡り鳥が訪れ、虫の音がすだく。また柿・林檎などの果実や松茸などの茸類、サンマなど、味覚の豊富な月でもある。十日は体育の日として祭日である。

黒き帽子わが買ふ店の十月の午后の日のてる小川町かな　矢代　東村

十月の地軸しづかに枝撓（たは）む露の柘榴の実を牽（つな）ひきあり　葛原　妙子

十月のこの石の上にひれふせるいちまいの木の葉に統一がある　山崎　方代

われのみのよしなしごとを感傷す木犀鬱金（うこん）すなはち十月　宮　英子

亡きひとの形見の縞の単衣着て脱ぐべくなりぬ十月の雨　片山　貞美

心まちし木犀の匂ひが十月の或る夜かすかに漂ひそめつ　河野　愛子

誕生日へなだれてはやき十月にうなじ屈するゆえの反抗　岸上　大作

十月の飛び箱すがし走り来て少年少女ぱっと脚ひらく　栗木　京子

かんなづき〔神無月（かんなづき）〕　陰暦十月の別名。陽暦の十一月に当たる。この月には諸国の神々が出雲の国に旅立つので、神々が留守になるからという。そのため出雲のみ神在月（かみありづき）となる。神去月（かみさりづき）、時雨月（しぐれづき）、初霜月（はつしもづき）などの異名もある。**神無月（かみなづき）**。

神無月空の果てよりきたるとき眼（め）ひらく花はあはれなるかも　斎藤　茂吉

かみな月十日（づきとを）山べをゆきしかば虹あらはれぬ山の峡（かひ）より　斎藤　茂吉

かみな月五日に雪をかうむれる鳥海のやま月読のやま　斎藤　茂吉

神無月／岩手の山の／初雪の眉にせまりし朝を思ひぬ　石川　啄木

牧羊神の髯いとながながと吹きみだす神無月ともなりにけらしな　吉井　勇

つはぶきは黄の凛凛と咲き澄みをり神無月神神在しまさねば　久方寿満子

百日紅なほ散りのこる神無月「マイン・カンプ」を屑屋に払ふ　塚本　邦雄

あきのひ〔秋の日〕

秋の一日のことをいう。日の短い冬のあとの春の一日を日永と感じるように、なかなか暮れない夏のあとの秋の一日は釣瓶落としといわれるように、あっという間に暮れてしまう。しかし、日中は空気が乾いて明るく爽やかである。**秋日。秋真昼。**

塔のそりのめでたさ西の京にわれはありけりこの秋の日を　佐佐木信綱

秋の日やああ山は鳴る寂寞のこの世に人のいつ生まれたる　若山　牧水

物の音しづけさあはれ秋まひる膝のあたりに針落したり　杉浦　翠子

卵黄を白飯に落すならはしのまた復へりきて冽き秋日　葛原　妙子

処女にて身に深く持つ浄き卵秋の日吾の心熱くす　富小路禎子

やさしかる思ひ立ち返る秋の日に小豆をふつふつ煮てゐたりけり　大塚布見子

あきのゆうべ〔秋の夕べ〕

秋の日暮れ、たそがれどきをいう。秋の日はつるべ落としといわれるくらい、早く昏れる。**秋の暮。秋の夕暮。**

公孫樹黄にして立つにふためきて野の霧くだる秋の夕暮　与謝野晶子

網の目に閻浮檀金の仏ゐて光りかがやく秋の夕ぐれ　北原　白秋

秋夕べ人ゐぬ山に友と来て馬酔木の梢わたる風きく　田谷　鋭

父のパイプにとまる蜻蛉の秋の暮忽ちにしてまなかいになし　佐佐木幸綱

あきのよ〔秋の夜〕

秋になるとしだいに夜が長くなり、虫が鳴き、月も星も美しい。灯火親しむ候である。**秋夜**。

りんりんと啼ける虫かな秋の夜は静まり沈みくだけんとする　窪田　空穂

秋の夜のつめたき床にめざめけり孤独は水の如くしたしむ　前田　夕暮

白玉の歯にしみとほる秋の夜の酒はしづかに飲むべかりけり　若山　牧水

秋の夜は雑念なかなかしづまらず厨の黄なるもやしに似たり　前川佐美雄

銀箔の秋夜ひたすら呼びかけてかねたたきひとつ声錆びてゆく　斎藤　史

秋の夜はおもひきり憂愁にひたるべし友よもうすこししづかにのもうよ　加藤　克巳

月明を展べたる紙に遠く居て書かねば匂ふごとし秋夜は　安永　蕗子

さんざめくナイフフォークの音絶えて貴なる秋の夜を閉ざしたり　高嶋　健一

罫線のほそきひとすぢワープロの画面に引けば秋の夜深し　高野　公彦

月光をはかなくしたり午後十時過ぎし金木犀の花の香　伊藤　一彦

葡萄酒をかたみに充たす樽と樽語りはつきず秋の夜ごろを　小池　光

あきふかし〔秋深し〕

秋の盛りと、少し過ぎかけたころをいう。秋の色はすっかり深まり、自然界は冬を前にして最も豊かになるが、寂りょう感もあり、秋思といわれるように、もの思いにふけることも多い。**秋闌く**。**秋更く**。**秋深む**。**秋さぶ**。

秋深しこの日も栗鼠のふるまひを盗み見すなり落葉松林　与謝野晶子

野も　山も　秋さび果てゝ　草高し―。人の出で入る声も　聞えず　釈　迢空

うす日射す路地を横切る白き蝶へたへたと弱し秋深みゆく　坪野　哲久

秋闌くるままに実るか山の上岩原窪地ひとの耕す　窪田章一郎

秋深き網走の旅つづけゐむ夫の孤独を妬めり我は　宮　英子

全天をひしと埋めていわし雲天事（てんじ）けなげに秋深むかな　安永蕗子

行きすがふをみなにてかぐ果（み）のごときにほひを曳けり秋闌けにけり　上田三四二

傷口より蘇りきといふ言葉秋深みゆく日々に思ほゆ　大西民子

白々と野草乱れて種弾く秋ふけて吾に孵（かへ）すものなき　富小路禎子

過ぎし生（しやう）純（す）みゆく頃か秋たけて光の海となりしすすき野　富小路禎子

とろろ芋ころころ摺れば厨冷え父待つ家に秋深みゆく　馬場あき子

かりそめに受けたる生の六十を思へとや秋のただに深まる　島田　修二

川さへも時に泉のごとく湧くと告げやりてより秋は深まる　栗木　京子

ゆくあき〔行（ゆ）く秋（あき）・逝（ゆ）く秋（あき）〕

過ぎ去ってゆきつつある秋の季節感をいう。秋を惜しむ心情もこめられる。**秋行く。秋の別れ。秋の名残。**

ゆく秋がうたふ挽歌（ばんか）の声ふるふ木立のかげに眠りしいく時　佐佐木信綱

かりがねは空ゆくわれら林ゆくさびしかりけるわが秋もゆく　吉井　勇

ゆく秋のわが身せつなく儚（はかな）くて樹（き）にのぼりゆさゆさ紅葉（こうえふ）散らす　前川佐美雄

海綿の水ふくむがにやはらかき掌（たなうら）を曝し秋もゆくべし　葛原　妙子

東京の空に一にち轟ける秋逝かむ日のつよき風音　宮　柊二

ゆく秋のわれの姿をつくづくと水に映して立ち去つてゆく　山崎　方代

ねぎ白くかわきし夜の厨辺に過ぎゆく秋はしづかに親し　馬場あき子

行く秋や夢より醒めしみどり子がほやりと笑う運命の笑い　石田比呂志

黒髪の穢（けが）れもそよげ逝く秋の空を支ふる雲のてのひら　辺見じゅん

ゆく秋の曇りは垂れてチェルノブイリの蛙らもみな地中に入らむ　小池　光

ばんしゅう〔晩秋〕

秋も末に近づいたころである。風も寒くなり、霜の降る日も多くなる。**晩秋**。**秋の終り**。**秋終る**。**暮れゆく秋**。**暮の秋**。

ただし「秋の暮」は秋の夕暮れをいう。しかし、**秋暮るる**は、秋の夕暮れではなく、晩秋の意である。

この秋や暮れゆく秋の寂しさの身にしみじみとしみとほるかも　佐佐木信綱

菊のにほひむさぼり吸ひぬ晩秋の日光のなかのさびしき男　前田夕暮

おそ秋の空気を／三尺四方ばかり／吸ひてわが児の死にゆきしかな　石川啄木

晩秋の暖き日に壁によりてひそみ飛ぶ蚊が幾疋もをり　佐藤佐太郎

三たび咲きしハイビスカスを部屋に入れぬなほあたたかし秋の終りは　中野菊夫

濁流に杭一本が晩秋のあらき光をうけとめてゐる　加藤克巳

凹みたる胸に秋終る陽をうけつ「此処に爬虫類の棲みし空洞あり」　中城ふみ子

胎児を育くむことなく過ぎし身裡さへ紅葉し一期の晩秋に入る　富小路禎子

ひややか〔冷やか〕

秋になると、なんとなく冷気を覚え、朝方にはとくに**朝冷え**を感じる。さらに秋も半ばを過ぎ、晩秋になると、朝夕には**冷え冷え**とした感じが強くなる。雨の日などは日中でも**雨冷え**の感が深い。**秋冷ゆ**。**秋冷**。**秋冷え**。

ただし「冷えきる」「底冷え」「冷たし」などは冬の季節の感じになる。

秋の朝卓の上なる食器らにうすら冷たき悲しみぞ這ふ　前田夕暮

秋冷えのしるきに起きて重ねたる蒲団を寂しきものと思ひぬ　初井しづ枝

切割くや気管に肺に吹入りて大気の冷えは香料のごとし　明石海人

冷え冷えと机の面のひろがれる一点より影負ひてくる朱の茶碗　岡部桂一郎

秋晩く冷ゆる今日なり街ゆきて雪割草の苗売るを見つ　田谷鋭

脚冷ゆる季到りしか複写機のあをき光の発ちくるを待つ　三国　玲子

顔をねぢ背をまるめて擦り寄れるこの猫も秋そぞろ冷えきぬ　春日真木子

祭はてて菊しみじみと冷え出ずる朝や夜やわれの身辺も澄む　馬場あき子

珍らしく吾れをのこして寝につきし君がかたへに秋は冷えゆく　馬場あき子

ねぎの束の光る土間より風は来てひえびえと父母の住む家にほふ　小野興二郎

市立病院廊下に秋冷いたりしをこの世の涯てのやうに踏みゆく　小中　英之

赤子の目はや見え初むるべくなりて冷えまさりゆく夜々のさやけさ　小野寺幸男

白骨の裔の裔なるやはらかき水母うかびて海は秋の冷え　高野　公彦

秋冷えて暖めゐたるひとすぢのおもひ山査子の実にあると知れ　伊藤　泓子

行かばブエノスアイレスの西秋冷は我が鬣に及びつつあり　塘　健

地下鉄の出口B4冷えふかくそこを上れば在る宇宙駅　小島ゆかり

あきさむし〔秋寒し〕

秋も半ばを過ぎると、そぞろに寒さを感じるが、晩秋になって、なんとなく寒さをおぼえるのが、秋寒しである。**やや寒し**、**うそ寒さ**、**秋寒**ともいう。

水害ののがれを未だかへり得ず仮住の家に秋寒くなりぬ　伊藤左千夫

秋さむき唐招提寺鴟尾の上に夕日うすれて山鳩の鳴く　佐佐木信綱

秋さむくなりまさりつつ旅に来て北信濃路に鯉こくを食ふ　斎藤　茂吉

秋寒き庭の薄明にあらはれて形を持てり土の面は　植木　正三

子午線にわが水瓶座上る夜の秋寒し丁寧に時を生きたし　馬場あき子

さゐさゐと雨しづむ音組みし手のほとりもややに寒くなり来ぬ　竹安　隆代

あささむし〔朝寒し〕

秋も終わりのころになると日中は暖かく感じられ

るが、朝方はめっきり気温が下がり、手足も冷たかったり、かなり寒くなる。人の吐く息が白く見えるのもこのころからである。**朝寒**。まもなく冬の朝の寒さ（寒き朝・今朝寒し）がやってくることを身にしみて思うころである。

朝寒の机のまへに開きたる新聞紙の香高き朝かな　岡本かの子

フランネルのパジャマをもう着ようかしら朝明け俄かにうす刃の寒さ　宮　英子

朝寒に今日の一日を生きなむと気力はむしろ敵より貰う　石本　隆一

よさむ〔夜寒〕

秋も終わりのころになると、夕暮れから夜分には、ひたひたと寒さがしのびより、うっすらとした肌寒さをおぼえる。しかし、冬の夜の寒さ（寒き夜・寒夜）ほどではない。**夕寒**。**宵寒**。

あわれあわれ文字を書きつつ忿りつつ泣きつつ秋の夜寒にありき　坪野　哲久

ひと夜づつ夜寒の秋にならむこと引揚者われ切実にして　山本　友一

みにしむ〔身に沁む〕

秋も深まると、冷気が骨身にしみることをいう。

あけがたの寒さのわたるおもむきを身にしみてしる十月半　長沢　美津

ふゆちかし〔冬近し〕

秋も末に近づくと日射しも弱くなり、野山にも街中にも冬のきざしが漂いはじめる。寒い気候の前に冬支度の準備に心せわしくもなるときである。**冬隣り**。**冬を待つ**。

朝ゆふの息こそ見ゆれもの言ひて人にしたしき冬ちかづくも　中村　憲吉

嵯峨の竹さびしくなりて冬隣る山茶花垣に薄日がもれて　福田　栄一

忘れてしまつたひもじさの声澄み透りほほじろが冬を運んでをりぬ　馬場あき子

十月・天地

あきのひ〔秋の日・秋の陽〕

秋の太陽の日射しはやわらかく、風のない日は、とろとろと暖かい。また、夕日・入日・日影などに他の季節とはちがった趣がある。**秋日。秋日射。秋日影。秋の日向。秋入日。**

秋日ざし明るき町のこころよし何れの路に曲りてゆかむ　窪田　空穂

金色のちひさき鳥のかたちして銀杏ちるなり夕日の岡に　与謝野晶子

芋がらを壁に吊せば秋の日のかげり又さしこまやかに射す　長塚　節

秋の日の白光にしも我が澄みて思ふかきは為すなきごとし　北原　白秋

しみらなる秋の日浴むとよろこびて木曽石張りの庭園歩く　野村　清

秋日かげ照り入るここのかそけくて幹の蟬がらに指ふれてみつ　加藤　克巳

ひたすらに思ひいでては恋ほしめる秋日のにほひ野に満つるなり　石黒　清介

しろじろと繭の玉積みてある感じ秋日の照れる庭なりき　森岡　貞香

鐘ひびくは次の法会のはじまりか寺の広さに秋の日は満つ　川合千鶴子

秋の日は閻浮檀金にきらめけり天寿みたして今日の旅立ち　北沢　郁子

木立尽きて再び暑き秋日中はちすの池に波かぎりなし　三国　玲子

身に透けて心あらはになるごとき秋の日向の白きに遊ぶ　富小路禎子

眉けぶる秋の夕べの反り陽に人ゆきて小さきことばとどまる　馬場あき子

倖せのたゆたふごとく秋の日は草地いちまい昏れ残したり　高嶋　健一

地球儀に秋日溜めつつかがやくはカンガルー棲む南

半球　雨宮　雅子

おのづから至れる朱に身は染めて秋日のなかにたつはぜもみぢ　来嶋　靖生

水の辺に食用蛙の太き蝌蚪とびとびに居て秋の日を浴ぶ　中西　輝磨

天秤は神のてのひら秋の陽の密度しずかに測られいたる　永田　和宏

林真理子のヌードのように容赦なく秋の没陽(いりひ)がわれを責めるよ　藤原龍一郎

あきばれ〔秋晴(あきば)れ〕

十月中旬過ぎから本格的な秋晴れの日がつづき、空は高く澄んで爽快である。**秋日和(びより)**。

秋晴のひかりとなりて楽しくも実(みの)りに入らむ栗も胡桃も　斎藤　茂吉

ぞろぞろと鳥けだものをひきつれて秋晴れの街にあそび行きたし　前川佐美雄

秋の空晴れて雲なし芒野の遠きにつづく秩父山脈(やまなみ)　加藤　克巳

一日(ひとひ)わが旅の心になつかしく水の音せり秋晴るる村　安田　章生

狂ひ咲きの藤のひとむら揺らぎつつ賜物のごとき秋晴れの空　川合千鶴子

秋晴れの石北峠見ゆるかぎり原生林に雲のかげ行く　島田　修二

ざわざわとゐし斑猫(はんめう)の失せてより秋天二十日晴れきはまれる　石川不二子

あきのひかり〔秋(あき)の光(ひかり)〕

秋の光といっても、秋の陽光を含めた秋の風光である。**秋の色**ともいい、秋の澄みわたった景色や秋の風情・気分・趣などをいう。**秋光(しゅうこう)**。**秋色(しゅうしょく)**。

秋のいろ限(かぎり)も知らになりにけり遠山のうへに雲たたまりて　斎藤　茂吉

新しき障子を閉(き)してこもらへば秋はやも白毫(びゃくごう)のひかり　坪野　哲久

眸(め)凝らせば愁ひは更に加はるか木々の光は影は秋のいろ　小暮　政次

小あぢさし万羽が渡りゆく空の秋光蜜のごとき祝はむ　斎藤　史

遊ぶ子をまもりて妻のゐる草生木をあたためて秋のひかりあり　前田　透

悲しみをあらはさむいまひとすぢの秋の光がこめかみに来つ　中村　純一

身に余るなべて落さむ樹もわれも秋のひかりに洗ひださるる　春日真木子

鋭き日つづきし後の曇りにて柔かし秋色の丘の起き伏し　富小路禎子

葉の上に秋のひかりは簡浄に命おとろうる虫をおらしむ　石田比呂志

すみとほるあきのひかりに幼子は何をみてゐるゆびめがねして　真鍋　正男

遠き日の陽射しもともに売られゐる秋の色積む毛糸店ボア　武下奈々子

あきのこえ〔秋の声〕

秋の雰囲気や気配が、どことなく声あるようにひびき、しみじみと心に感じることである。**秋声**。**秋の音**。**秋の律**。

秋の声早潮に似たる音たててわがさびしさに沁み徹るかな　金子　薫園

旅人の耳は澄みけり山行きて秋の光のおと聴くほどに　安田　章生

身まかせて哀しと思うことばなどひとりの秋は声にうごかす　馬場あき子

椎の木のめぐりは椎の音楽の鳴りゐる秋のしづかなる律　伊藤　一彦

秋の空極まりしかばみみうらを星の触れ合ふ音ぞ過ぎける　塘　健

あきのかげ〔秋の翳・秋の影〕

秋には、ものの影が長くなる。水にうつる人影、壁に映る影法師にも、何かさびしいものがただよう。

一本の杉の木の根に起きかへるわがかげ長し野は薄日かな　若山　牧水

あきのそら〔秋の空〕

さわやかに澄みわたった秋の空をいう。しかし、天候の変わりやすいのも秋空の特徴である。**秋空**。**秋天**。**秋の天**。また、十月ころの秋空は高く感じられるので、**秋高し**、**天高し**、ともいう。

秋天瑠璃の空せばまりてたちまちに霧寄せて来ぬ越後境より　斎藤　史

浮雲の群るるあはひに湛へたる紫紺の色にめぐりあ

ふ天　窪田章一郎

寂しかりただ青々と暮るるなる秋夕空の果の静まり
宮　柊二

丈ひくき一本の黒い草の穂がささげたる紺が天なのだ　山崎　方代

手を挙ぐればさびしさはそこに集まりて手の上は高い秋の空　浅田　雅一

秋天のここに見放けて人のすむかぎりの街に日があたりをり　上田三四二

秋の空呉越も遠き白雲の吹かるるほどのさびしさとなる　馬場あき子

わが黙示まして顕示の悲しみは秋天ふかく放ちやるべし　春日井　建

秋天の青にくまなく見られつつわれは弦楽器の弦を断つ　江畑　実

水槽に魚なきひかり〈秋〉はふと空中に紺の瞳をひらき　小島ゆかり

あきのゆうやけ〔秋の夕焼〕

秋の西空に日が沈んだのち、夕空が茜色に染まる現象。**秋の夕映**。**夕焼小焼**。

尖りたる山のつづきのあきらかに夕映あかし上つ毛の秋　石榑　千亦

夕焼小焼大風車のうへをゆく雁が一列鴉が三羽
北原　白秋

秋空の夕焼けたれば清々と行く所なきままにあそべる　木村　捨録

暗くなるのが早くなり五時を知らす夕焼小焼もの恋しさよ　野村　清

じゅうさんや〔十三夜〕

名月（十五夜の月）に次いで月が美しいといわれる陰暦九月十三日の夜の月。**後の月**、**後夜の月**、**名残の月**といって古来から賞美されている。また十五夜の月を芋名月というのに対し、豆名月、栗名月ともいう。

窓のそとは海よりのぼる後夜の月あたりの暗き浜を照らしぬ　中村　憲吉

十三夜月の下びに栗むきて子等とたのしむただひとときを　今井　邦子

たましひ色の光り守りつつ十三夜の月暈やや崩れゆくなり　生方たつゑ

十三夜明しあかしと告げなむに父母(ちちはは)あらぬ我とわが犬　　安永　蕗子

ベランダに出て来て後夜の月みればはるかなる父の寝嵩(ねかさ)思ほゆ　　高野　公彦

あきかぜ〔秋風(あきかぜ)〕

立秋を過ぎると、朝夕さわやかな風を感じるようになり、やがて大陸高気圧がいくぶん高くなるにつれて、北西から乾いた涼しい風が吹き、快さをおぼえる。またこの頃には移動性高気圧が発達してやや強い風が吹く。しかし夜凪(な)ぎするため「秋風と夫婦喧嘩は日が入りやむ」などといわれる。秋が深まると、ぐっと冷気を増す風が身にしみてくる。

『万葉集』より秋風は数多く詩歌に詠まれている。「石山の石より白し秋の風　芭蕉」は白く光った感覚をうたった句である。**秋の風**。**秋風(しゅうふう)**。また**爽籟(そうらい)**などとも呼ばれる。

大門(だいもん)のいしずゑ苔に埋もれて七堂伽藍たゞ秋の風　　佐佐木信綱

人いづら吾がかげひとつのこりをりこの山峡の秋かぜの家　　佐佐木信綱

秋風の遠(とほ)のひびきの聞こゆべき夜ごろなれど早く寐(いね)にき　　斎藤　茂吉

秋の風／今日よりは彼(か)のふやけたる男に／口を利(き)かじと思ふ　　石川　啄木

地図の上朝鮮国(てうせんこく)にくろぐろと墨(すみ)をぬりつつ秋風を聴く　　石川　啄木

このあした電車にのらず徒歩ゆけばさやかに吹ける秋の風かも　　古泉　千樫

野の風は大露小露の光もてわが家をかこみいのちはげますも　　山田　あき

あら海をわたる秋風大佐渡ゆ小佐渡へかけて空に声あり　　吉野　秀雄

落すべき葉は落しけむ秋空の疾風(はやて)に揉まれさやぐ樫の木　　窪田章一郎

ほほけたる尾花に風の遊ぶ見ゆ　尾花拒まずまた遊ぶらし　　斎藤　史

すでに秋風　落莫たるは夏パジャマの洗ひ晒しまとへる君か　　斎藤　史

むらさきの濃くを露けく咲く花のほとりに立ちし風の裏見つ　　岡部桂一郎

秋風の白河の関のゆくへを見むくるまを出でてあゆみはじめる　森岡　貞香

家族に核ありしや否や秋風に洗ひあぐればさびしき障子　塚本　邦雄

邯鄲の死(し)ぞころがれるあしもとに秋風(しうふう)のゆくへつきとめたり　塚本　邦雄

瞠目にあたひする何あるならず白刃(はくじん)の秋風(しうふう)に対(むか)ふべし　塚本　邦雄

秋風はさわさわさわと赤貧の赤一すくひたましひの底　塚本　邦雄

こころざしすなはち詩とも思はねど秋風を研ぐ三十一音　塚本　邦雄

失ひしこころよ杳く秋風に光りて空の乳母車あり　中城ふみ子

深き空ゆ吐息のごともおり来たる風ありて枇杷の葉むらをわかつ　玉城　徹

物思へば手は遊ぶらむ秋風に鶴の三つ四つ生れてうつむく　馬場あき子

秋風は過去の索引そのなかに萩咲けば萩は思ひ出づらむ　馬場あき子

はじめての長髪剛きやさしさやとどろく秋の風にあゆめば　岡井　隆

からたちの鋭き棘を吹き通し秋立つ風のしなやかに過ぐ　羽生田俊子

あきの風心に沁むと書き初めて魚ごころあり水ごころあり　入野早夜子

秋かぜの吹きのまにまに辿(たど)りつく新宿ゴールデン街小さきバーまで　晋樹　隆彦

地上の街から地下の街へと秋風はながれてカットグラスを鳴らす　永井　陽子

さよならと言ひすれちがふ秋の子ら梨水色(なしみづいろ)の風のこしゆく　栗木　京子

あきのあめ〔秋(あき)の雨(あめ)〕

十月に入ると曇りがちで小雨の降るような日がつづく。じとじとと暗く降るため、**秋霖(しゅうりん)**、**秋黴雨(あきついり)**といぅ。さらに季節がすすみ気温が下がると、蕭条(しょうじょう)として冷たく、ものさびしい**秋雨(あきさめ)**が降る。馬場あき子、大塚布見子の歌の「日照雨(そばへ)」は、にわか雨、通り雨で、**秋の村雨(むらさめ)**ともいぅ。

秋雨に飛鳥(あすか)を行けば遠つ世の思ひするかな萩の花ち

る　佐佐木信綱

しくしくに秋雨ふればにごりみづ牧場にあそび牛もあそばず　半田　良平

秋雨はしぶきて降れり刈り立てし稲は倒れて水に浸れり　結城哀草果

秋雨や濡れゆく石に耳たてて立ちどまりゐしが去(い)にたり猫は　木俣　修

昨夜(よべ)のごとこの夜も更けて秋ふかき冬に入りゆく雨降り出でぬ　宮　柊二

秋霖に榛名山嶺洗はれて今日の夕日に襞見えわたる　飯沼喜八郎

秋雨の地にしみゆけばいまだも土に還らぬ骨の夫がいたまし　森岡　貞香

ふたたびゆきて逢ふとしもなき秋篠の秋の雨微熱のごとく忘れず　北沢　郁子

秋雨は滴(しづく)大きく降りもすれ梅の林をあはく煙らせ　岡井　隆

呼びとめて秋大根を煮よといふ八百屋天坂(てんさか)の日照雨(そばへ)あかるし　馬場あき子

くらぐらと秋霖の季めぐりきて朝の畳に抜毛を拾ふ　雨宮　雅子

秋そばへ過ぎて鳴きいづる法師蟬聞きて佇む槙の木下に　大塚布見子

秋霖は朝につづきて木下(こした)道を幼子の駈けてくる赤き傘　石井　利明

さりげなきもの言いののちに見せる背に降る秋雨は銀いろの林　馬淵美奈子

秋雨は封切り館をふりつつみ美(は)しき訣れを待つ恋ばかり　栗木　京子

秋霖(あきづゆ)の地上へ出でて傘をさす人ひとりづつ貌(かほ)を失くせり　小島ゆかり

あきのしぐれ〔秋(あき)の時雨(しぐれ)〕

晩秋に降る時雨。

時雨は冬の季節に多いが、秋季にも気圧配置が冬の状態になると、昼夜の別なく、晴れ曇りにかかわらず、ときどき急に降ることがある。定めなく降る小雨で、なんとなくわびしいものである。とくに山地に多く見られる。**秋時雨**(あきしぐれ)。

秋しぐれ降るべくなりて樹のもとに白く露(あら)はるる銀杏(いちやう)の実いくつ　斎藤　茂吉

秋急ぐしぐれに濡れて坂をゆく　行きくれ者のわが

婆娑羅髪夫が歌碑除幕のときを秋しぐれ戯へさ走りよろこぶ如し　斎藤　史

寂けきに聞く秋しぐれ夜のわれのうつそみ沈透き降るといふべし　大塚布見子

成瀬　有

きり〔**霧**〕　霧は一年中発生するが、平安朝ころから秋に立つものを霧、春に立つものを霞と区別して呼ぶようになり、霧は秋がもっとも多いとされてきた。京都を中心に文化が栄えた名残ともいえる。

よく晴れた秋の明け方に、空気が冷やされてできる放射霧がもっとも多く発生する。とくに夜間気温の低くなる盆地によく発生する。**秋霧**。**朝霧**。**夕霧**。**濃霧**。**霧う**（霧が湧く）。**夜霧**は哀愁の詩情を伴う。

信濃路に霧ふ秋ぎり朝夕霧土俗の神らしづまりましぬ　斎藤　史

夕霧は捲毛のやうにほぐれ来てえにしだの藪も馬もかなはぬ　斎藤　史

たちまちに君の姿を霧とざし或る楽章をわれは思ひき　近藤　芳美

白秋も晶子も来にしこの里か湯の香が纏ふ霧の道ゆく　田谷　鋭

湧く霧は木のかをりして月の夜の製材所の道をわが通りをり　上田三四二

草の香をもちて夜霧の流るるに息づきをりき兵なりしかば　玉城　徹

〈風月〉を生ずれば霧の巷にて忘れざれとは君言いしなり　馬場あき子

晩秋の日を泡立たせ霧立ちぬ白樺林のかすか身じろぐ　石橋　妙子

マッチ擦るつかのま海に霧ふかし身捨つるほどの祖国はありや　寺山　修司

朝霧に日のかたち見ゆあたたかき眼をおもひつつ家出づるとき　小野　茂樹

徳利の向こうは夜霧、大いなる闇よしとして秋の酒酌む　佐佐木幸綱

余剰なるにんげんのわれも一人にて夕霧に頭より犯されゆけり　春日井　建

坩堝ふかく霧を煮つむる魔女として眠りゆく子をなだめぬながく　川野　里子

はなをのせシャワーの霧が藍いろの谷をくだるとだれに語ろう　加藤　治郎

つゆ〔露（つゆ）〕

よく晴れて風もなく大気の冷えこむ夜に、水蒸気が凝結して草木や地面に付着する水滴である。秋に多い現象のため、俳句では露だけで秋の季語となっている。**白露**（しらつゆ）、**朝露**（あさつゆ）、**夜露**（よつゆ）、**露の玉**なども用いられる。**露の世**は露のようにはかないこの世の意に使われることが多い。

今朝の朝の露ひやびやと秋草やすべて幽（かそ）けき寂滅（ほろび）の光　伊藤左千夫

ひとり歩む玉ひやひやとうら悲し月より降りし草の上の露　斎藤　茂吉

わが刈りし朝の秣（まぐさ）に露ながら一鎌（ひとかま）ほどのあかまんまの花　結城哀草果

月出でて芝草にむすぶ露あればしばし渚（なぎさ）におり歩むかも　吉田　正俊

白々と露光る土をおどろきぬ菜畑の中の宿にめざめて　扇畑　忠雄

朝なさな忍ぶごとくに白露は門（かど）なる小竹（しの）に上（のぼ）りそめたり　宮　柊二

目覚むれば露光るなりわが庭の露団々の中に死にたし　宮　柊二

萩の露打ちつつゆけりひと夜さの愛欲のごときものふりはらふ　森岡　貞香

露おきて花野のごときあかつきにあはれ闘ふ意志ゆゑに覚む　安永　蕗子

露の世に血の雨降ると欧州の地図ひろげつぱなしの厨房（ちゅうぼう）　塚本　邦雄

この露の乾坤のなかわれもひとりの空霊となり歩み行かむか　山中智恵子

青春はかの露原（つゆはら）に壺立てて斎（いは）ひしごとく露しとどなり　山中智恵子

奥三河またぎの通ふ岩道は搾（しぼ）らるるまで露をたたへつ　岡井　隆

秋深きつゆのひびきに思はずもどうと落ちたる磨崖仏頭　馬場あき子

茎つよき草のつゆ踏む足裏（あうら）より朝の神経ふるふると立つ　雨宮　雅子

草の葉の上に結べる露の玉虫の落しし泪もあらむ　石田比呂志

つゆけし〔露けし〕

露が一面におりて、しめりけが多いことをいう。または露のように湿りけを多くおびていて、潤(うるお)いがある、涙ぐましいことなどもいう。

はだしにてひとり歩めりこの国の露けき地(つち)をいつかまた踏まむ　古泉千樫

アンジェラスの鐘見ゆる空雲みだれあふるるばかり地上露けし　鈴鹿俊子

秋ふかくさまざまな菊咲きいでて露けき土も妻子も尊し　宮　柊二

左手のために書かれし楽曲をひきゆく人の右手露けく　岡井　隆

夥(おびただ)しき落ち葉きらわれ伐られける桜坂道露けきを踏む　石本隆一

ゆふがほのひかり一滴露けくてとはにわれより若き恋人よ　河野裕子

つゆしぐれ〔露時雨(つゆしぐれ)〕

露が一面におりて、しぐれが降ったようになることをいう。秋晴れの早朝に雑木林に入るとよく見られる。

つゆしぐれ信濃は秋の姥捨(うばすて)のわれを置きさり過ぎしものたち　斎藤　史

つゆざむ〔露寒(つゆざむ)〕

晩秋、一面におりた露に冷えびえとした寒さを覚えること。一本の草木に光る大粒の露にもいう。**露寒(つゆさむ)し**。**露冷(つゆつめ)たし**。**露冷(つゆび)え**。

ひそやかにわれをうかがふ悲しみの目あるに似たる露つめたき日　前田夕暮

針樅(はりもみ)の葉末にこごる露の玉朝霧はれていまだ冷えつぐ　木俣　修

つゆじも〔露霜(つゆじも)〕

晩秋の露が凝(こご)って霜のように見えるもので、**水霜**ともいう。また、晩秋におりる霜のこともいう。**秋の霜**。

葉がくれに郁子(むべ)はいくつかなりをれどつゆじも降ればもぐべくなりぬ　岡　麓

ひさかたの天(あめ)のつゆじもしとしとと独り歩まむ道ほそりたり　斎藤茂吉

よの常のことといふともつゆじもに濡れて深々し柿の落葉は　斎藤茂吉

あかがりに露霜しみて痛めども妻と稲刈れば心たの

しも　結城哀草果

暁の風をさまりししばらくをしとしとと露霜おりぬべし　吉田　正俊

白砂にまぎれもあらぬ露霜のあなしげきよと言ひて膝つく　前川佐美雄

きらめかしすぎたるものはすでに見てわが背に染みしつゆじものいろ　斎藤　史

つゆじもに菊花音なく染まるらし夜ひしひしとしづみて深き　斎藤　史

いたづらにわが寂しまぬとききびし天の露霜置きわたしたり　宮　柊二

あきのやま〔秋の山〕

大気が澄む秋には遠くからも山がはっきり見え、**山澄む**という感じである。さらに紅葉のころには錦に色どられ、**山粧う**となる。**秋山**。**秋の山脈**。**秋の峰**。**秋嶺**。

剣岳深碧空に衝き峙ちてあな荒々し岩に痩せたり　川田　順

ふるさとの尾鈴の山のかなしさよ秋もかすみのたなびきて居り　若山　牧水

はろばろに澄みゆく空か。裾ながく　海より出づる鳥海の山　釈　迢空

秋山を一日歩きて夕焼くる雲のあたりは海とおもふに　結城哀草果

相向かふ阿蘇つ南側南壁の千草そよげば秋山われは　安永　蕗子

胸中の地図をひろぐるひとり遊びに花背峠はすすき光れり　安立スハル

島山の櫨のもみぢの美しき朝をいでゆく真熊野の舟　岡野　弘彦

この山の深さ黙つて椎茸の淋しき色を育てゆくらし　高橋　幸子

風景は退ることなしわがひとみ磨けとひかる秋の山脈　来嶋　靖生

はるばると対ふ山系の朝の秋肩簡潔に寄せてつらなる　三枝　昂之

あきのの〔秋の野〕

澄んだ大気のただよう秋の野辺には秋風が吹き、秋草が乱れ、虫の音もすだく。花野ほど花は華やかでなく、秋の七草などが見られる。**秋野**。**秋郊**。**野路の秋**。

荒涼とならむ秋野をつっきりて赤き郵便車くるを待たむか　生方たつゑ

秋の野に佇つときわれは樹木にてその葉のごとく魂ひかる　安田　章生

少女子（をとめご）の残しゆきたる色鉛筆みな携へて秋野さまよふ　前　登志夫

朝明けの湖ふたつ越え展（ひら）く野は尾花のひかり須佐之男のくに　三国　玲子

大地よりちからを得しか黄牛（あめうし）は群れつゝ秋の丘をこえ行く　松坂　弘

ほろびゆく千のいのちのまかがやく秋野刈萱竜胆の藍　中地　俊夫

秋の野のまぶしき時はルノアールの「少女」の金髪の流れを思う　佐藤　通雅

触れられて哀しむように鳴る音叉　風が明るいこの秋の野に　永井　陽子

森抜けて開けし野辺はヴァイオリンの鳴りいづるごと光満ちたり　内藤　明

あきのた〔秋（あき）の田（た）〕

収穫も真近い黄金に色づいた稲に、いまだ青い稲がまじる**稔り田**をいう。**稲田**（いなだ）。

かぎりなく稔らむとする田のあひの秋の光にわれは歩めり　斎藤　茂吉

秋の稲田はじめて我が児に見せにつつ吾れの眼（まなこ）に涙たまるも　古泉　千樫

みのり田の畔（あぜ）の小道に稲子（いなご）とび蟷螂（かまきり）一つ穂にのぼりをり　尾山篤二郎

稔りたる稲田はいまだ収穫のまへにて秋日かぐはしき道　佐藤佐太郎

塩害に枯れて捨てたる稲田あり雀の声の湧くごとくする　中西　輝磨

たちこめし靄の明るさかすかにて雨晴れし夜の稲田のつづき　板宮　清治

十一月

秋・冬

十一月・季節

じゅういちがつ〔十一月(じふいちぐわつ)〕 月の初めに立冬(りつとう)を迎えて暦の上では冬になるが、秋晴れが長続きして暖かい小春日和となる。月の終わりに近づくと寒さもしだいに加わり、大部分の地方で初霜がみられ、山岳地帯や北の地方では初雪がみられる。

ものおもひ。／十一月の縁に干す、旅の鞄の／革の匂ひかな　土岐　善麿
十一月は冬の初めてきたるとき故国(くに)の朱欒(ザボン)の黄にみのるとき　北原　白秋
ヨット一艘丸ごと洗ひたし十一月の洗濯日和どこまでも青　青井　史

しもつき〔霜月(しもつき)〕 陰暦十一月の別名。陽暦の十二月中旬ころで、霜が降り、霜柱の立つ日が多くなるので霜降月(しもふりづき)、また雪も降りはじめるので雪見月(ゆきみづき)、雪待月(ゆきまちづき)などの異名もある。栗木京子の歌の「霜月尽(じん)」は霜月の末日。

霜月の冬とふこのごろ只曇り今日もくもれり思ふこと多し　伊藤左千夫
シューベルト死にたる霜月十九日水仙の茎鋭くぞ切る　葛原　妙子
杉群の小暗きところ曇り日の紅葉はありぬ霜月の朱(あけ)　田谷　鋭
霜月の窓の結露のむかう側「悲歌」と言へる死語立ちあがる　原田　汀子
霜月は喪中欠礼の来る月か疎(うと)くなりゐし人のも混る　大坂　泰
霜月の夜更けの匂ひ著(しる)けきは月光(かげ)に透く木草の息か　座間百合子
ほほゑみに肖てはるかな霜月の火事のなかなるピアノ一台　塚本　邦雄
志(こころざし)無頼に死なむわれもかう・かるかや・すすき枯れて霜月　高嶋　健一
かの夜半の水の指紋の渦ほどく霜月の魚とほく愛(かな)し

む　百々登美子

霜月へ月みち人の夜辺の肩たたきて霜の花は咲き出づ　西村　尚

霜月は花去りの月なかんづく菊に名残りのかをりいろ濃し　武下奈々子

妻となり母となりしも霜月尽　透明にして水の三体　栗木　京子

りっとう〔立冬〕

十一月七、八日ごろが立冬である。暦の上ではこの日から冬にはいる。**冬立つ。冬に入る。冬来る。み冬来。冬いたる。冬になる。**

み冬きて起居しぶれる灯の下にかわきて赤き辛子をきざむ　生方たつゑ

絶え絶えに鳴く虫ありて立冬の日溜りの径落葉ふりつぐ　安藤佐貴子

寂しきは体調ゆゑか立冬の日の小園の木椅子にいこふ　由谷　一郎

立冬のこよひおどろく老いそめて起つきは坐るきは声いでてをり　上田三四二

凍みつよき峡に育ちし母の血が冬に入る日の吾を引緊む　富小路禎子

説を替えまた説をからうたのしさのかぎりも知らに冬に入りゆく　岡井　隆

あたらしき冬に入りたる草も木も素なる色に帰りゆく冬　島田　修二

立冬の朝に干せるわが蒲団に力尽きたる蜻蛉がいこふ　島田　修二

枇杷の花しきりにこぼれ東京の土にようやく冬いたりたり　梅津　耿

夜の空の冷えて神話のきらめくを星座となして冬は来りぬ　児玉　恵子

ひとり居に浜木綿を置き夜ごと見るながき葉黄ばみ冬に入るさま　高野　公彦

天体は大きな卵のやうに光り立冬の今日あたたかに昏る　河野　裕子

時ながく葉を落としたるかえるでと掃き終えしわれと冬に入りゆく　大下　一真

ものの色、音の退りて立つ冬と書けばしみじみ寂しき字なり　今野　寿美

たっぷりと君に抱かれているようなグリーンのセー

ター着て冬になる　　俵　万智

はつふゆ〔初冬〕

冬のはじめをいう。小春日の穏やかな日がつづき、目にするものはまだ秋の名残があるが、朝夕はかなり冷えこみ、日に日に静かに沈んだ淋しげな気配がただよう。暦の上では、初冬は立冬（十一月七、八日ごろ）より大雪（十二月七日ごろ）の前日まで。なお仲冬は大雪より小寒（一月五、六日）の前日まで。晩冬は小寒より立春（二月四、五日）の前日までをいう。**初冬**。**冬初め**。**冬浅し**。

初冬の澄み渡る空の深みどり松山の松に溶け入るらしも　　窪田　空穂

はつ冬の光さし入る縁にゐてこころよきかも光に酔ひぬ　　窪田　空穂

初冬に季のうつらふは閑けかりちりのこりたるいささ紅葉葉　　吉植　庄亮

サフランは蕊あかあかと咲きいでぬ初冬の庭をややあたためて　　宮原阿つ子

ふゆめく〔冬めく〕

まだ秋と思っていたら、目にする景や大気の冷たさに、どことなく冬らしい気配を感じることである。**冬きざす**。**み冬づく**。**冬と思う**。

冬とおもふ空のいろ深しこれの世に清らかにして人は終らむ　　島木　赤彦

冬づけば岩々の間をゆく水の貧しき音の一谷に充つ　　山下　陸奥

太占の骨とめどなくひびわたる欅のうれのみ冬づく空　　中西　洋子

こはる〔小春〕

陰暦十月を小春といい、陽暦の十一月ごろにあたる。このころは風が静かで日中は暖かく、春のようなおだやかな晴天のつづく日和となる。これを**小春日和**という。**小春日**。**小春空**。また風が静かなので**小春凪**ともいう。

尾上柴舟の歌の「小春のかげ」は小春の光。

落つる葉と落ちたる葉とのそよぎあふ小春のかげの静かなる庭　　尾上　柴舟

鳥のかげ窓にうつろふ小春日に木の実こぼるるおとしづかなり　　金子　薫園

小春日和紅葉の染めし庭はたゞ小鳥来てゐる囀りばかり　　木下　利玄

小春日の曇硝子にうつりたる／鳥影を見て／すずろに思ふ　石川　啄木

小春日の林を入れば落葉焚くにほひ沁みくもけむりは見えず　古泉　千樫

ものなべて忘れしごとき小春日の光のなかに息づきにけり　古泉　千樫

小春日の青き空なり窓開けて息深く吸ふも幾年ぶりぞ　生方たつゑ

小春日の道端で靴を繕へる靴屋はわれに結婚すなと言ふ　前　登志夫

小春日の伊予路のどけくおのづから遍路心(ごころ)となりてめぐるも　大塚布見子

脇道も裏の小路も抜けてゆく小春の風は陽の匂ひする　根本　敏子

心中の前に爪(つめ)切ることなどを君に教えし小春日の部屋　前田　康子

十一月・天地

はつしも〔初霜(はつしも)〕

冬を迎えて初めて降りる霜である。朝方に冷えを感じるとき、庭や畑にうっすらと霜が降りているのに気づく。初霜はその年の寒暖などにより遅速があるが、東京は十一月中頃で、北海道では十月初め、東北地方では十月末と早く、西日本では十一月末頃となる。また都市よりも郊外が早く見られる。

恋に死すてふ　とほき檜のはつ霜にわれらがくちびるの火ぞ冷ゆる　塚本　邦雄

初霜の朝食パンに塗り伸ばすバターなめらかに美し　星河安友子

しぐれ〔時雨(しぐれ)〕

冬の季節風の吹き出すときに、急にぱらぱらと降る小雨をいう。曇っているときもあれば、晴れているのに降ることもあり、局地的で長続きしない。陰暦十月（陽暦十一月）をしぐれの季節として時雨月ともいう。しぐれは山地近くによくみられ、**時雨移り**といって山や森を移ってゆくことがあり、**山めぐり**の異名もある。一方が晴れているのに一方でしぐれるのを**片時雨**という。**朝時雨**、**夕時雨**、**小夜時雨**、**月時雨**、**落葉時雨**などとも用いられ、しぐれの降り出しそうな空模様を**時雨空**、**時雨雲**、また**時雨心地**という。京都のしぐれは有名で、北山から降り渡るしぐれを、**北山時雨**という。**しぐる**。晩秋に降るのは秋時雨と呼ぶ。

ゆふされば大根の葉にふる時雨いたく寂しく降りにけるかも　斎藤　茂吉

はつはつに欅の梢うち霧らし時雨はとほる天の時雨は　半田　良平

鴨山を再び目の前に見るいまを天の時雨は山にまつはる　土屋　文明

音たててしぐれの雨は降りながら片空青し日あたれる山　土田　耕平

石ぼとけ晒れていませば過ぎゆかん濡れしくしくにわれのしぐれは　山田　あき

駅前に借りける傘をいかるがの里の時雨にかたむけてゆく　吉野　秀雄

衰えてゆくとふ人を思ひつつ落葉しぐれの中に佇む　春日井政子

しぐれくる冬枯山の翳り道諸神諸仏もぬれたまふなり　斎藤　史

岸の辺の夾竹桃をぬらしつつ時雨は去れり大川の上　中野　菊夫

ひだひだに雲湧き立ちて降り下る山のしぐれのみずうみ包む　近藤　芳美

いくたびか激しきしぐれ降り過ぎてかかる日によむエレミヤの哀歌　近藤　芳美

たちまちに吉野川原の白き石をしぐれの雨はぬらし過ぎたり　安田　章生

山蔭に日あたる竹むらひとときの時雨は過ぎて近江山科　三宅奈緒子

老松の梢よりこぼるる針の葉のごとき時雨は浜を濡らさず　北沢　郁子

青空に時雨はしるは心知る李陵の書より愛しきものを　山中智恵子

性か愛か性は愛恋の蔑称か傘叩き過ぐ北山しぐれ　岡井　隆

立ち枯れて冬に入る日のかや・すすき・こころざしさえ時雨ゆくなり　馬場あき子

山椒大夫の海岸線のうすあをき砂にしぐれてゐし三輪車　馬場あき子

しぐれ降る夜半に思へば地球とふわが棲む蒼き水球かなし　島田　修二

いくたびか時雨は過ぎて濡るる坂くらぐらと行く昼の深きを　高嶋　健一

傘叩く冬のしぐれか乱調の三十一音奏でながらに　石田比呂志

来し人はみなこの坂を帰りゆくきのふ落葉坂今日時雨坂　稲葉　京子

青葱の一うねただに悲しやなしぐるるままに夜とはなれり　小中　英之

たゆたひやまざりこころさゐさゐとただざゐさゐとこの夜しぐるる　成瀬　有

原稿用紙の上にたばしる時雨あらば孤立無援よ濡れてゆくべし　福島　泰樹

捨てられてある一組の蒲団にも時雨といはむあめの降りつつ　小池　光

病む者のほそきいのちを染めわけて今年のしぐれ彼方走るも　武下奈々子

君の髪に十指差しこみ引きよせる時雨の音の束のごときを　松平　盟子

しぐるるやコペンハーゲン大学の食堂で飲むカフェカプチーノ　俵　万智

ふゆのあめ〔冬の雨〕

十一月あたりから十二月、一月に、細かく音もなく降る雨。雪の降るときよりも気温は高い。しかし白い雪の明るさとちがって、冬の雨の日は小暗く、雪の日よりもかえって冷たく、わびしい感じを受ける。冬雨。寒の内に降る雨は冬の雨と分け、寒の雨という。

あはれあはれここは肥前の長崎か唐寺の甍にふる寒き雨　斎藤　茂吉

冬雨は小暗く降れり軒下に静かに犬は目をとぢにけり　今井　邦子

冬の雨しきり降る宵竹群の音をききつつ子と居たりける　宮　柊二

黄の芝は枯れ芝となり冬雨の降るひと日の音許しをり　中村　純一

酸性雨さむく降りつぎひた土はためらひもなく吸ひ込みてゆく　北島瑠璃子

十一月さむくしずけく小手指は雨　傘などをときに咲かせて　三枝　昂之

きたかぜ〔北風〕　冬に吹く北風には、こがらし、空っ風などの特別の名が付けられているが、大陸上空の寒気団がもたらす強い北西の季節風である。日本海側では雪の日が、太平洋側では乾燥した日がつづき、吹く風も真北からのように感じるほど冷たい。**冬の風。寒風。北吹く。**

ひしひしと雪を呼ぶこゑ高原は枯はだそぎてゆく風の音　木俣　修

幼子の手をひきてやる冷たくて北風のなかはやくかへらむ　中野　菊夫

吹きつのる風おし返し扉をひらく出でゆきて冬の切先うけむ　浜口　忍翁

北風に枝ことごとく鳴らしつつ天に墻せる欅は厳し　宮　柊二

なにゆゑに慰まぬかとわれを刺す寒風にやがて麻痺してしまふ　北沢　郁子

子が欲しくないかと問へば目を伏せぬ北風にまた帰さむとして　滝沢　亘

高空の狭きひとところ吹きぬけて北風のおとまた新しき　島田　修二

霜月の風に曝して髪梳けりいかに梳くともぬばたまの髪　雨宮　雅子

北風がわれより奪いゆきしもの体温ともう一つの何か　石田比呂志

雪原をへだてて聞けばからまつの風音空にそばだつごとし　板宮　清治

精霊のごとく一瞬くだりくる雪のなかなる白き風の脚　小野　茂樹

北風を天の怒濤と聞きながら抱く一塊の巌となり　佐佐木幸綱

ろうろうと天にとどろく風に告ぐ「ひとはさむさのなかに生まれき」　村木　道彦

こがらし〔凩・木枯〕　十一月の終わり頃に吹く強い北西寄りの

季節風。激しい音を立てて、たちまち木の葉を吹き落とし、寒々とした冬のおとずれを知らせる。**遠の木枯。昼の木枯。夕木枯。初木枯。木枯一号。**

茫々としたるこころの中にゐてゆくへも知らぬ遠(とほ)のこがらし　斎藤　茂吉

呼吸(いき)すれば、／胸の中(うち)にて鳴る音あり。／凩よりもさびしきその音！　石川　啄木

木木わたりこがらし寒くふく聞けば亡(ほろ)びに向ふ声にきこゆる　村野　次郎

木枯を骨にきざめる歩みして詰めのだいじよ花のわらいせん　山田　あき

ふきつのる木枯しに落ち葉つむじ巻くかかる季節にわれは生れし　長沢　美津

槻もみぢ色浅くして散り失すや初木枯のにはかなる朝　窪田章一郎

かんじょうに私をいれず西東こがらしの地上を信じて歩く　小名木綱夫

ひと息に行人坂を吹き抜けて途方にくれる昼の木枯　岡部桂一郎

暗号のような耳鳴り中空を夕凩は吹き鳴りてゆく　武川　忠一

伝言板わが名すばやく拭き消して駅を出づれば木枯らしの町　大西　民子

わがかつて生みしは木枯童子にて病み臥す窓を二夜(ふたよ)さ敲く　富小路禎子

杳(とほ)き日のいぢめられつ子木枯の吹けば走れり木枯の世を　馬場あき子

天涯の鶴はばたけり木枯を帰りきたれる夜の記憶に　雨宮　雅子

木枯し一号吹き来る佃の坂のぼりいのちのことはふかく思はず　宮岡　昇

こがらしのやがて至らむ張りのある卵の黄味は胡椒をはじく　篠　弘

さんざめき杳く流るる木枯らしの中を手負ひのごと帰り来ぬ　稲葉　京子

樅の高枝に月の掛かれば季節風さむざむ過ぐる音に鳴りたり　大滝　貞一

こがらしは流星まじへ芭蕉葉の影くらきうへどつと越えたり　小中　英之

すずかけの枝いつせいに吹き上げて木枯はビルの尖

端でなる　浅野　光一

木枯らしの一番、二番ばらばらと過ぎてひと時代(よ)のきはまらむとす　成瀬　有

こがらしの奏楽堂にささそはれてスカルラッティのうたをききゐる　小池　光

からかぜ〔空風(からかぜ)〕

冬の日中に吹く乾ききった北西の季節風。上州地方で空(から)っ風(かぜ)と呼んでいる。颪(おろし)は山から吹きおろす北寄りの寒い風で、北颪(きた)・山颪または赤城(あかぎ)颪・筑波(つくば)颪・六甲(ろっこう)颪・秩父颪などと山の名を冠せて用いられる。乾燥期なので枯葉や砂塵を巻き上げて吹く。

目白台北の斜面(しゃめん)に立てる家秩父おろしの荒れては止(や)まず　窪田　空穂

裸の枝を日がな鳴らして吹く風を上州とする心さびしさ　須永　義夫

あしびきの山より吹ける山颪うたへる夜半の屋根をかなしむ　前　登志夫

大寒の秩父おろしに震えつつ松笠落す松のさびしさ　下村　道子

もがりぶえ〔虎落笛(もがりぶえ)〕

冬の烈風がヒューヒューと叫び、ウーと唸(うな)る激しい風音。もとは、冬の風が竹垣などに吹いて出す笛のような音を言った。

子の未来語りあふ夜を風立ちて父わが胸に鳴る虎落笛　来嶋　靖生

かへらざるものことごとく天上の父にかへして鳴るもがり笛　小野興二郎

風の音　われを呼ぶ声　虎落笛　牡鹿のやうな夕暮れの耳　今野　寿美

十二月　冬

十二月・季節

じゅうにがつ〔十二月（じふにぐわつ）〕

一年の最後の月である。昼間がいよいよ短くなり、気温がしだいに下がり、霜の降りる日が多くなり、下旬になると積雪地方にはかなり雪が降るようになる。忘年会やクリスマス、新年を迎える準備に忙しさを増す月でもある。

十二月夜更けの街に我をとどめ何して食ふやと巡査の問ひぬ　都筑　省吾

信濃なる黄の榠櫨（くわりん）と庭垣の郁子（むべ）を机（き）におきてわが十二月　前川佐美雄

十二月の心とここにも人（ひと）入れて庭木の手入する家のあり　柴生田　稔

よごれたる眼鏡拭きゐる眼鏡拭きもよごれて今宵十二月終る　清水　房雄

先生の忌の月はわが生れ月せつなく愛（いと）し冬十二月　田谷　鋭

ああ街は十二月にして喧噪はきらめきながら夕暮となる　水野　昌雄

恋をすることまさびしき十二月ジングルベルの届かぬ心　俵　万智

しわす〔師走（しはす）〕

陰暦十二月の別名。師（僧）が忙しく走りまわるので師走（しは）せ月、稲作に関する行事を為果（しは）つ月（づき）などの説がある。極月（ごくげつ）、臘月（ろう）（げつ）などの異名もある。現在陽暦の十二月としても使われている。師走は十二月よりも、歳末のあわただしさを感じさせる。

師走のまちをいそぎ来（きた）りてをとめらに恋愛の小説をひとつ説きたり　木俣　修

極月のわが卓上に柚子一顆のせしばかりに明るむ書斎　太田　青丘

季（とき）過ぎし枇杷の花むらほろほろに極月ぬくき鎌倉の町　田谷　鋭

薄ら日に玉実なしゆく栴檀の秀枝（ほつえ）眩しきままに極月　安永　蕗子

師走ひと日いとまあるごと泳ぐなり町のなかなる昼のプールに　川合千鶴子

臘月の月光うつそみに零れり魂魄のわだかまれるあたり　塚本　邦雄

綿菓子のはかなき嵩をあきなふや師走の空の無限に碧し　馬場あき子

極月の水にしづめる青砥石引上げて砥ぐ霜の柳刃　馬場あき子

臘月の仕舞狂言しんしんとわれは狐のこころ啼くべし　馬場あき子

石油を食べるのと同じだと憎めどもあはれ師走の苺甘かり　石川不二子

太々と銀河流せる極月の夜空を羽織り新年を待つ　佐佐木幸綱

極月に散りそむる雪まといつつ青年の訃を告げくる葉書　久々湊盈子

恋人にプレゼント買う女A演じておりぬ師走の街に　俵　万智

ふゆ〔冬〕

暦の上では立冬（十一月七、八日頃）から立春（二月四日頃）の前日まで、つまり、十一月、十二月、一月の三か月間が冬である。しかし、気象学上では十二月、一月、二月を冬としている。

冬は日が短かく、西高東低の気圧配置となり、太平洋側では晴天がつづき、空気が乾燥する。日本海側では荒天がつづき、大雪が降る。寒さがきびしく、草木も枯れて満目蕭条たる淋しさとなる。

玄冬は冬を黒色で象徴したもの。**三冬**は陰暦の初冬（十一月）仲冬（十二月）晩冬（一月）の総称。**九冬**は冬九十日間をいう。**冬帝**は冬の漢名。**冬将軍**はナポレオンがモスクワ遠征敗退の原因となった、きびしい冬を擬人化したものである。

自分の手と手を固く握りしめて、はっきりと自分の存在を知る、冬　前田　夕暮

冬は観て幽かよとぞ思ふ繁に澄む青水沫あれば流る泡あり　北原　白秋

わが冬はさむきこころの糧としも太陽ひとつ恋しかりけり　筏井　嘉一

残る菜も地にはりつけり拓かれし丘を圧す冬は重く昏くして　木俣　修

奥能登の海また山の寂寥をわが冬としてたしかめにけり　坪野　哲久

業として堪へつつ生きむ雪ふかき北ぐにの冬すぎてまた冬　岡部　文夫

北ぐにの冬は乏しき日に乾して鰯の顎透くがに清し　岡部　文夫

静かなる成りゆきにして散りはてし銀杏裸木ゆるぎなき冬　岡山たづ子

みちのくにひと日雪降りこの冬も心洗はれ慣れゆくものか　工藤　幸一

地震の予知も人の生死もたのめなし知りてせんなき再びの冬　川合千鶴子

青年の不逞なる冬、朝朝は黒きジャケツに首つつこみて　塚本　邦雄

シンホニー聴きつつ眠ればわが上にも華麗なる冬つかのまあらむ　中城ふみ子

生きゆくは冬の林の単調さ　とは思はないだから生きてる　岡井　隆

冬将軍こころ脆しや小春日の返り花ひそと咲かしめにけり　馬場あき子

靴下を刺す冷たさと書きおれば三冬ひとなく過ぎてゆくかも　木田そのえ

おのおのが乾ける心持つらしく冬の巷の足音せはし　高松　秀明

冬の浮標を眺めておりぬわが脳が帯電をするまで動かずに　佐佐木幸綱

憐れまることなど嫌ひ　貯へし冬林檎食み尽くしても冬　藤井　常世

唸りつつ冬将軍が持てきたるしろがねの大トライアングル　永井　陽子

落葉踏みピミリコロード来る子らはしんと小さき冬の顔もつ　小島ゆかり

目ざめたるわれ水仙の頭をもてり冬に生くべく声ひそむべく　水原　紫苑

ハボタンのような男よ　昼寝する君を揺すれば冬の匂いす　早川　志織

たいせつ〔大雪〕

立冬（十一月七、八日）から十五日目の十一月二十二日ごろが小雪で、寒さはまだ深まらず、雪も少ない。その小雪から十五日目の十二月七日ごろが大雪である。

蕾ながら枯れゆく菊も火に投げて今日大雪といふ日たそがれ　　青木ゆかり

とうじ〔冬至〕

陽暦の十二月二十二、三日ころで、太陽が南にかたよるため、一年のうちで太陽の位置が一番低くなる。そのため、昼がもっとも短く夜がもっとも長い日である。寒さがきびしくなるのは冬至すぎなので、冬至というと日の短かさや歳末のいそがしさが強い。**冬至粥**を食べたり、南瓜を食べたり、**柚子湯**をたてて入る習慣がある。

冬至すぎしゆふぐれ毎に黄色のくもりのしづむ東京の空　　斎藤　茂吉

冬至近くなれば冬至をわれは待つ一陽来復する時を待つ　　柴生田　稔

サボテンの生きをることを気にかけずありふる時に冬至とぞなる　　佐藤佐太郎

冬至すぎ一日しづかにて曇よりときをり火花のごとき日がさす　　佐藤佐太郎

きよき柚匂ふ冬至の湯に浸りまなこ閉づれば終れる如し　　福田　栄一

ひととせの病いに耐えて来し妻よ冬至粥煮る匂いまがなし　　宮岡　昇

撩乱のこころひとつにひきしぼり冬至ゆふべの菊坂くだる　　小中　英之

仕事場に冬至の日ざしとどきて畳に吹ける霧の光れる　　田丸　英敏

たんじつ〔短日〕

冬の日の短いことをいう。秋分から少しずつ昼の時間が短くなり、冬至（十二月二十二、三日頃）には昼間の時間がもっとも短くなる。**短か日**。**日短し**。**暮れ早し**。**日つまる**。

おもひきり降りたる雪が一年の最短の日に晴間みせたる　　斎藤　茂吉

短か日の光つめたき笹の葉に雨さゐさゐと降りいでにけり　　北原　白秋

門さしてこもる短日は亡き吾子の供物の柿をひとついただく　　木俣　修

百日紅裸木あらはなる短日の窓にわが読むマリー・アントアネット伝　　葛原　妙子

農捨つる日もくるならむ　短日をかがやきかへすわが境石　　轟　太市

入院の夫訪ふのみの一年に日射し短き冬とまたなる　川合千鶴子

ふゆのひ〔冬の日〕

冬の一日をいう。冬の一日は早く暮れて、気温も低く、また雪に閉ざされて家籠ることが多い。しかし晴天の日には風は冷たいが空は青く、身のひきしまる思いがする。

きはまりて晴れわたりたる冬の日の天竜川にたてる白波　斎藤　茂吉

鵯よおまへはほんとうにさみしい鳥だな冬の日をひとり　前田　夕暮

黄の榠樝卓におきて咽喉痛む冬のひと日のこころ鋭し　木俣　修

くれやすき冬の日ゆゑに公園の灯の下よぎり帰ることあり　佐藤佐太郎

硝子質の雪降りいでてわれの背の鞘翅こなごなとなりし冬の日　斎藤　史

よく晴れし冬の日窓をおし開き鼻の先よりまずあたたむる　山崎　方代

魚剖きて余念なかりし一枚のうす刃となりてありし冬の日　安永　蕗子

メリハリもなく冬の日の過ぎゆかんまして今年は雪も降らずき　川合千鶴子

曳く足の歩みは洗面所をかぎりとし空みることもなき冬の日々　上田三四二

耳ひとつ宙にただよふ冬の日やナザレは遠きものにしあらず　高嶋　健一

冬の日に十指翳せばおのづから指は捕獲のかまへとなれり　時田　則雄

ふゆのあさ〔冬の朝〕

日の出の遅い冬の朝はいつまでも暗く、寒さが一層こたえる。その厳しい寒さに白い息を吐きながらの外出は身の引き緊まるものがある。冬の夜明けを**冬の暁**、**冬の曙**という。**冬の朝**。

大門の車庫の広場に、／品川の鷗の遊ぶ、／冬のあけぼの　土岐　善麿

薔薇の開花冬の朝に見しごとく明らけき証われはなすべし　島田　修二

ふゆのよ〔冬の夜〕

冬の季節は早く暮れはじめ、夜が長くつづく。しんしん

と更け、寒さもつのる。**寒夜**、**寒き夜**は寒さのとくにきびしい冬の夜。**冬夜**。**寒夜**。

斎藤茂吉の歌の「ウインケルマン」は本の名前。

しづけさは斯くのごときか冬の夜のわれをめぐれる空気の音す　斎藤　茂吉

寒の夜はいまだ浅きに洟は Winkermann のうへにおちたり　斎藤　茂吉

寒夜には子を抱きすくめ寝ぬるわれ森の獣といづれかなしき　筏井　嘉一

寒き夜を常の羽織にちちのみの父のかたみの羽織重ぬる　吉野　秀雄

しづまりて雪の降るにか冬の夜の音なき時も吾の怖るる　岡部　文夫

寒夜ひしとものの砕くる音のせり凍てきびしくて裂けたるものが　斎藤　史

寝入りたる身の体温にぬくもりて幼子鼾く寒夜平安　鈴木　幸輔

燠欲しくなりし寒き夜たのしみて灯のもとに置く柿一果二果　宮　柊二

うつし身を出でたる影は冬の夜の皿の海鼠に酢をたらしたり　岡部桂一郎

眠るべく眠りては覚め寒き夜を経たりし吾か可惜身命　千代　国一

寒夜花屋にかがみて若き父ら選るみなはやく実の生る桃の苗　塚本　邦雄

寒き夜に頬杖つけばあはれあはれ他人の顔のごとき重たさ　川島喜代詩

姨捨の姨の心は人知れず和ぎゐたるべし冬夜思へば　尾崎左永子

おしなべて星移る音聴くごとく耳鳴る冬夜ものを書き継ぐ　尾崎左永子

あやまてる愛などありや冬の夜に白く濁れるオリーブの油　黒田　淑子

辛口の酒に添えたる氷頭なます寒夜なれども気分上々　久々湊盈子

さむし〔寒し〕

冬の間身体に感じる寒さをいう。**寒々**。また熟語にして寒い感じをあらわすことも多い。**寒**。**寒気**。**寒月**。**寒天**。**寒星**。なお心に感じる寒さをいうこともある。

「寒き朝」は冬の朝の寒さであるが、「朝寒」「朝寒し」は秋の終わりころ手足に寒さをおぼえる朝をいう。

あはれあはれ寒けき世かな寒き世になど生みけむと吾子見つつおもふ　岡本かの子

何ぞこの冬のさむさよわけ理解(わから)ぬ老母とわが界(よ)すでに異なる　斎藤　史

樟脳の香をまとうひとも混りつつにわかに寒き朝(あした)の電車　高安　国世

鶴の首うわ反り細く天仰ぐ寒気凛烈きわまらんかな　加藤　克巳

舞ひおりる雪見て心あそばせていくたびも言ふ午後の寒さを　中村　純一

指のさき寒気(かんき)流るる朝光(あさかげ)の印刷の町ゆけば川沿い　石本　隆一

寒くないか寒くないかと死にている者を思いて坐りいにけり　田井　安曇

さざんくわの紅塵を掃き箒もて枝を揺すれば寒(かん)さやぐかな　大滝　貞一

見えぬとふ未来へ伸べむ首の辺は寒ざむ窓の暁闇があり　西村　尚

死がすなわち鋼(はがね)のごとき寒さなら遅れし吾も今日寒くいる　佐佐木幸綱

日だまりにゐても寒しよちちははのをはり見届けてえうなきこの身　藤井　常世

袴線橋の風の寒さに思うなり回天の死をなお思うなり　大島　史洋

見てならぬもの見る目にはあらねどもふり向くといふこと寒々と　今野　寿美

寒気は太き帆柱いふことをきかぬ子は木なれば肩を抱へて歩む　米川千嘉子

「寒いね」と話しかければ「寒いね」と答える人のいるあたたかさ　俵　万智

ふゆざれ〔冬(ふゆ)ざれ〕

冬枯れの草木もふくめ、海も山も、建物も、すべて荒れ寂(さ)びた真冬の景色をいう。

硝子戸に見ゆるかなたの冬ざれの東京湾の高き帆ばしら　金子　薫園

ひともとある紅梅のいろあえかにてその他はまたく冬ざれの林泉(しま)　中村　正爾

蘆(あし)といひ葭(よし)とよばれて冬ざれの中洲を赭くおほひつくしぬ　蒔田さくら子

逢ひにゆく旅にあらねば冬ざれの野中にひとつともす家見ゆ　小野興二郎

青首の大根さげて冬ざれの墓地ぬけるみち帰りきたれり　角宮　悦子

冬ざれし襤褸（らんる）のひかりしらじらと自殺家系のわれをつつめり　春日井　建

さいばん〔歳晩（さいばん）〕　十二月の押しつまったころをいう。**歳末**。**年末**。**暮（くれ）**。**年の暮**。**年の瀬**。**歳暮（せいぼ）**。**年迫る**。

下仁田葱を呉るるならひの三たりゐて歳暮には葱の大尽（だいじん）となる　吉野　秀雄

水打ちて今日歳晩の一日の昏るるるまのあり星光り初む　近藤　芳美

おほよそに暖かき日のつづきゐて季節感なき歳晩となる　佐藤　志満

終りゆく歳末の日日おだやかに夕べ夕べの遠茜さす　野北　和義

年迫り寒椿ほつほつ咲く見ればこの国に春は来るかと惑う　高木　善胤

歳晩の露地にひびきてバリトンはああ「玉の緒よ絶えねば絶えね」　塚本　邦雄

匆々と工事燈の点滅し街は歳末の夜に入りゆく　島本　正斎

街頭に枝組み交はす冬の樹々丸の内仲通り歳晩にして　細川　謙三

歳末の駅入口にわれ佇ちてすなはち尋常ならぬ人群に入る　中村　純一

聖樹飾る光の粒のやはらかき六本木界隈歳晩の雨　尾崎左永子

歳晩のならひにものを燃やしゐつ煙あぐるあはれおよそ紙屑　島田　修二

ゆくとし〔行（ゆ）く年（とし）・逝（ゆ）く年（とし）〕　ことしもあわただしく過ぎて行くことだ、と感慨をこめて、ゆく年を惜しむ気分がこめられた言葉である。**年逝く**。**年送る**。**年暮（く）る**。**年流る**。

ひとり居の老の一日血のさわぐ年の送りをしづかにあらな　松村　英一

日日のこと果しえずしてあはあはと齢（よはひ）五十の年暮れんとす　鹿児島寿蔵

事多き年なりしかどすこやかに喜寿を迎へて年暮れむとす　大悟法利雄

生日(せいじつ)を過ぎてあらたまる思ひせし衰老凛々(りんりん)と歳くれてゆく　佐藤佐太郎

遠山の峯に降りたる白雪のかがやく見えて年くるるなり　岡野　弘彦

冬凪のごとき眠りをこひねがふ幾日かありてこの年も逝く　中村　純一

行く年も来る年も親し初刷の新聞持ちて暁に帰る　島田　修二

おおみそか〔大晦日(おほみそか)〕

十二月三十一日。一年の最後の日をいう。**大(おお)つごもり**、**大年(おおどし)**ともいう。

この一年襲ふなかりし痛風をよろこびとしておほつごもりの酒　吉田　正俊

病院の第五階にてわが窓はおほつごもりの夜空にひたる　佐藤佐太郎

わが頭(つ)ほどのザボンを膝に大歳の夜を高層に低くしはぶく　菊地　良江

わが丘をめぐれる谷に靄沈み大つごもりの夜の灯火

大つごもりすはだかに湯をいでてきしゴムマリ童女拭いてたのし　田谷　鋭

甃(いしみち)の雨の溜まりの底澄みて大つごもりの雲行き迅し　武川　忠一

かなしみの憂ひの壺のごとかりし身はおほ年の灯にうづくまる　安永　蕗子

大晦日看護(みとり)の暇の二時間をひりひり奔(はし)る北斎展へ　上田三四二

大歳の夜の篝火(かがりび)焚(た)くわれにふるさとの闇(やみ)ますぐにぞ立つ　春日真木子

小さなる宮浄めゆく手の寒さ大つごもりの払ひするなり　前　登志夫

火のめぐり水のめぐりを浄めおり大晦日(おおつごもり)の雪は降り来る　高橋　幸子

しづかなる旋回ののち倒れたる大つごもりの独楽(こま)を見て立つ　中野　照子

大晦日の仏壇の前に来て坐る騙しおほせし父ならなくに　岡井　隆

大歳の夜をこめて降る雨にぬれ庭にほのけき枇杷の　高嶋　健一

花群　西村　尚
広辞苑閉づれば一千万の文字しづまりゆけり大年の
夜を　高野　公彦
風をもて天頂の時計巻き戻す大つごもりの空が明る
し　永井　陽子

としこし〔年越し〕

大晦日の夜から元旦にわたる時間をいう。年越しそばを食べ、除夜の鐘をきくまで起きており、ゆく年を守り明かす風習がある。また、日ごろ信心する社寺教会に詣でて、年を送り迎えする行事もある。**年を越す。年を越ゆ。**

福田栄一の歌の「歳越しごと」は、年を越して新春を迎える準備・仕事。

慌忙しき歳越しごとや母娘づれ自づと異なるもの見
選りをり　福田　栄一
石榴一顆棚に飾りて年を越ゆわがこころざしまたた
なざらし　塚本　邦雄
足痛む今日を納めの厄として事多かりし年越えんと
す　武田　弘之

じょや〔除夜〕

十二月三十一日の大晦日の夜。その年の最後の夜をいう。寺では午前零時を期して**除夜の鐘**が鳴り出す。**年の夜**ともいう。

明けむ朝待ちよろこびてさわげる子今宵を眠くうち
眠りけり　窪田　空穂
歳の夜の更くるまでゐて　酔ひなける人をかへして、
かたくとざしぬ　釈　迢空
年の夜　あたひ乏しきもの買ひて　銀座の街をおさ
れつゝ来る　釈　迢空
瓦斯燈の裸火二つ店に点けて叔母を送りし年の夜
おもふ　松村　英一
歳の夜の鐘殷々と霜空にきこえてをりし楽しさ果て
ぬ　宮　柊二
神隠し解けざるままに過ぎゆくか竈の薪の赤し年
の夜　前　登志夫

十二月・天地

ふゆのひ〔冬の日・冬の陽〕

冬の太陽をいう。冬の日は弱々しくにぶく射すことが多いが、暖かくさす場合、その場所を**冬日向**、**冬の日表**という。**冬日影**は冬の日射しや太陽、日向などをさしていう。**寒の陽**は寒さのきびしい日の太陽。**冬日**。**冬の日輪**。**冬の光**。**冬の日射し**。**冬の朝日**。**冬夕日**。**冬の落日**。

睡るごときままに冬日は落葉松に光落として夕去りにけり　金子　薫園

軒くぐり畳の上にさす冬日心かそけき今日の我かも　窪田　空穂

冬の日はつれなく入りぬさかしまに空の底ひに落ちつつあらむ　長塚　節

しづかなる冬の日向にいださるる清けくも白き豆くろき豆　斎藤　茂吉

あかなくに冬の日かげのうつろへば心しくしく立ち別れけり　岩谷　莫哀

わが母の綿入着着て日向占む居つくならねばもてなし厚く　阿部　静枝

地平の果もわが佇つ丘もさばかるるもののごと鎮み冬の落日　木俣　修

母のくににかへり来しかなや炎々と冬濤圧して太陽没む　坪野　哲久

冬の光移りてさすを目に見ゆる時の流れといひて寂しむ　佐藤佐太郎

冬の日は水仙いろに照りながらながとつめたき石敷のみち　中野　菊夫

冬の日のひたすらに差す午すぎにとけはじめたる雪径さわぐ　熊谷優利枝

一色に枯れゐし芝生今日見れば青き小草が冬日に光る　佐藤　志満

冬の日が遠く落ちゆく橋の上ひとり方代は瞳をしばだたく　山崎　方代

靄の中に冬日没りつつ立体に犇く街は反照の刻

礒　幾造

寒の陽の落ちたる武蔵国分寺講堂址の空間の冷え　大越　一男

ふかぶかとわが影つくる冬日向みつまたの花のそぎへに立ちて　中村　純一

北緯四十五度三十分　宗谷の岬に立ちてをり黒点となる冬の太陽　山名　康郎

煤煙のかなた入日の光芒はさむき楕円となりて落ちゆく　長沢　一作

化野(あだしの)へゆく冬の坂人も吾も命素透(すどほ)しに見ゆる日表(ひおもて)　富小路禎子

踏みてゆくゼブラゾーンの白き橋冬の日ざしが脚にまつわる　篠　弘

うつそみに盲いし姉のいつよりか閉じし眦洗う冬の陽　荻本　清子

痛みたまふわが母のため祈らんに拠(よ)るものも無し冬日に祈る　高野　公彦

薪もなく焚口もなきマンションの厨にふかく冬夕日さす　高野　公彦

海境(うなさか)にかくれむとする日輪を見守りてあれば嚔(くさめ)出でけり　安田　純生

少しづつ冬の朝日の昇りきていまあたたかしあごのあたりが　真鍋　正男

ふゆのひだまり〔冬(ふゆ)の日溜(ひだま)り〕

冬の陽がひとところに射していること。淡い日ざしでも温かい感じである。

日だまりの赤土がけの崖の下ふゆくさ青き泉にいでぬ　土屋　文明

日だまりに踞(うづくま)りわがゐるうしろ鉋を板戸にあててゐる音　清水　房雄

手を温く舐めくるる犬と陽だまりに乳房ありし日の夢は忘れむ　中城ふみ子

日だまりの土蔵の壁に群がりて足長蜂ははや力なし　板宮　清治

日だまりを分かちあひて眠る猫と眠れぬひととかなしみ淡し　藤井　常世

すがれたる山辺過ぎつつ傾斜地に兎のごとき日だまりは見ゆ　佐藤　通雅

陽だまりの木椅子に待たれゐることも安らぎとして通ひつめしか　大辻　隆弘

ふゆのそら〔冬(ふゆ)の空(そら)〕

太平洋側はよく晴れて乾いた青空がつづくが、日本海側では暗雲が垂れこめて暗く寒い空がつづく。**冬空(ふゆぞら)**。**冬天(とうてん)**。**寒天(かんてん)**。**寒空(さむぞら)**。**凍空(いてぞら)**。**冬の夜の空**。杜沢光一郎の歌の「穹窿(きゅうりゅう)」は大空。

さへぎりもなき雪原の上にしてしたたるごとき紺の天あり　岡部　文夫

星みつる冬の夜のそら饗宴のごとくありけり廂の間(あひ)に　宮　柊二

山びこの峡わたり合う冬の空わがたましいのさまようごとく　岸本　好晋

かなしめるわれのこころは冬ぞらの欅のうれのいづこを行かむ　河野　愛子

冬空は胸に灼きつけりわれもまた過ぎし戦ひの兵士の一人　玉城　徹

青ふかき冬の空へと人間の知らぬ喜悦を翔べる鳩むれ　石川　恭子

黒き枝さし交はしゐて一枚のくるしき胸のごとき冬空　稲葉　京子

わが悪しきこころに似たる冬空のしほしほとして降りはじめたり　石川不二子

しんしんとこの一都市をおしつつみけふ穹窿は雪のみなもと　杜沢光一郎

冬空とふあからさまなる粘膜に傷あまたあり陽に光りつつ　栗木　京子

ふゆのくも〔冬(ふゆ)の雲(くも)〕

冬晴れの青空に浮かぶ雲は寒々としており、夕暮れなどに垂れこめた雲は陰うつである。日本海側の背の低い積乱雲は晩秋・初冬には**時雨雲**に、冬には**雪しぐれ**、**雪雲**に変わる。冬空に凍(い)てついたように動かない雲は**凍雲(いてぐも)**という。**冬雲**。**冬曇り**。

北空に夕雲とぢてうつせみの吾にせまりこむ雪か雨かも　斎藤　茂吉

わが部屋の硝子の窓をへだつれど雪の前と思ふ雲暗くして　扇畑　忠雄

街空にクレーン高く静止してその先端のひとつ冬雲　儀　幾造

冬曇り高き昼すぎ成り難き稿ふりすてて街に出で来し　尾崎左永子

無原罪のたましひはあるにちがひないコーラルピン

クのまろき冬雲　　井辻　朱実

ふゆばれ〔冬晴れ〕

太平洋側では乾燥して、からりと晴れた日が多いが、強い季節風が吹くので寒い。**冬日和**は風のない晴れわたった穏やかな天候で、小春よりも冷たい感じである。**冬うらら。冬麗。**

冬空の晴れのつづきに落葉したるから松の枝は細く直なり　　島木　赤彦

冬日和野の墓原の赤土のしめりともしみわがたもとほる　　古泉　千樫

冬晴の一日も今はくれむとす倶利伽羅峠にあつまる光　　坪野　哲久

海の風山の風流れあふ地点とぞ目白台の空冬晴れに仰ぐ　　窪田章一郎

冬晴れの一日暮れづき竹竿や焼芋などの振り売りのこゑ　　宮　柊二

朝靄の薄れゆくまま江津と呼ぶ冬麗母のごとくみづうみ　　安永　蕗子

冬ばれのひかりの中をひとり行くときに甲冑は鳴りひびきたり　　玉城　徹

冬晴れにけぶれるごとき冬木々の律うつくしく処を得たり　　島田　修二

ものなべて響きをたてむ冬晴れの空に少年の爪力みをり　　松坂　弘

冬晴に麦の畝間を切替えす光を土に鍬き込みながら　　時田　久枝

ふゆのゆうやけ〔冬の夕焼〕

冬の西空に日が沈んだのち、夕空が茜色に染まる現象。**冬茜。**

夕焼空焦げきはまれる下にして氷らんとする湖のしづけさ　　島木　赤彦

冬空の天の夕焼にひたりたる褐色の湖は動かざりけり　　島木　赤彦

夕焼けはさむざむ岩ににじみをりくりぬかれたるわが眼のなみだ　　前川佐美雄

冬茜褪せて澄みゆく水浅黄　老の寒さは唇に乗するな　　斎藤　史

ゴブラン織タペストリーの冬茜いま欲しわれはわれの男を　　角宮　悦子

ふゆのつき〔冬の月〕

空気が乾燥している冬は他の季節に比べて、月は満ちても欠けても研ぎ澄ましたように冴えて見える。**月冴ゆる**。**冬の満月**。**冬三日月**。また、**寒月**ともいう。

愛憐の条件としてこの細き月は枯生をてらしつつをり　小暮　政次

一時間歩めば小暗き町空にあな大いなる冬の満月　窪田章一郎

落すもの払ひ尽しし銀杏大樹樹影すがしく寒月かかる　田所　妙子

差し交はす枝々の間を灰色の空気ににじむ冬の月見ゆ　扇畑　忠雄

顔ひとつ置き忘れたるままにして寒月の窓鎖してしまへり　畑　和子

ふゆのほし〔冬の星〕

寒天に鋭くきらめく星や星座はきびしい美しさに満ちている。冬の南天には小犬座のプロキオン、大犬座のシリウス、オリオン座のベテルギウスの三つの一等星を結ぶ冬の大三角形と呼ぶ星群が輝いて、その内部には一角獣が銀河面に見られる。シリウスは天狼星・大星とも呼ぶ全天でもっとも明るい恒星で古代エジプトではナイル川氾濫を前触れすると信仰された。三連星はオリオン星座の中心部に斜め一直線に並ぶ三つ星で農耕・漁業のしるべとされた。冬の北天には北極星と、七つの星がひしゃく形を描く大熊座の北斗七星が美しい。スバルは六連星などと呼んで古くから農漁の季節を知る目印とされた。いかつり星は宵の明星（夕星・太白。太白星とも）の地方名で日没後西天にいち早く見られる金星のことである。

俳句の季語には**寒星**、**荒星**、**凍星**、**寒昴**、**オリオン**、**星冴ゆる**、**冬銀河**などがある。**冬の星座**。

石橋妙子の歌は阪神大震災を詠んでいる。

冬の夜の星のことごと人間にその名呼ばれんとしてうるはしき　坪野　哲久

夜をこめてわれは識るなりはろばろし光さびしき冬のシリウス　坪野　哲久

今宵せんわが仕事あり大寒の空ほの明き星座の光　窪田章一郎

霜の夜のわれの眉間に立つごとき北斗に向ひ帰りき

たりぬ　　鈴木　幸輔

天頂にすばると見えて冬の銀河かすかに南にかたむくらしも　　宮地　伸一

背のびしてむらさき葡萄採るやうに冬の昴（すばる）を盗みたし今　　簗地　正子

冬空の三角形（トライアングル）星と星の不変なる構図は西へ傾く　　北沢　郁子

寒天にめぐるむら星わが命をかたぶけて逢ひの時すぎむとす　　岡野　弘彦

凍（い）て星のひとつを食べてねむるべし死者よりほかに見張る者なし　　前　登志夫

天球に冬のひかりの深きものいかつり星と呼べばかなしも　　馬場あき子

南天（みんなみ）にオリオンの斜（しゃ）の一すぢのわが浅宵の道に射したり　　岡井　隆

まもられて来しことあらじさむき星天狼おのがひかりに荒るる　　雨宮　雅子

死の街となりはて震災の神戸の夜　灯のなき街のシリウスの燦　　石橋　妙子

面あげて帰る夕べの二月末長く金星に向いて歩む　　田井　安曇

輝ける冬の星座よ愛すべきリアリズムとは夢を糧とす　　水野　昌雄

凍りたる雪のおもてにちりちりと星のひかりの降りきて遊ぶ　　柏崎　驍二

三連星（からすき）よ初めて人を抱きし夜のその夜のやうに冷ゆるからすき　　高野　公彦

ふゆのらい〔冬（ふゆ）の雷（らい）〕

冬の雷（かみなり）は寒冷前線にともなって発生する。十一月から十二月、雪の降る前の雷を**雪起こし**と呼び、ブリの漁季の雷を**鰤（ぶり）起こし**と呼んで豊漁の前触れとされており、とくに北陸地方に発生する。寒中の雷は寒雷（かんらい）という。**冬稲妻（ふゆいなずま）**。**冬の雷（いかずち）**。

父と子と壁をへだてて徹夜せり冬稲妻にともに声上ぐ　　坪野　哲久

日のあたる席にあたたかき珈琲をのみてゐしかば冬の雷鳴る　　佐藤佐太郎

雨の夜の冬稲妻におどろきてそれより戦ひの日に追（おも）憶（ひゆ）往く　　宮　柊二

越（こし）よりの手紙に足（た）して書かれあり雪起（ゆきおこ）しの雷（らい）今鳴り

をると　　宮　柊二

不気味なる余震の如く冬の雷しきり鳴り迫りつつ遂に恐怖呼ぶ　　葛原　繁

冬の雷そらを渡ればそれぞれの夜の部屋にある妻子(つまこ)明るまん　　石本　隆一

雪おこしといふ雷鳴りいでつ盗伐の生木を割りて明るきわれら　　石川不二子

おもおもと響伝へて鰤起し北うみくらく吾ぬちを過ぐ　　大滝　貞一

いかづちを鰤起しとぞ祖父のころゐ冬のひびきを確かめてゐる　　辺見じゅん

ふゆのにじ〔冬(ふゆ)の虹(にじ)〕

雨の少ない冬期には虹を見ることが少ないので、まれに見る冬の虹は目の覚めるような美しさである。寒中に見る虹は寒の虹という。

冬の海荒れ狂ふ上空(うへ)をおほふ雲の破(や)れ去り虹の生れ出づ　　都筑　省吾

冬の虹さやかに太し潮けぶる紀伊水道の沖のただなか　　窪田章一郎

枯れわたる伊那の山峡いだき立つ虹にほのぼの涅槃の匂ふ　　春日真木子

あわただしく午後の時雨は過ぎゆきて近江の湖(うみ)に大き虹立つ　　長沢　一作

北さしてゆかずなりたる二十余年今朝北山に冬の虹たつ　　中野　照子

冬の虹くれなゐは濃きさやかなる応へのごとくまなかひに立つ　　篠　弘

しも〔霜(しも)〕

星屑がかがやき、しんしんと冷える冬の夜間、空気中の水蒸気が結晶し、地面やものの表面に細かい氷の層が生じるのが霜で、針状・板状・コップ状・柱状・無定形などいろいろの結晶がある。**霜の声**は霜の結ぶことを声あるごとく感じ取ったもの。

暁、ただに一色(ひといろ)にましろなる霜の真実(しんじつ)に我(われ)直面す　　北原　白秋

下(お)り尽す一夜(ひとよ)の霜やこの暁(あけ)をほろんちょちょちょと澄む鳥のこゑ　　北原　白秋

あから引く今朝の光に起き出でてあな白々し霜ふりにけり　　土屋　文明

今朝(けさ)むすぶ霜のきびしさ八つ手葉のひとつひとつは

みな撓みたり　岡本かの子
輪廻生死さもあれきみが病一軀霜ふれば霜にわが
こころ灼く　山田　あき
能登ぐにのやさしき地をおもふゆゑ身に沁みにけり
霜万朶の声　坪野　哲久
桑などの芽ぶきの前を北ぐには朝朝にして霜のきび
しさ　岡部　文夫
逆吊りのシャツ乾す傍へウメモドキぞつくり霜をし
たたらせゐる　太田　青丘
土の面にわずかに出せし石ゆえに水晶の如き霜を立
たしむ　山崎　方代
ここ過ぎて霜陣営の賤ヶ岳山柿の実は棘より黒し　山崎　方代
湯の宿の背山のみちの朝まだき一人来たりて草の霜
ふむ　田谷　鋭
ブロッコリーの畠に低く朝日さしちりちりの葉に霜
のきらめく　吉野　昌夫
スコップのかたへにし置く土くれのその断面は霜の
きらめき　玉城　徹
土に焚く火は匂ひつつ定住のこのさびしさに霜深く
来む　馬場あき子
将棋倒しに倒れて駅前の自転車に霜の朝の光さざめ
く　杜沢光一郎
朝いまだ萱原立ちて動かざる水の辺までを霜の凛た
り　小中　英之
魂を色に示せといふならば霜に濡れたる土の褐色　時田　則雄

しもよ〔霜夜〕

よく晴れて風もおだやかな寒気のきびしい冬の夜に霜を結ぶ。一般に雪の積もらない地方では十二月から二月にかけて霜の降る日が多い。**霜の夜**。

霜くだる冬夜の熱き歌ごころただにみそなはす神と
のみをる　北原　白秋
亡骸も寒く坐さむと宣る母に我はうなづき霜夜堪へ
ゐつ　木俣　修
霜の外に夜食のものを買ふと出でし妻の足音のた
ちまち冴えぬ　木俣　修
霜夜には鼬が小豆を磨ぐといふ篠藪遠くにありと思
はむ　北沢　郁子
一木立つあけぼのの杉は霜の夜を過ぎてあかあかと葉

をおとしたり　清原　令子

月山のふもとしんしん霜夜にて動かぬ闇を村とよぶなり　馬場あき子

抒情より出でて思想を狩る可否も旧りて霜夜の草ほととぎす　雨宮　雅子

銀河ぐらりと傾く霜夜うめぼしの中に一個のしんじつがある　小島ゆかり

しもばしら〔霜柱〕

寒さのきびしい夜、土中の水分が凍って、柱状の氷の結晶となり、土の表面を盛り上げたもの。冬の朝に見られ、日陰では一日中残っている。

水野昌雄の歌の「寒霜柱」は寒中の霜柱。

路の上に凝りてつづける霜ばしらわが行くままにくづれきらめく　窪田　空穂

男の童父の杖とり犇とうつ霜柱しろし此の霜柱　北原　白秋

六十歳のわが靴先にしろがねの霜柱散る凛々として散る　木俣　修

白きもの剛きもの、あたらしき讃歌のごと霜柱満つ　宮　柊二

霜柱日陰はつひに崩れねば子が踏みくだくこころよげなり　森岡　貞香

通夜に来し庭に無数の霜柱みな星影を宿してにほふ　富小路禎子

石ころを音もたてずに押し上げてすっくと立ちし寒霜柱　水野　昌雄

霜柱白く鋭く育ちゆくけはひのなかにひとり醒めをり　杜沢光一郎

霜柱あはれこごしく無尽数に輝ると告げなむ人すでになし　西村　尚

霜ばしらひといきに踏む感触もわがこどもらはたして知るか　小池　光

しもどけ〔霜解・霜融〕

気温が上がるにつれて霜がとけること。また、霜柱の立った地面がぬかるむこともいう。とくに日当たりは泥まみれになる。**霜解くる。霜融くる。**

寒き風ふくに日なたのみちを行き霜どけ践むがわづらはしけれ　岡　麓

桑の葉に霜の解くるを見たりけりまたたくひまと思はざらめや　斎藤　茂吉

霜どけのいまだ凍らぬゆふぐれに泪のごとき思ひこそ湧け　佐藤佐太郎

舗装路のところどころにあらはれて虔しきこの土の霜どけ　佐藤佐太郎

霜解けて土黒ずめる庭の上午のひかりに動くもの見ず　千代　国一

霜融けて浮き立つ土は土ながらあらあらとしも感情を見す　対島　恵子

しづかなる述志のごとく霜どけの渚に鷺の動くともなし　高比良みどり

強霜と溶けし日なたのさかひにてうづまくばかり湯気あがり居る　石川不二子

みぞれ〔霙〕

初雪の降るころ、雪片が空の途中で溶け、雪より速く白い線を引いて落ちてきたり、終雪のころ、雪が雨まじりに落ちてきたりすることをいう。夜に気温が下がると雪にかわり、また暁方のみぞれは日中には雨になりやすい。春にも降ることがあり、春の霙といっている。

民掠むることを為得ざる守憶良みぞれ降る夜の病む足思ほゆ　土屋　文明

みぞれの音たしかとなりし寒の夜にしんしんとして松脂を煮る　生方たつゑ

ひとときの霙晴れつつ竹群のそよぐ梢は早く乾かん　佐藤佐太郎

寄り添ひて神に契りに行く道のおろそかならず霙降るかも　伊藤　保

水の樹をめぐるみぞれの閃々と鴨ら一つの声に鳴きあふ　河野　愛子

マラソンのあかがねの腿しろがねの肘斜に降る霙のかなた　塚本　邦雄

かろがろと残生あらむこひねがひをりしも葡萄園大霙　塚本　邦雄

五十年われは忘れず十二月八日ニュースが流れみぞれ降りゐつ　田中　静夫

みぞれ降るさびしき昼に会ひにけり靴濡れゐたる重さと言はむ　前　登志夫

時のまの霙すぎたる広場には空浄く据ゑて水たまりいくつ　尾崎左永子

思はじと思ふ心に母のなきむなしさ自在みぞれしてゐつ　馬場あき子

夜のみぞれ空にもどれる気配して泊つれば親し冷えの暮りも　石本　隆一

まなぶたのうへより撫づる目の玉のしいんと固し霙ふる夜半　高野　公彦

薄き刃のすッすッと降れる宵の頃みぞれに濡れて子の帰り来る　栗木　京子

頬を打つ霙つめたし叶ひさうな希望のみえらびわが生きて来つ　栗木　京子

はつゆき〔初雪〕

その年の冬に入り、初めて降る雪をいう。**新雪**。**処女雪**。

はじめての雪。

松の上にいささ雪つみ松が根の土はかぐろし今朝のはつ雪　伊藤左千夫

神無月／岩手の山の／初雪の眉にせまりし朝を思ひぬ　石川　啄木

冬枯れのこの山里に斑にふれる今朝のはつ雪うつくしきかも　中村　憲吉

新雪にものの動きもしづまりてゆく過程をも愉しとせむか　生方たつゑ

蒼みたる暁の坂くだるときまづ新雪を犯すひとりぞ　尾崎左永子

水飴のとうとうたらり風邪にあれし咽喉なだむる夜を初雪　中野　照子

限りなく天より花の降るごとくこのみどり児にはじめての雪　水野　昌雄

まつ白のほうたるのやうにこゑもなく今年はじめての雪が降りくる　河野　裕子

開きたる本にうつ伏しねむる夜をとほき地平に処女雪積めり　栗木　京子

ふゆのきり〔冬の霧〕

冬の霧は寒々しく、暗く重たい感じがする。工場地帯や都市では霧の中に煙や塵の混じることが多く、黄色っぽく見えたりする。これをスモッグと呼んでいる。

雪はれし夜の町の上流るるは山よりくだる霧にしあるらし　島木　赤彦

うつしみの人皆さむき冬の夜の霧うごかして吾があゆみ居る　佐藤佐太郎

剥落の一樹と吾れとかたみなる孤独を霧は隔てつつ湧く　安永　蕗子

見おろしの山のはざまは霧充てり日の出の前積雪の界　石川不二子

むひょう〔霧氷〕

寒地や高山で霧が樹の枝などに氷結して、水晶の華をつけたように氷層を生ずる現象をいう。**樹氷**は霧氷の一現象で、**樹花**ともいう。

入方の光うすれて射すところ樹氷につづく樹氷しづかなり　松村　英一

風に散る樹氷かあらしさびさびと山の寝雪に音のきこゆる　穂積　忠

樹氷縫ふ横手山リフトの先は見えず飽満感あふれて身は硬直す　加藤　将之

いのちあるものみな美し癒えて対く雑木林に霧氷咲くなり　鎌田　純一

裸木の尖の樹氷が散る山の下に凍りて風のみずうみ　武川　忠一

雪かきを互みに止めて隣家の少女と賞づる山の樹氷を　辰野　八重

断崖に華やぐ霧氷一途とふわれの男を奪ひかへせよ　時田　則雄

ふゆひでり〔冬旱〕

冬は乾季のため、太平洋側では一年中で雨量がもっとも少ない。河川の流れも細くなり、水不足のため生活に不便を生じたりする。寒中であれば寒旱という。**冬旱**。

冬旱のきはまる日々に悲しみも昂りもあはく吾を過ぎゆく　長沢　一作

ふゆのにわ〔冬の庭〕

枯れ枯れとして寒さをおぼえる庭をいう。**冬庭**。**冬の園**。**枯園**。**枯庭**。**寒き庭**。**凍える庭**。**凍庭**。

冬庭の荒びし土に水仙は葉に反りうちて萌え立ちてをり　木下　利玄

枯蓮は影を映して夕ぐれのあかるさ寒き庭の池なり　尾山篤二郎

生もなき冬庭の石を罵りて生けるしるしなるなみだ垂れたり　前川佐美雄

枯れがれと庭は乾きぬ風強く寂しき昼の部屋より見えて　鈴木　幸輔

死にゆきしわが動物の仕草など顕れて来し凍える庭に　前　登志夫

凍て庭に色見ゆるもの三椏（みつまた）の薄黄の花と黄花クロカス　大塚布見子

冬庭の雪にはらりと下りし雀ひらりと枝にかへりし雀　柏崎　驍二

かりた〔刈田（かりた）〕　稲を収穫したあとの田。鎌で刈り取られたあとには切株が並び、急に広々とした景観になる。**刈小田（かりおだ）**。現在コンバインで刈られた細かい藁（わら）はそのまま田に撒いて肥料にされる。

刈小田の株さむざむししぐれ降り畦にぬれたちて鴉は鳴くも　橋田　東声

刈小田のすて水さむし堰（せき）はらひ落せる水のごぼごぼと鳴り　尾山篤二郎

雨あとの刈田ゆたかに水張れるそこにも空は濃く澄みてあをし　栗原　潔子

ひと朝の霜に滅びん蝗らは刈田の畦にいのちをさらす　菊地　映一

群るる鷺孤独の鷺のゐる刈田雨後（うご）の朝にてあかるく続く　樫井　礼子

ふゆた〔冬田（ふゆた）〕　かわいた土塊に霜が真白に降りたり、薄氷が張ったりして、冬の田はまことにわびしい。**冬の田**。

冬の田に月の光の来るとき稲茎（いなぐき）は見ゆさざら薄氷（うすらひ）　北原　白秋

世に聖き冬の亡骸（なきがら）一枚の冬田がひたと凍りつつあり　安永　蕗子

藁屑の散る冬の田にさざ波の如く光りてあそぶ雀ら　中西　輝磨

売られたる夜の冬田へ一人来て埋めゆく母の真赤な櫛を　寺山　修司

ふゆのやま〔冬の山（ふゆのやま）〕　高山や北国の山は雪をいただくが、殆どの山は常緑樹を除いて枯山（かれやま）となる。**冬山（ふゆやま）。冬嶺（ふゆね）。雪山（ゆきやま）。雪嶺（せつれい）。**

のがれ来てわが恋（こほ）しみし榛栗（はしばみ）も木通（あけび）もふゆの山にをはりぬ　斎藤　茂吉

戦ひし恨みは人の子に残れもみづり果てて冬に入る山　杉浦　翠子

わが臨終に見んまぼろしは雪山か母の面輪かたのしかりけり　山下　陸奥

冬やまの痩せたる襞におきわたす寝雪の光きびしこの国　生方たつゑ

みちのくの岩座(くら)の王なる蔵王(ざわう)よ輝く盲(めしひ)となりて吹雪(ふぶ)きつ　葛原　妙子

けだものの肌に陽当るごとくしてこの枯山の黄なるしづかさ　斎藤　史

からまつはまだ芽吹かねば遥かなる雪山透けて見ゆる歩みよ　高安　国世

めずらしく晴れたる冬の朝(あした)なり手広(てびろ)の富士におとま申す　山崎　方代

冬山に来りてこころ緊るとも砕けつるわが白磁かへらず　畑　和子

こころゆくまでの歎きをわがせよと常念の山いま雪が降る　岡部桂一郎

大いなる愛鷹の山円けきに冬青空のひかりは沁みぬ　玉城　徹

神すらも心ほそりて眠るならむ枯山の土に雪ひびきくる　岡野　弘彦

冬山を拒絶のいたき心もち踏みゆくときにふまるる貌よ　前　登志夫

冬山にくろもじの枝見つつあり光はねあがり光死ぬるを　後藤　直二

暮れはてし冬田の上になほ見えて今日の輝きを収めゆく富士　長沢　一作

霜ふみてのぼる峠やかなしかる天つ光の中に出づるも　田井　安曇

残照に秩父連山輝きてかの蜂起より百年の冬　水野　昌雄

雪道にわが喘ぐとき残照にひるがほいろとなる雪の峰　柏崎　驍二

ふゆの〔冬野(ふゆの)〕

冬の季節の野原をいうが、枯野より少し早い時期の季節感がこめられる。**冬の原**。**冬の野**。また、北国の**雪野**(ゆきの)、**雪原**(ゆきはら)、**凍原**(いてはら)などもいう。

佐藤佐太郎の歌の「天眼」は蘇東坡の「披雲見天眼(くもをひらきててんがんをみる)」のこと、わずかの晴間と解したい。

鷺の群渡りをへたる野の上はただうすうすに青き雪照(ゆきでり)　木俣　修

収めたる冬野をみつつ行くゆふべひろき曇に天眼(てんがん)移る　佐藤佐太郎

沈む日を見つむるなかれ魂(たま)焦げる匂いはげしき冬の野なれば　岡部桂一郎

冬野ゆく閑吟集こそかなしけれ声にうたえどわれは狂わぬ　馬場あき子

白き柵のかなたひろがる野の起伏冬の諧調となる光あり　高嶋　健一

子をつれて冬風の野をゆくときに虹のやうなるもの走りたり　石川　一成

空を彫るポロシリの嶺凍て原に夢のつづきを刻みてゆかむ　時田　則雄

湿布薬にほはせて子が眠る夜　われははるけき雪野にすわる　小島ゆかり

日蝕のみるみる進む雪原の森のしづかさ風の鳴る音　中村　淳悦

かれの〔枯野〕

草も木も枯れ果てた蕭条とした景である。冬野よりも枯れがはなはだしく、寒々とした侘びしいながめである。

灯りたるジュースの自動販売機コイン入れれば枯れ野広がる　岡部桂一郎

覗きたる巣箱の中にこもる風聴きて再び枯野をあゆむ　白石　昂

絶唱に近き一首を書きとめつ机上突然枯野のにほひ　塚本　邦雄

キャッチボールの声帰りゆきたちまちに枯野あらはる夕映えのなか　馬場あき子

火食鳥　花食鳥の鳴くこゑを聴きとむる双耳枯野にあそぶ　石橋　妙子

売りにゆく柱時計がふいになる横抱きにして枯野ゆくとき　寺山　修司

仮の世の魚を抱きて枯野ゆく男時の水の貴くもあるか　佐佐木幸綱

ふゆのみず〔冬の水〕

流れの細くなった川の水、静かにたたえる湖沼の水、こんこんと湧く水、いずれも手を切るような冷たさを感じる。**冬の泉**。**寒泉**。**寒の湧水**。**冬の清水**。

吾が倚れる岩のうしろに音はしてほそき冬の水おちゆくらしも　川田　順

渡りくる禽を棲ましめ冬の水さびさびとせりここの入江は　扇畑　忠雄

ふる雪を吸ひてたちまちすきとほる水は流るるままにゆけり　畑　和子

岩間より冬の清水の湧ける見ゆ神亡びたるのちと知

るれど　前　登志夫

今日吾の負へる想に触れんとし寒の湧水に指差し入るる　富小路禎子

一握りの塩放ちたる冬の水匂はぬ海へ牡蠣帰りゆく　富小路禎子

水寒き流れに浸る人の居て黒く輝く蜆を採れり　中西　輝磨

みずかる〔水涸る〕

冬は渇水期で雨量が少ないため、川や沼などの水も底が浅くなり、滝の水も糸のようにやせ細る。**川涸る**。**沼涸る**。**滝涸る**。**涸沼**。**涸川**。

冬川原日にけに涸るる水を追ひて菜洗ふ娘らの集まりにけり　島木　赤彦

水涸れて浅く流るるせせらぎをそのまま固く凍らしめたり　尾山篤二郎

涸れがれてまはれ野のへの水ぐるまとぼしきみづのいのちそふもの　坪野　哲久

この冬をいかに越えむか水涸るる千曲の淀みに寄合ふ雑魚ら　轟　太市

夜の夢に顚ちてしづけく流るるは冬涸れ川のあをきひとすぢ　成瀬　有

ふゆのかわ〔冬の川・冬の河〕

一般に冬は川の水量が少なく、流れも細くなる。大河なども中洲があちこちに現れることもある。川辺は草木も枯れて荒涼とした景を見せる。寒地では凍結するが、暖地の都会の冬川にはユリカモメが群れる。俳句には「寒流」の季語もある。**冬川**。**冬の河原**。

水門の扉をすべてひきあげし冬川の水張り流れたり　鹿児島寿蔵

川上に雪山低く晴れわたり水蒼き日を多摩川わたる　窪田章一郎

おのづから渚割りつつ海に入る町抜けて来し冬川の水　宮　柊二

ひたひたと岸をうちつつ冬なみの綺羅のせ流るわれの街川　佐藤いづみ

この巨大都市を二分して川は有り北より南へ冬空の下　小市巳世司

まろき石ひらたき石がかげをなす　わが偸安のふゆのかはら　轟　太市

みづからの原風景をさがしつつこの冬川に来らむ鷺か　築地　正子

天竜を縦に見よとぞ川波は冬の日のもとねばりつつくる　春日真木子

凍らざる冬の河口に沿ひてゆくわが眼にくらきみづの魂　江流馬三郎

滞ると見えて動ける冬の川はらからにわかつものなきわれをうつして　石川　一成

冬の日の明るくも照る四万十川川面きらめき南へ流る　来嶋　靖生

冬川の水位下りて石をぬふ水は駆け足時間(とき)も駆け足　長野　煒子

冬菜屑うかべし川にうつさるるわれに敗者の微笑はありや　寺山　修司

繋がれしふたつの船のあひに鳴る水音さむし冬黒き河　藤井　常世

冬の川しづかにのぼるふた魚と見失ふまで見て歩み出す　川野　里子

ふゆのたき〔冬(ふゆ)の滝(たき)〕

冬は乾季なので滝の水も少量となる。水が動いているので凍りにくいが、北国の滝や、また気温が低くなると流れの細い滝は凍る。**滝凍る(たきこおる)。凍滝(いてたき)。**

山の上の冬日あかるし滝の水ほそく落ちつつ音のさやけさ　古泉　千樫

黒滝の水ほそりたりさらさらと落ちつつただに山にしみゆく　橋本　徳寿

冬山の青岸渡寺(せいがんとじ)の庭にいでて風にかたむく那智の滝みゆ　佐藤佐太郎

立ったまま凍れる滝のほのぼのと明るみにつつ日は昇り初む　佐佐木幸綱

凍りたる滝を見上げて立つわれは寒き柱を身の内にもつ　柏崎　驍二

ふゆのみずうみ〔冬(ふゆ)の湖(みづうみ)〕

冬の湖や沼は、四辺の枯れ色を水に写して寒々しく、北国などでは一面に氷が張る。**冬の潮(うみ)。氷(ひ)の潮(うみ)。氷湖(ひょうこ)。冬の沼。**

山のうへ湖(うみ)のみぎはにうらがるる菅(すげ)をし見ればはや力なし　斎藤　茂吉

数億の雪の密毛を吸ふ湖面睡魔過ぎゆくごとく想ひき　葛原　妙子

ものの音絶えたる闇ぞ氷の湖のひしひしといま身を緊むる闇　武川　忠一

白じらと光る氷湖の沖解けて倚るべきものに遠く歩めり　武川　忠一

釣り上げしわかさぎ忽ち棒状に氷りて冬の湖を吹く風　山名　康郎

夜の沼に雪かぎりなく降りそそぎ暗き水面は騒ぐことなし　長沢　一作

冷えびえと時雨ののちを鎮まりて秘色青磁のごときみづうみ　高比良みどり

晒さるるかなしみとして雪もよふ湖国近江の夜の窓の湖　成瀬　有

しぐれては湖の渚に寄する波　遠流の神のしはぶきのごと　成瀬　有

褪せるとは顔の力の失せること鏡に寒き沼ひそみをり　栗木　京子

ふゆのうみ〔冬の海〕

冬の海は波が高く荒々しく暗い。北海は雪雲におおわれ、黒い波が大きくうねって荒れ、暗たんとして荒涼たるものを感じる。南の海でも白波が立ち、浜辺には人影も見られない。それでも冬の鳥などが見られる。**冬の波。冬の浜。冬の渚。冬の潮。**

冬の海朝くもれり里の子が平岩づたひ青海苔を掻く　岡　麓

かぎりなく潮騒とよむ冬の日の砂山かげを歩みつつ居り　土田　耕平

起ちても濤かがみても濤どうしやうもなくて見てゐる古志の冬濤　木俣　修

ここにして吾は育ちきたどきなく雪ふる時のこの暗き海　佐藤佐太郎

冬の日の眼に満つる海あるときは一つの波に海はかくるる　佐藤佐太郎

響灘荒るると伝ふ冬の夜の明るき部屋にひとりおりたり　岡部桂一郎

島の渚に日は照らせれど消しがたき影ひとつ持ちて遊ぶ千鳥は　安田　章生

憧るるのみの生きざまと思ふときとどめがたなき冬の海の声　田崎　秀

真鶴はいつ来てもよし冬の海眺めて居れば昼近くなる　大坂　泰

十二月・天地

冬の皺よせゐる海よ今少し生きて己れの無惨を見むか　中城ふみ子

荒磯海の黒き巌にけふを降るしぐれに濡れつつ波に濡れつつ　大塚布見子

海苔を摘む機械の音が冬の日の平たき海にいくつも響く　中西　輝磨

冬海に横向きにあるオートバイ　母よりちかき人ふいに欲し　寺山　修司

冬の海ほの傾きて白髪の波走り来もくらき沖より　高野　公彦

ああ海とまこと海なる方を見る冬のはじめのさねさし相模　今野　寿美

歌語索引

歌語索引

1、索引項目は現代かなづかいで五十音順に配列した。
2、長音は無視してある。

— あ —

— い —

— う —

— え —

— お —

— さ —

— し —

―な―

―ひ―

—へ—

—ほ—

短歌表現辞典 天地季節編（たんかひょうげんじてん てんちきせつへん）

2021年5月10日　第1刷発行

編　著　飯塚書店編集部

発行者　飯塚 行男

装　幀　飯塚書店装幀室

印刷・製本　モリモト印刷株式会社

株式会社 飯塚書店

〒112-0002 東京都文京区小石川5-16-4
TEL03-3815-3805 FAX03-3815-3810
郵便振替00130-6-13014
http://izbooks.co.jp

ISBN978-4-7522-1047-4
Printed in Japan

※本書は1998年小社より初版発行の書籍を復刻して刊行したものです。

短歌表現辞典 草樹花編〈新版〉

〔緑と花の表現方法〕 四六判 288頁 引例歌3040首 2000円(税別)

現代歌人の心に映じた植物の表現を例歌で示した。植物の作歌に最適な書。

短歌表現辞典 鳥獣虫魚編〈新版〉

〔様々な動物の表現方法〕 四六判 264頁 引例歌2422首 2000円(税別)

生き物の生態と環境を詳細に説明。多数の秀歌でその哀歓を示した。

短歌表現辞典 天地季節編〈新版〉

〔自然と季節の表現方法〕 四六判 264頁 引例歌2866首 2000円(税別)

天地の自然と移りゆく四季は季節を、様々な歌語を挙げ表現法を秀歌で示した。

短歌表現辞典 生活文化編〈新版〉

〔生活と文化の表現方法〕 四六判 288頁 引例歌2573首 2000円(税別)

文化習俗と行事を十二ヶ月に分けて、由来から推移まで説明そ例歌で示した。